高校事変18

松岡圭祐

角川文庫
24090

1

夜が更けた。江東区《こうとう》有明《ありあけ》の埋め立て地は、点々と複数の島が橋で結ばれているが、そのうち五丁目は閉鎖済みだった。行政が築いたバリケードの向こうに、明かりひとつない廃墟《はいきょ》がひろがる。

ここにはかつてタワーマンションのほか、東京ベイ有明イグナスホテルと、江東区立羽吹《うぶき》中学校があった。いまは瓦礫《がれき》の山が残るだけだ。シビック政変での被害が最も激しかった場所のひとつに挙げられる。住民が避難したのち、国が再開発を検討。当初は崩落を免れたビルも、いまやすべて取り壊された。

大型SUV、ホンダCR－Vの助手席に、杠葉瑠那《ゆずりはるな》は座っていた。真っ暗な車内で隣に巨体の影が蠢《うごめ》く。肥満しきった身体を、窮屈そうに運転席におさめるのは、兄の篤志《あつし》だった。

刈りあげた頭髪に低い鼻のゴリラ顔。黒シャツにネルシャツを重ね着した篤志は、バリケードの前でクルマを停めた。行き止まりだけに、ここに至るまでの海上道路に、ほかの車両の通行はいっさいなかった。

「まってろ」篤志がドアを開け車外へでていった。

瑠那は緊張とともに巨漢の行方を見守った。フロントガラスの向こうの篤志が、バリケードを道端へどかしにかかる。優莉《ゆうり》匡太《きょうた》の六女にあたる瑠那に対し、篤志は二十三歳になる次男だ。とはいえ会ったのはつい半日前だった。きょうの日中、渋谷《しぶや》で発生した武力襲撃騒動のなかで、ばったりとでくわした。

初対面ながら篤志と気づけたのは、その直前に観たニュースで、顔写真が映ったからだ。次女の結衣《ゆい》とともに紹介された。ふたりともいまや指名手配犯も同然のあつかいだった。

なぜか篤志のほうも、瑠那の顔を知っていた。瑠那はいまのところ、優莉匡太の子供だとは世間に知られていない。政府や公安は事実を承知済みだが、現時点で公表せずにいるのは、EL《エル》累次体の名簿を握る瑠那を警戒してのことだろう。瑠那や凜香《りんか》の名と顔が報じられないのにも理由がある。未成年だからだ。

篤志はバリケードをあらかた排除すると、クルマへ駆け戻ってきた。運転席に乗りこみながら篤志がぼやいた。「通過したらまたバリケードを戻さなきゃいけねえ」

「手伝いましょうか」瑠那は静かにきいた。

「やめとけ」篤志がクルマを徐行させた。「どれも錘代《おもりが》わりにコンクリートブロックの台座がつけてある」

立入禁止区画に数メートル乗りいれ、ふたたびクルマが停まった。また篤志が降車して後方へ向かう。

瑠那はドアを開け放ち、兄を追うように車外へでた。スカジャンにジャンパースカートという服装に、冬の寒さが沁《し》みこんでくる。冷たい夜気の向こう、黒々と波打つ東京湾の果てに、都心の光の集合体が瞬く。

篤志は振りかえると苛立《いらだ》たしげな声を響かせた。「おい」

かまわず瑠那はバリケードのひとつをつかんだ。高さ二メートル近くの鉄柱二本のあいだに、幅一メートルほどの金網が張られている。根元は篤志の説明どおりコンクリートブロックだった。もとはどこかの敷地を囲んでいたフェンスの切れ端だろう。ずしりと重量感があったが、瑠那は両腕に力をこめ、コンクリートブロックを地面から浮かせた。

「……へえ」篤志が面食らったようにつぶやいた。「そんな細い筋肉でよく持ちあがるな」

胎児へのステロイド注射の効果には偏りが生じる。瞬発的な腕力や脚力は発揮しやすいが、持続力には難があった。数秒持っているだけで上腕が痺《しび》れてくる。バリケードを最初の位置に運び、投げ落とすや震動が衝《つ》きあげた。

篤志も別のバリケードを本来あった場所へ戻した。路上は当初と同じように塞《ふさ》がれた。無愛想なまま篤志がクルマへと引きかえしていく。

意思の疎通が難しい。瑠那は戸惑いをおぼえた。男きょうだいと出会うのは初めてのせいか、勝手がわからない。助手席のドアを開ける前に瑠那はたずねた。「篤志お兄ちゃんって呼んでいいですか」

迷惑そうな一瞥《いちべつ》のみを残し、篤志が車内に消えた。瑠那はため息とともにクルマに乗りこんだ。

CR－Vが発進する。廃墟の暗がりを奥へと探索していく。路面のアスファルトはあちこちで割れていた。脱輪の恐れがあるため、走行可能な箇所はほとんどない。頻繁に道路から外れては、解体業者がコンクリートを斫《はつ》ったとおぼしき、剝《む》きだしの地面を蛇行しつづける。一見するとクルマの乗りいれなど不可能な区画に、篤志が右に左にハンドルを切り、巧みにルートを浮かびあがらせる。

やがて四方を堆《うずたか》く瓦礫の山に囲まれた、狭い窪地《くぼち》に入った。クルマはそこで停まった。エンジン音が途絶えると、辺りは静寂に包まれた。

ふたりでまた車外に降り立った。足もとがぬかるんでいるのは、昼のあいだもここに陽が射さないのを意味する。都心方面から望遠で観察しようとも、この谷間は視認できないだろう。

篤志が車体全体を布製カバーで覆った。カバーには雑多な物がまんべんなく貼り付けてあるため、周囲の堆積《たいせき》したゴミのなかに、車両が違和感なく溶けこむ。ドローンが飛来した場合でも、かなり高度を下げなければ、クルマの存在を察知しえない。

「こっちだ」篤志が歩きだした。

イエメンの砂漠地帯で幼少期を過ごした瑠那は、瓦礫の隙間にめざとく気づいた。ビルが崩れ落ちているものの、一階は潰《つぶ》れきってはいない。隙間はおあつらえ向きの出入口になる。

巨漢の篤志がぎりぎり通れる通路に身をねじこませる。瑠那は篤志につづいた。まさしく無明の闇だった。足場も凹凸が激しい。タマネギの腐ったような異臭も漂う。ガス漏れを疑わせる嫌なにおいだが、これも瑠那にはお馴染《なじ》みの工作だった。人を寄せつけないためにターシャリーブチルメルカプタンを散布してある。中東でもゲリラのアジトによく使われる。

行く手で篤志が立ちどまり、低い声でささやいた。「俺だ。瑠那を連れてきた」

鉄製の扉が解錠され、重苦しい音とともに開く。LEDランタンの光が辺りをおぼろに照らしだした。

いびつな戸口を抜けると、そこは堆積した瓦礫が天井と壁を形成する、半ば偶然できた空洞だった。おそらく以前はビルのロビーだったと思われる。支柱の多さが完全な倒潰《とうかい》を防いだようだ。

そこかしこに武装兵が数人潜んでいる。バリスティックヘルメットとアサルトライフルの銃口がのぞく。いずれも油断なくこちらを狙い澄ましていた。

そこに高齢男性の声が反響した。「撃つな《ドゥンバン》！」

ベトナム語だった。スーツ姿の痩《や》せた身体が歩みでた。白髪頭にきちんと櫛《くし》を通した、一見温厚な老紳士だが、武装勢力を統率する以上ただ者のはずがない。在日ベトナム人の裏社会を、長年にわたり牛耳ってきた大物になる。

瑠那は頭をさげた。「ディエン・チ・ナムさんですね《ファイアンイディエンチナムコナ》」

「ほう」ナムが日本語で応じた。「ベトナム語がおじょうずですな。あなたが杠葉瑠那さんですか。私をご存じとは」

結衣から特徴はきかされていた。瑠那はうなずいた。「伊桜里《いおり》を助けてくださったとか」

「ああ。妹さんならいまでかけてます。薬や食料品を買いに」

篤志が厄介そうにつぶやいた。「まだ外出には早いといったのに」

ナムは平然と笑った。「うちの若いのをふたり同行させている。なに、無事に帰ってくるよ」

なおも篤志は不満げにうったえた。「食料や医療物資なら大量に持ちこんであるでしょう」

「そりゃ、うちの兵隊のぶんは確保してあるが、ゲストにはベトナム料理より日本食を召しあがっていただきたいと、伊桜里さんがいいだしたので」

「困った奴だ」篤志が頭を掻《か》きむしった。

ゲスト。誰のことだろう。瑠那が訝《いぶか》しく思ううち、篤志がナムとともに歩きだした。

瓦礫《がれき》の壁の一か所に、また人が通れる隙間がある。ドアの代わりにカーテンが下がっていた。カーテンを割るふたりを瑠那は追った。

今度はかなり手狭な空間だった。さっきより天井が低くなっていたが、個室代わりに用いるには最適かもしれない。LEDランタンが照らすのは、床に置かれた透明ポリ袋と、中身の血染めの包帯だった。空になった市販薬の瓶が散乱するサイドテーブルもある。そして段ボール箱でこしらえた手製のベッドがあった。ベッドの上には毛布にくるまった男性が横たわる。顔の半分はガーゼが覆っていた。

それでも誰なのかは瞬時にわかった。瑠那は驚きとともに駆け寄り、ベッドのわきにひざまずいた。「矢幡《やはた》さん⁉」

やつれきった面持ちにうっすらと目が開いた。片方の瞼《まぶた》が腫《は》れあがり、内出血に黒ずんでいる。頭をわずかに浮かせた。パジャマの前をはだけているが、首から肩にかけ包帯が巻かれていた。火傷《やけど》の痕《あと》も随所に見てとれる。胸部ギプスは銃創を塞ぐ手術を受けたことを意味していた。体育館では背中を撃たれていたが、幸いにも致命傷は免れたらしい。

喉《のど》に絡む声で矢幡がきいた。「ゆ、結衣さんの妹さんか……？　たしか瑠那さんだったな」

「そうです」瑠那の視界が涙に波打ちだした。「よかった。ご無事だったんですね」

近くに立つ篤志がぶっきらぼうにいった。「なんとか助けだした。体育館の屋根が落ちる前に」

瑠那は篤志を仰ぎ見た。「あの場にいたんですか」

「結衣の行方を追ってたら、防災無線のスピーカーから、忌々《いまいま》しい親父の声が響いてきやがってよ」篤志の表情が深刻に曇った。「まさか親父が生きてたなんて」

「……怖いですか」

沈黙が生じた。篤志が顔をしかめつつ見下ろしてきた。「なんでそんなことをきく」

「結衣お姉ちゃんも凜香お姉ちゃんも怖がってたので。極度に」

「……まあな」篤志の憤然とした態度は、自分自身への苛立《いらだ》ちにも感じられた。「条件反射みたいなもんだ。親父はガキの心臓をとめる権利を持ってると本気で思ってた。しかもそれは疑いの余地のない事実でよ」

父親の面影が記憶に残るきょうだいは、みなトラウマにとらわれているようだ。自分は例外だと瑠那は思った。「わたしなら……」

「よせ」篤志がぴしゃりといった。「生半可な口をきくな。瑠那が太刀打ちできる親父じゃねえ」

「本気でいってるんですか」

「ああ、本気だ。バリケードを軽々持ちあげられようが関係ねえんだよ。おまえと同じ生い立ちの小娘さえ、親父は易々と手なずけてる」

恩河日登美《おんがひとみ》のことか。特異な身体能力と知性をもってしても、五十代の元半グレに抗《あらが》えないのだろうか。

矢幡が激しく咳《せ》きこんだ。苦しげにむせる矢幡に、ナムが水筒を差しだした。篤志が水筒を受けとった。ベッドの傍らで片膝《かたひざ》をついた篤志が、水筒を矢幡の口にあてがう。少しずつ水を飲ませるさまは手慣れている。瀕死《ひんし》の矢幡を手当てしたのは篤志にちがいなかった。

落ち着きを取り戻した矢幡だが、ぐったりと脱力した。仰向《あおむ》けに段ボールのベッドに沈みこみ、矢幡はうわごとのようにささやいた。「私の妻だった美咲《みさき》も……。いつの間にか優莉匡太と不倫に走り、架禱斗《かいと》を産んだ。あの男は恐ろしい。あいつに魅了されてから、美咲は裏表の二面性を完全に使い分けるようになった。私は真実にまるで気づかなかった」

瑠那の義父母もそうだった。教誨師《きょうかいし》として死刑囚に何度か面会しただけで、完全に取りこまれてしまった。血のつながりのない娘の前で、義父母は素朴な保護者を偽りつづけた。なんの隠し立てもないがごとく振る舞った。あの欺瞞《ぎまん》のすべは優莉匡太から教授されたのだろうか。まさしく慄然《りつぜん》とせざるをえない。

かつて二十代だったころの優莉匡太が、半グレの一大勢力を組織できた理由が、あらためて理解できる。仲間を魅了するだけでなく、犯罪者に育てあげるのにも長《た》けていたのだろう。しかも服従させるというより、絶対的な信頼を勝ちとっている。驚異的な神通力の持ち主にちがいない。それにしても……。

瑠那は疑問を口にした。「優莉匡太が友里佐知子《ゆうりさちこ》とつきあいだしてから、武装半グレ同盟の凶悪化が進んだのはたしかでしょう。でもあくまで金銭目的の強盗や殺人に明け暮れてたはずじゃないですか？　政府を手玉にとるなんて……」

篤志が苦い顔になった。「俺もそう思ってた。あんなのもう過去の男だってな。ところがよく考えてみると、親父の行動はむかしから理に適《かな》わないことばかりで、金めあてだけじゃ説明がつかねえんだ」

「どんなところがですか」

「あいつはとにかく血を見るのが好きだった。死に直面して怯《おび》えきる人間を見て興奮してやがったし、その後本当に死ぬと狂喜乱舞した。集団死ならなおさらだ。傘下の半グレ集団は経済的な豊かさを追求してたが、親父は二の次でよ」

「お金儲《かねもう》けを望まなかったわけじゃないんでしょう？」

「むろん贅沢《ぜいたく》は好んだが、稼いだ金はより残酷な行為に注ぎこんでた。秩序を異常なほど毛嫌いする一方、ささいな小競り合いから紛争まで、混乱を引き起こしては大はしゃぎする。仲間の内ゲバまで面白がる。ありゃついていけねえ」

ナムも深刻そうに同意した。「在日ベトナム・マフィアも、優莉匡太との関わりだけは避けてきました。常軌を逸した悪魔としかいいようがなかったからです。私利私欲が目的なら手の結びようもあるでしょうが、彼は……。常に殺し合いを望んでいたようで」

瑠那はベッドの矢幡に向き直った。「優莉匡太に会いましたか」

「会ったとも」矢幡が力なく応じた。「だが私に対しては、あいつも憎悪を剝《む》きだしにしてきた。最初から蔑《さげす》み、いずれ殺すと凄《すご》むばかりだった」

「矢幡さんの心を掌握しようとする素振りはなかったと……?」

「かつて私は、あの男の潜伏先を警察庁長官に知らせ、逮捕に貢献したと世間から持ちあげられた。私が総理に再選されたのもそのおかげだった。恨んでいて当然だ」

シビック政変が収束したいまとなっては、報道を通じ誰もが知っていることだ。当時の矢幡が得た情報は、実のところ美咲が匿名の手紙として、自宅の郵便受けにいれたにすぎなかった。彼女は武装半グレ同盟の摘発後、優莉匡太に愛想を尽かし、また総理夫人に復帰することを望んだ。すなわち愛人の優莉匡太を売って、夫の支持率の回復に走った。

熱にうかされるようなつぶやきを矢幡が口にした。「美咲に裏切られた優莉匡太は、死刑に処せられたように装い、巧みに生き延びて……。美咲に復讐《ふくしゅう》するかと思いきや、幽霊か死神のように君臨して、世のなかを混乱させるのを生き甲斐《がい》にし始めた。死者だけに司法の追及もなく、なんの制限もない。やりたい放題になった」

架禱斗のタリバンやアルカイダ入りを、本人にも気づかせないうちに支援し、シビックの樹立も手助けした。結果として架禱斗は日本を敵にまわし、内戦の大混乱で数千もの犠牲をだした。収束後も矢幡が失踪《しっそう》、梅沢《うめざわ》政権はナショナリスト団体をEL累次体として秘密結社化し、強国への革命を急いだ。

矢幡が力なくつづけた。「太平洋《たいへいよう》戦争前のファシズムを地で行くような歴史の再現を、優莉匡太は高笑いで見物してる。事実として梅沢は狂気にとらわれてる。私のせいだ」

瑠那は首を横に振った。「矢幡さんの政策に賛否はありましたが、あくまで民主主義に基づいていました。ナショナリズムの純粋さを、独裁に利用しようとする国家元主は多いですが、矢幡さんはそうなさらなかったんです。でも代わりに優莉匡太が……」

「私の声を装った」矢幡は無念そうに目を閉じた。「梅沢たちの前に姿を見せながら、私は本心を打ち明けられなかった。国民を人質にとられていた……。一刻も早く事実を伝えねばならないのに」

重い沈黙がひろがった。たしかに対抗手段は急がれる。この国でも民衆は治安の悪化に慣れ始めている。武力襲撃がたびたび起きるのを、不可避の事態として受けいれつつある。いつの間にか北朝鮮のミサイル飛来が日常化し、地震や洪水のたび大勢が死ぬのを当然と思うようになったのと同じだ。円安にも歯止めがかからない。悪い傾向だった。国情はこうして変質し、退廃の一途をたどる。

かつて中東でもレバノンは、いまでいうドバイのように華やかな経済の中心地だった。内戦勃発《ぼっぱつ》で地獄絵図と化し、昨今もイスラエルとの国境付近で日夜、砲撃の応酬がつづく。日本の外務省が渡航を推奨せず、とりわけ国境からは退避を呼びかけている。かつて中東のパリと呼ばれた、レバノンの首都ベイルートの繁栄を見た人々は、現状を信じられないだろう。国家規模で極端な変化は起こりうる。日本もまさしく同じ轍《てつ》を踏んでいる。

矢幡がいった。「武蔵小杉《むさしこすぎ》高校事変から暗澹《あんたん》たる日々が始まった。なんらかの不可抗力を感じながら、なにが陰に潜んでいるのかわからなかった。シビック政変でもだ。なぜ混乱が鎮まってくると別の混乱が発生するのか。まさか優莉匡太だったとは」

瑠那は矢幡にきいた。「優莉匡太とどこで会ったんですか」

「港区《みなと》高輪《たかなわ》三丁目。統合《とうごう》教会日本支部のなかだ」

「教会員や信者たちに守られているんですか」

「いや。一般の教会員はなにも知らないと思う。信者はなおさらだ。優莉匡太は幹部クラスを仲間に引きこみ、あの宗教組織を隠れ蓑《みの》にしている。周りを固める閻魔棒《えんまぼう》どもも、偽名で教会員として登録され、社会的身分を得てる」

「閻魔棒？」

「優莉匡太が育てた若者たちだよ。もともと閻魔棒というのは、大きな鍋《なべ》を掻《か》き混ぜる道具のことだな？　その名のとおり社会を掻き乱すための要員でね。皮肉なネーミングだ」

篤志が歯ぎしりした。「俺たちと同じように育成しやがった」

「もっとひどい」矢幡が表情をいっそう曇らせた。「恩河日登美という高二の少女がいたが、信じられないほど強靱《きょうじん》で頭が切れる。おまけに残忍だ」

「ええ」瑠那はため息をついた。「恩河日登美なら知ってます」

燃え盛る体育館で三人の閻魔棒を仕留めた。濉磯《すくいそ》と芦鷹《あしたか》、猟子《りょうこ》と名乗っていた。結衣とふたりがかりで、なんとか打ち倒したものの、あいつらはまだ並の人間にすぎない。せいぜい優莉匡太から人殺しの手ほどきを受けたていどに留《とど》まる。だが恩河日登美は瑠那と生い立ちを同じくする。母親が誰かは知らないが、胎児の時点で脳にレーザーメスが入り、ステロイド注射を受けている。本来なら成人前に死ぬはずが、あろうことか瑠那の調合した治療薬を流用し、健康状態のまま生き延びている。瑠那の義父母が治療薬を提供してしまったからだ。

踊らされるばかりの人生に激しい怒りがこみあげてくる。瑠那は思いのままを口にした。「優莉匡太の前で膝《ひざ》が震えない子供は、わたしぐらいかも」

篤志が咎《とが》めるように声を張った。「思いあがるな。俺がブルッちまって引き籠《こ》もってるだけだと思うか。おまえひとりで行かせるかよ」

「でも怖いんでしょう?」

「おい。たしかに俺は親父の素顔を知ってるから、おまえみたいに楽観的になれねえけどな。それなりに場数を踏んでるんだよ。経験を積んで肝も据わってきてる。たぶん結衣もそうだろ。いまごろはもう立ち直ってる」

矢幡が呻《うめ》くように口をはさんだ。「未成年の瑠那さんが、人殺しに向かうのは見過ごせない。日本はまだ法治国家だ」

ナムが穏やかに告げた。「法に従えば、優莉匡太は死刑に遭った身ですよ。すでに死者であり、国民ではなくなっています」

「ああ……。それはそうだな……」

瑠那はまた巨漢の兄を見上げた。「篤志お兄ちゃんはどうなんですか？　苗字《みょうじ》を偽った非国民なんですか」

篤志が忌々《いまいま》しげに吐き捨てた。「ちゃんと澤紙《たくし》の戸籍はある」

とはいえ篤志は未成年のころ行方をくらました身だった。正規の手続きを経て取得した戸籍のはずはない。ただし優莉家一流の巧妙な犯罪により、書面の偽装レベルではなく、本当に戸籍を成立させている。それでも瑠那は篤志にきいておきたいことがあった。「定職に就いてますか」

「なんでそんなに棘《とげ》のある質問ばかりぶつけてくる？　高一に心配されるような生き方はしてねえ」

「社会的信頼度について問いかけてるんです」

「あのな、瑠那。おまえは利口かもしれんが、見てくれで兄を社会不適合者と決めつけるな」

ナムが微笑した。「澤紙篤志君は、うちの合法的企業である田《でん》運輸で、輸送ヘリのパイロットを務めてます」

優莉姓をひた隠しにして生きてきた篤志だが、報道のせいでもう公になっている。

田運輸での仕事も継続は難しい。たぶん今後は会社に出勤できないのだろう。瑠那は篤志に目を戻した。「いまは無職も同然ですよね」

篤志が毒づいた。「可愛げのある妹は伊桜里だけか」

「凜香お姉ちゃんは可愛いですよ。結衣お姉ちゃんも」

「結衣にそんな口をきいたら殺されかねねえ。問題は凜香だ。たぶんあいつがいちばん親父に怯《おび》えてる」

憂鬱《ゆううつ》さに心が潰《つい》えそうになる。凜香の名が報じられていない以上、攫《さら》ったのは政府と癒着するEL累次体ではなく、優莉匡太の閻魔棒らと考えるべきだ。現に凜香のいなくなった児童養護施設に、恩河日登美がまちかまえていた。閻魔棒たちは見境なく凶行に及び、大勢の警察官を殺した。捜査一課長の坂東《ばんどう》も犠牲になった。あの無念を晴らさずにはいられない。

篤志が腕組みをした。「親父は凜香を取りこんじまうかもしれねえ」

ベッドに横たわる矢幡がささやいた。「彼は脅迫と懐柔を交互に使ってくる。命の危険に晒《さら》されれば、人は誰でも表面上、脅しに屈する。まだ性根では抵抗してると自分にいいきかせるが、そこで優莉匡太は歓待に転じる。望むものをすべてあたえようとする。怠惰な生き方も、責任あるポストも、当人の求めるがままに」

瑠那は腑《ふ》に落ちなかった。「それだけでは人を支配しきれないのでは……？」

「優莉匡太にしてみれば、相手をあるていど従順にさせるだけで充分なんだ。架禱斗とちがって、彼は直接命令を下したりはしない。いわば隠遁《いんとん》者となり、天空から混乱の種を振り撒《ま》くだけだ」

篤志が唸《うな》った。「凜香の場合はもっと簡単だ。おそらく親父に会った瞬間から、抵抗の気力をすっかりなくしてる」

一刻も早く凜香を助けださねばならない。だが統合教会日本支部は、恩河日登美ら閻魔棒が守備している。凜香がそこにいる確証もない。

結衣はいまどこだろう。矢幡前総理の無事を伝えたい。どうあっても再会せねば。

矢幡がささやいた。「瑠那さん」

「なんですか」

「あのときいえなかったが……。不変の滄海桑田《そうかい》とは、優莉匡太がＥＬ累次体に作らせた、なんらかの死の種だ」

「死の種……？」

「ああ。恩河日登美が会話するのをきいた。それがなんなのか、はっきりしたことはわからんのだが……」

カーテンを割り、ベトナム人青年らが、三十インチていどのテレビを運びこんできた。青年がナムと小声で言葉を交わす。

瑠那はきいた。「なんですか」

ナムの眉間《みけん》に皺《しわ》が寄った。「国連の緊急特別総会が生中継されていると……。NHKも民放も」

矢幡がはっとする反応をしめした。苦痛に顔を歪《ゆが》めつつも、矢幡は半身を起こした。「どんな議題だ?」

画面に国連の総会ホールが映しだされる。複数の異なる言語が飛び交っていた。日本語の同時通訳はまだ追いついていない。だが瑠那は早くも絶望的な心境におちいった。非難の集中砲火を受けているのは日本だった。

2

画面に映しだされているのは、米ニューヨークの国連本部ビル内にある、最も大きな総会議場だった。壁は円錐《えんすい》状で、天井に近づくにつれ狭くなり、天窓のドーム屋根へと達する。正面の紋章を掲げた演壇を前に千数百席が並ぶ。百九十三の加盟国が、いずれも複数の代表者と補佐からなる代表団で、難なく列席できる規模だ。

日本の代表団の筆頭は六十三歳の楓川昭夫《かえでがわあきお》大使だった。矢幡と同じ山口県出身、慶《けい》應義塾《おうぎじゅく》大学法学部を卒業後、外務省入省。各国大使館の書記官や参事官を経て、現在は国連日本政府代表部大使となっている。

いつも自信満々の楓川だが、画面で観るかぎり憔悴《しょうすい》のいろがめだつ。額にもうっすら汗が滲《にじ》みでていた。

理由は判然としている。なにしろ今回の議題は日本への非難決議だ。国際法上の重大犯罪への調査と訴追を求める、そんな決議案の採択において、演壇後方のスクリーンが投票結果を表示していた。じつに百か国以上が賛成にまわっている。

ロシアの代表が強い口調で演説をつづける。列席者らは険しい表情で、通訳のイヤホンに耳を傾ける。中継にも同時通訳の日本語音声がかぶる。「……このように日本国内で相次ぐ武力襲撃は、じつは政府の不穏分子が内々にファシズム復活をめざし、憲法を無視した革命を推し進めるがゆえとあきらかになっています。国民に大勢の犠牲者がでていながら、日本政府はひそかに軍国化に注力しているのです」

激しい怒りをあらわにするロシア代表とは対照的に、同時通訳の声は終始淡々としていた。一方、議長に発言を求められた楓川大使は、本人からして言葉遣いがぎこちなかった。「シビック政変のような一大事を受け、日本政府は国民の生命と財産を守るため、再発防止を前提とした構造改革を推進しています。しかしファシズム復活とか軍国化とか、そんな突拍子もないスローガンを掲げる不穏分子など存在しません」

通訳がなされたのち、またロシア代表が憤然とまくしたてた。同時通訳の声があくまで冷静に伝える。「不穏分子に心当たりがないと主張するのは、国家のトップからしてその一員だからです。常任理事会でも議題に上りました。日本のナショナリスト団体が、急進的ファシズム政権樹立をめざす秘密結社と化し、多くの政府閣僚がメンバーに名を連ねていることを、常任理事国は認識済みです」

楓川大使の反論はいっそう弱々しくなった。「秘密結社などとおっしゃいますが、まったく架空の存在です」

「いいえ」ロシア代表の主張を同時通訳が告げた。「EL Continuous Field……。EL累次体なる秘密結社が、いまや日本の中枢ではありませんか」

テレビで中継を観ていた梅沢和哉《かずや》総理は息を呑《の》んだ。総理官邸の執務室内、円卓に列席する閣僚や官僚らも、いっせいに衝撃のいろを浮かべた。激しい動揺をしめすまなざしが、いっせいに梅沢に向けられる。

脈拍の異常な亢進《こうしん》を自覚する。六十五歳の身には応《こた》えるが、けっして取り乱してはならない。深夜の総理官邸に集まった面々は、政府内でもまさしくEL累次体に属する者ばかりだ。梅沢がうろたえたのでは収拾がつかなくなる。

執務室の隅、円卓から離れたデスクで、外務省官僚のひとりが受話器を耳にあてている。たずねる目を梅沢に向けてきた。「楓川大使にどのような指示を……？」

国連総会の最中はどの国の代表も、それぞれの政府首脳と連絡をとりあっている。非難の矢面に立つ日本代表には、むろん総理官邸からのバックアップが欠かせない。

梅沢はいった。「EL累次体など初耳だ。日本人にとってもまるで馴染《なじ》みのない名称であり、どういう意味なのか理解しかねる。そのように発言させろ」

官僚が国際電話で梅沢からのメッセージを伝える。日本代表は本国からの指示を切望していたらしく、画面に映る補佐がただちに動いた。メモを受けとった楓川大使が震える声を響かせる。「EL Continuous Field なる名称は、ききおぼえがないばかりか、日本人にとってまるで馴染みがありません。よろしければどういう意味なのか、ご教授願えますか」

返答したのはなんとアメリカ代表だった。アメリカ代表が早口の英語でいった。「ELはエールの略称です。普通名詞として神を指すほか、神のなかの神である最高神を表します。メソポタミアのナンムや、日本神話の天照《あまてらす》が当てはまるのです」

議長が問いかけた。「Continuous Field の意味するところはなんですか」

「永久に継承されていく国家の意です。最高神たる天皇家が未来永劫《えいごう》、受け継がれていく土壌。すなわち国歌『君が代』の歌詞を翻案し、内外にそれと気づかせないための暗喩《あんゆ》なのです」

梅沢はぞっとする寒気をおぼえた。アメリカの説明は正確だった。EL累次体の名称に秘められた意味を、もはや国際社会が承知するに至った。極秘中の極秘だったはずの事項が、なぜこうまで公になっているのか。

執務室の円卓は紛糾しだした。六十一歳の廣橋傘次《ひろはしさんじ》厚生労働大臣が泡を食ったようにきいた。「なぜアメリカまでが非難にまわる？　彼らがEL累次体の意味をどうやって知った？」

舘内義雄《たてうちよしお》外務大臣も七十歳にしてEL累次体の一員だった。苦渋の面持ちで舘内がつぶやいた。「CIAが情報をキャッチしたとしか……」

アメリカ代表の辛辣《しんらつ》な物言いがつづく。同時通訳の声も心なしか狼狽《ろうばい》の響きを帯びだした。「〝異次元の少子化対策〟と称し、未成年女子の大量誘拐と性的暴行、強制妊娠。東京西部山中の拠点は非合法な戦車部隊に守備させていました。三浦《みうら》半島における中性子爆弾を用いた大量殺戮《さつりく》の画策。挙げ句の果ては、中国の核搭載衛星を操作、ウクライナの壊滅を経て核戦争を勃発《ぼっぱつ》させ、新興勢力として君臨しようと……」

梅沢は怒鳴った。「事実無根と伝えさせろ！」

外務省官僚が受話器にそのまま告げる。執務室内は喧噪《けんそう》に包まれた。岩淵幸司《いわぶちこうじ》防衛大臣が額に青筋を浮かべ、こぶしで机を叩《たた》いた。「国際社会は無責任かつ無理解だ。戦後わが国は骨抜きにされ、無力化と弱体化の一途をたどった結果、シビック政変を阻止できなかったんだぞ。国難を乗り切るためには憲法を超越せねばならん。革命は不可避だった。こうせざるをえなかったんだ」

五十七歳の隅藻長輔《すみもちようすけ》法務大臣が声高に同調した。「そうですとも。諸外国の見解は日本の特殊な事情を踏まえていない。強国に生まれ変わらねば第二、第三のシビック政変が起きる。優莉匡太の生存が確認されたんですよ。もはや革命まったなし。一刻の猶予もありはしません」

円卓を囲む面々が興奮ぎみに発言した。梅沢は片手をあげ、一同に沈黙をうながした。テレビの画面内に動きがあったからだ。

ＥＵ各国やアジア諸国のみならず、中東やアフリカの各国も続々と、日本への非難を表明している。楓川大使は必死に弁明するが、批判は強まるばかりだった。

舘内外務大臣が不快そうに腕を組んだ。「ＯＤＡで多大な援助をしてやった国までが……。途上国どもめ。どいつもこいつも恩知らずな」

別の大臣から声があがった。「しかしどうするのです？　国連でわが国代表は四面楚歌《そか》の孤立状態です。前代未聞ですよ」

「いや」高齢男性の声が執務室に響き渡った。「前代未聞ではない。歴史は繰りかえす」

全員の目が雲英秀玄《きらしゅうげん》に注がれた。ただひとりの民間からの出席者は、高級そうな和装に身を包んでいる。しわがれた声で秀玄がいった。「かつて太平洋戦争前も、危機感からファシズムを頼みの綱とし、国際連盟で孤立した」

官僚のひとりが顔をしかめた。「いまはそれとは……」

「どうちがう？」秀玄は官僚を睨《にら》みつけた。「なにも変わりはせん。よその国からすれば、いまの日本は国連憲章違反、世界を欺き軍備増強を図る北朝鮮と同じだ」

岩淵防衛大臣が嚙《か》みついた。「GHQの押しつけた日本国憲法に基づく戦後八十年、結果は優莉架禱斗のような若造に、好き放題を許しただけだ。内なる敵、優莉匡太の一族に対抗するためにも、我々は故・矢幡元総理のもと強国を樹立せねばならん」

三十三歳の息子、梅沢佐都史《さとし》がこちらを見ている。目が合った理由はあきらかだ。故・矢幡元総理のもと、岩淵はそういった。だがそれは真実だろうか。

雲英秀玄が厳かに告げた。「諸君はこう思っとらんか。目が覚めるのが怖い。気高い理想に突き進んだはずが、いつしかインパール作戦の再来だったと。少子化や円安、防衛力不足を乗り切るためには、若者にあるていどの犠牲はやむなしと考えてきたが、ふと冷静になってみると、異常極まりない集団殺戮に走ってしまっていた」

岩淵防衛大臣が怒りをしめした。「そんなものはちがう」

「なにがちがうというんだ」雲英秀玄が声を荒らげた。「現に世界から孤立しとるじゃないか」

画面内ではフランス代表が発言していた。突如現れた武装勢力が、警察官や消防士まで標的にするのは、日本政府の後押しあってのことだとしている。EL累次体が新たな秘密警察を組織し、従来の公務に関わる者らの一掃を図っている。そんな解釈のようだ。

国連は思いちがいをしている。EL累次体は警察国家の確立をめざしている。みずから警察官らを手にかけるはずがない。だが優莉匡太のしわざと説明したところで、国際社会が納得するとは思えない。

「総理」外務省官僚が受話器を手にしたまま、途方に暮れたようすできいた。「国連のほうで、楓川大使がどのように回答をすべきかと……」

次いで中国の代表が、ここぞとばかりに日本を吊《つ》るしあげている。彼らが汚染水と呼ぶ、福島第一原発の処理水放出の件まで蒸しかえしていた。

梅沢は苛立《いらだ》ちとともに、執務室内の壁際を見やった。ソファに腰掛けるのは、皺《しわ》だらけの顔に垂れた目の高齢女性だった。喪服のように真っ黒なワンピースに身を包み、不機嫌そうにタバコを吹かしている。

彼女には日本語がわからないからだろう、岩淵防衛大臣が列席者らにささやいた。「あの婆さん、いまでも人民解放軍の英雄あつかいではあるけどな。実のところ中国共産党の裏切り者でしかない。これも歴史になぞらえれば、ヒトラーと手を結んだ大日本帝国ってところか。習近平《しゅうきんぺい》から警戒される危険分子を仲間にしたのがまちがいだ」

隅藻法務大臣が嘲《あざけ》るようにいった。「藤蔭《ふじかげ》君の手に負えなかったのがなにより問題だった」

五十二歳の藤蔭覚造《かくぞう》文科大臣が唇を嚙んだ。たしかに三体衛星制御計画は彼に指揮権があった。あの失敗によりEL累次体は、いまや経済的にも存続の危機に陥っている。

恰幅《かっぷく》のいい七十三歳、こめかみに白髪をわずかに残した羽馬《うま》時吉《ときよし》経済産業大臣が、見下すような態度をしめした。「戦争などアニメでしか知らん若い文部科学大臣が、妄想だけを頼りに猪突《ちょとつ》猛進、革命資金の蓄えを食い潰《つぶ》した。人選が根本的にまちがっとる」

藤蔭は不満げに羽馬を見た。だが羽馬が射るような視線を向けると、藤蔭は黙りこんでうつむいた。

「とにかく」岩淵防衛大臣が軽口を叩いた。「仮にこっちの人材が優秀だったとしてもだ。中国側の協力者があんな婆さんじゃ……」

するとハン・シャウティンがソファから立ちあがり、つかつかと円卓に近づいてきた。火のついたままのタバコを卓上に投げつけると、シャウティンが皮肉な口調を発した。「ハイル・ヒトラー」

列席者らは凍りついた。日本語の会話もシャウティンに筒抜けだったのだろうか。踵《きびす》をかえしたシャウティンが立ち去っていく。ドアを開けると廊下に姿を消した。

舘内外務大臣が岩淵防衛大臣にぼそぼそと告げた。「情報を流出させたのはシャウティンでは?」

充分にありうると梅沢は思った。ＥＬ累次体を内偵すべく、あえて計画に加わっていたと、習近平に申し開きをしたとの噂もある。中国はそれを受け、常任理事会で情報を開示したのか。西欧諸国と日本を仲たがいさせれば、中国は漁夫の利を得られる。

国連での対応をめぐり、執務室内で議論がつづいた。閣僚のひとりが忌々《いまいま》しげな声をあげた。「どうする？　頭をさげるのか？」

岩淵防衛大臣が断固として否定した。「何度もいわせるな。不条理な国際社会が悪いんだ。大国どもは日本のことなどなんとも思っていない。彼らが関心を持つのはそれぞれの利権だけだ。わが国にいっさい武力を持たせないつもりだ」

雲英秀玄が鼻を鳴らした。「それで？　また今度も日本が国連を脱退するのか？　松岡洋右《まつおかようすけ》の二の舞だな」

「国連緊急特別総会の決議などなんの強制力もない。ロシアやイスラエル、パレスチナを見てみろ」

「無視すればそのうち安全保障理事会の決議を突きつけられるぞ」

梅沢は苦い気分を嚙み締めた。「国連の決議は軽んじられん。楓川大使には、今後慎重に国内調査を進めると発言させろ」

「総理」岩淵防衛大臣が心外だというように抗議してきた。「各国の失笑を買いますよ」

羽馬経済産業大臣が茶化す物言いを口にした。「人権無視国家と思われるのではなく、ただ腰抜けと解釈されるのか」

「やめろ」雲英秀玄が顔面を紅潮させた。「そんな言い方はよせ。国連は敵にまわせん！」

円卓の列席者らはまた喧々囂々《けんけんごうごう》となった。梅沢は無言を貫いた。息子の佐都史も不安な面持ちで黙りこくっている。

閣僚たちはわかっていない。問題はより深刻だ。ＥＬ累次体の人事と経理に不審な動きがあった。高精度なボイスチェンジャーがひそかに開発されたと考えられる。矢幡が直接指示を下したことになっているが、なぜそんな必要があったのだろう。じつは優莉匡太の声だったのではないか。

全体集会の場に生身の矢幡が現れた。しかし国民を人質にとられているとの認識なら、矢幡は優莉匡太の強制に従うだろう。なんにせよ矢幡が死んだいまとなっては、事実をたしかめるすべがない。彼は妻を亡くし、子もおらず独り身だった。

執務室内が騒々しくなった。議論の声は大きくなる一方だ。矢幡の弔い合戦だと岩淵防衛大臣が怪気炎をあげている。梅沢は寒々とした心境に浸った。胸の奥でなにかが冷めてきた。優莉匡太は国家の敵だ。強国樹立のための革命もまちがっていない。

だが……。

また藤蔭文科大臣ひとりの失敗を、列席者らが集中攻撃している。梅沢はうんざりした。「諸君。国連の緊急総会はつづいているが、我々の会議はこれで終わる。明朝も早い。ゆっくり休んでくれ」

羽馬経済産業大臣が肥え太った身体を椅子から浮かせた。「助かった。こんな時間だが、会食の約束があるのでね。藤蔭君の尻ぬぐいはたくさんだ」

列席者らが不満を残しつつも立ちあがる。退席が進むなか、藤蔭文科大臣が梅沢のもとに駆け寄ってきた。よほど悔しかったのか、藤蔭は梅沢に申し立てた。「総理、計画の失敗は慚愧《ざんき》に堪えませんが、私としては本分を尽くしたつもりで……」

梅沢は沈黙のまま離席した。藤蔭が言葉を呑《の》みこんだ。息子の佐都史を目でうながし、梅沢は一緒にドアへと向かった。背後に藤蔭がひとり立ち尽くし、こちらを見送っている。不服さの籠《こ》もった視線を背に感じる。だが慰めの言葉などかけてやる義理もない。あれがEL累次体にとって手痛い敗北だったのは、揺るぎない事実だ。

3

藤蔭覚造文科大臣は、ひとり重苦しい足どりで、総理官邸の外へでた。午前二時をまわっている。三階の正面玄関に面した、ほのかな照明に浮かびあがる車寄せに、複数の公用車が横付けしていた。そこかしこで閣僚らが、それぞれの運転手に迎えられ、後部座席に乗りこんでいく。

五十二歳の藤蔭は日大法学部政経学科の出身だった。二十九歳で衆院議員の事務所で私設秘書、三十六歳で大臣秘書官を務めた。与党公認で衆院選に出馬、比例代表で当選を果たした。すなわちほかの閣僚に比べ経歴が浅く軽い。ついでに独身でもある。党内の若手勢力のなかでは求心力がなく、将来の派閥結成を取り沙汰《ざた》されることもなかった。よって専用の公用車と運転手も待機しない。

それでもさすがに閣僚ともなれば、タクシーを拾わねばならないほどでもない。少し離れた場所に、専属でない運転手らが、予備の公用車を停めている。日中に官邸での会議に出席した新人議員らは、たいていそちらの世話になる。藤蔭は大臣になってもそのレベルから抜けだせていない。

いや。このあつかいはやはり冷遇の部類に入る。ＥＬ累次体における計画失敗が尾を引いている。きょうの会議でも侮辱を受けるばかりだった。とりわけ羽馬経済産業大臣の態度は、思いかえすだけでも腹立たしい。

車寄せの端まで来たとき、和装の後ろ姿が立ち話するのを目にした。雲英秀玄だった。向かい合うのは制服姿の女子高生だ。色白で華奢《きゃしゃ》な体形、薄幸を絵に描いたような小顔を、長い黒髪が縁取る。洒落《しゃれ》た制服はエンジとグレーのツートンカラー。日暮里《にっぽり》高校の生徒だとわかる。なにより彼女の存在は、日本国民に知れ渡るほど有名だった。

高三に留年した十九歳、雲英亜樹凪《あきな》が不満げに祖父にいった。「矢幡前総理がわたしを連絡係に指名してくださったんです。不幸にして亡くなって以降も、わたしは責任を果たさなければなりません」

雲英秀玄は首を横に振った。「おまえはまだ高校生だ。年齢のうえでは成人かもしれんが、受験も間近に迫っておるだろう」

「受験ならだいじょうぶです」

「難関だぞ。甘く見るな」

「どうか心配しないでください。わたしはEL累次体の崇高な理念に身をもって貢献したいんです。お祖父《じい》様もそうじゃありませんか」

「私は……」秀玄は口ごもった。じれったそうな面持ちで秀玄がきいた。「亜樹凪、本当に矢幡君がそういったのか。彼の伝令を務めてくれと」

「はい。全面的に信頼できるからとおっしゃいました」

祖父と孫娘の口論がつづく。藤蔭は当惑をおぼえた。きいていないふりをして遠ざかりたいが、帰りのクルマをつかまえるには、ここに立ちどまるしかない。

秀玄が忍耐強く説得した。「いいか、亜樹凪。矢幡君の遺志を継ぐ以前に、おまえの父親のことを考えろ。健太郎《けんたろう》は無節操な暴力の犠牲になった。犯人はいまだわからん。だがおまえが感じる辛《つら》さはよく理解できとるつもりだ。とはいえ自暴自棄になってはいかん」

「わたしのお父様は、お祖父様にとって長男でしょう。お祖父様も傷ついたはずです。こんな世であってはならないと思い、EL累次体に加わったのではないのですか」

「……健太郎は道を誤った。あろうことかシビックに身を寄せるなど……。亜樹凪にはそうなってほしくない」

「EL累次体は国家の未来です。なにを迷うことがありましょう」

「そのEL累次体が大きく迷走しとるんだ。全世界から非難の矢面に立たされとる。おまえは知らんだろうが、昨今のEL累次体の活動は異常だ。国民に犠牲を強いてでも革命を強行しようと……」

藤蔭は踵《きびす》をかえした。耳が痛い。なにより雲英秀玄は純粋すぎる。孫娘が三体衛星操作計画の現場にいたことを知らない。血で血を洗う革命は亜樹凪も承知済みだ。それどころか、みずから最前線に立っている。

するとと亜樹凪の声が呼びとめた。「藤蔭先生」

びくっとし立ちどまる。藤蔭は戸惑いがちに振りかえった。

亜樹凪が足ばやに追いかけてきた。「祖父に説明していただけませんか。貧困世帯の高校三年生が、春先までアルバイトを掛け持ちしながら受験に臨む例は、少なからずあるでしょう。かならずしも受験生は受験勉強のみに集中してはいません。文科省も把握してると思いますが」

秀玄が声を荒らげた。「そんなのはやむにやまれぬ事情を持つ生徒にかぎられる」

「わたしも同じです！」亜樹凪が秀玄に怒鳴った。「父が犯した罪を償いたいと矢幡さんにも申しいれました。ＥＬ累次体がなければ日本の明日は……」

「声が大きい。亜樹凪。外でＥＬ累次体の名を口にしてはいかん」

スーツが駆け寄ってきたため藤蔭は緊張した。だが政府関係者ではなく、雲英秀玄の雇った運転手だとわかった。運転手がかしこまっていった。「おクルマの準備ができました」

むすっとした秀玄が亜樹凪をうながした。「帰るぞ。一緒に乗れ」

亜樹凪が抵抗をしめした。「わたしは藤蔭先生に送っていただきます」

秀玄は怒りに目を剝《む》いた。「亜樹凪！」

「藤蔭先生」亜樹凪が助けを求めてきた。「どうか……」

潤みがちな瞳《ひとみ》にたちまち魅せられてしまう。国民的美少女として知られる端整な顔が、いま藤蔭の眼前にある。内なる迷いが生じる。じつは魔性の女ではないか、藤蔭は亜樹凪についてそんな疑いを持ち始めていた。

しかし亜樹凪との距離が縮まる可能性が、にわかに生じたとあっては、それを無下にできるはずもない。藤蔭は秀玄に告げた。「お嬢様は責任を持って私がお送りしますから……」

秀玄が苛立《いらだ》たしげに亜樹凪を睨《にら》みつけた。亜樹凪は小さくなりうつむいた。ほどなく秀玄は首を横に振りつつ、運転手とともに歩き去った。

亜樹凪がほっとしたように藤蔭に向き直った。「ご迷惑おかけして申しわけありません……」

「いや。いいんだが……。大変だね。秀玄さんには本当のことをいえないだろうし」

「はい」亜樹凪が憂鬱《ゆううつ》そうな面持ちで身を寄せてきた。「でも国難のときですから、やむをえないかと」

動悸《どうき》が速まる。亜樹凪が巧みに男の下心にうったえる、そんなすべを知りつつも、自分に対してはちがうと信じたくなる。あるいはそうかもしれないが、なんであれ一緒に過ごせる時間のほうが貴重に思えてくる。あの雲英亜樹凪とふたりきりになれるのを、望まない男などいるはずがない。頭の片隅で愚かしいと自覚するものの、感情は制御できなかった。

別の運転手が歩み寄ってきた。「おクルマを?」

「頼む」藤蔭は自分の気どった声に苦笑した。運転手が黒塗りの大型セダンへ向かい、後部ドアを開ける。レクサスLSだった。そちらへ亜樹凪をエスコートする。亜樹凪を先に乗せてから、藤蔭も後部座席に並んだ。運転手が車外からドアを閉じる。

前部座席とのあいだに、リムジンのような間仕切りのアクリル板があることに気づいた。タクシーとはちがい、いっさいの隙間がない。車内の前部と後部は完全に隔てられている。公用車はこんな仕様になったのだろうか。

運転手が乗りこみ、静かにクルマを発進させた。深夜だけに国道246号もわりと空《す》いていたが、それでもタクシーがひっきりなしに流れる。レクサスは追い越し車線に移り急加速した。

妙に乱暴な運転に思える。まだ行き先も告げてないぞ。アクリル板越しに声が届くだろうか。藤蔭は呼びかけた。

「そんなに急ぐなよ。まだ行き先も告げてないぞ」

亜樹凪が冷やかにいった。「行き先はもうきまってます」

はっとして藤蔭は亜樹凪を見つめた。「なに？」

まっすぐ前を向いたままの亜樹凪は無表情だった。「ＥＬ累次体の命運を左右なさるお方のもとへお連れします」

「なんだって？」藤蔭は動揺した。思わず目の前のアクリル板に手を伸ばす。触れただけで頑丈さがわかる。側面のドアも試してみたが開かない。泡を食いながら藤蔭は運転手に声を張った。「いったん停めろ。私を降ろせ！」

「静かに」亜樹凪がやけに大人びた口調でささやいた。「どこへ行くのか気になりませんか」

「きみはいったい……。どういうつもりなんだ。まさか本当に、亡きお父上の遺志を継いでるとか？」

亜樹凪はうんざりしたようにため息をついた。「短絡化させたがる単純思考が三体衛星操作計画の失敗に結びついた。いい加減学ぶべき」

「私を誰と会わせようというんだ。ＥＬ累次体の命運を左右する存在だと？　矢幡前総理なら亡くなったぞ」

「そもそも矢幡嘉寿郎《かずお》はＥＬ累次体に関わってなどいません」亜樹凪はペン型の小型

機器をとりだした。

ICレコーダーだった。亜樹凪がスイッチをいれると、音声が明瞭《めいりょう》に再生された。

〝梅沢。目的は正しかった。方法がまちがっていただけだ。不変の滄海《そうかい》桑田と至近の接触を忘れるな〞

矢幡の声ではない。だが古いニュース番組を通じ、この声は記憶に刻みこまれている。車内の温度が急速に低下したように感じる。鳥肌が立つほどの恐怖にとらわれ、身体の震えがとまらなくなる。

「ゆ」藤蔭はつぶやいた。「優莉匡太か……」

「だからといって、わたしが父同様にシビックの協力者だとか、愚劣な憶測を働かせないように」匡太さんはそんな低俗なお方じゃないので」

匡太さんと亜樹凪はいった。お父様やお母様、お祖父《じい》様という言葉遣いの令嬢が、ずいぶんくだけた呼び方をする。いままで藤蔭がまったく知りえなかった人間関係が示唆された。

亜樹凪のスカートの裾《すそ》からのぞく太股《ふともも》を見ても、もはやなんの欲望も生じない。藤蔭は怯《おび》えきっていた。殺されるかもしれない、そう思ったとたん息苦しさをおぼえた。酸素が足りないのではない、空気を吸うばかりで体内にとりいれすぎている。過呼吸におちいりつつあるらしい。ぜいぜいと喘《あえ》ぎながら藤蔭はきいた。「なんで私を優莉匡太に会わせようとする？」

「さあ。匡太さんがあなたを指名したから」亜樹凪の見るものを凍りつかせるような視線が、横目に藤蔭を一瞥《いちべつ》した。「いい歳して過呼吸とかやめてくれますか。女子高生じゃあるまいし」

4

深夜の高級住宅街は静まりかえっていた。レクサスは生活道路に乗りいれた。港区高輪三丁目。立派な屋敷が連なるなか、ひときわ広い敷地を誇る、寺院のように装飾過多の建造物がある。

統合教会日本支部だと藤蔭は気づいた。見なければよかった、そんな思いだけが胸のうちにひろがる。なぜ目隠ししてくれなかったのか。行き先を伏せないのはすなわち、藤蔭がけっして口外しないと、優莉匡太が確信しているからではないのか。その確信の裏付けはまさか、死人に口なし……。

警備小屋は無人らしく消灯している。それでもレクサスが接近すると、正面ゲートは自動的に開いた。五階建ての本館にも窓明かりは見えない。しかしクルマは敷地内の私道を徐行していき、建物の手前でスロープを下りだした。

地下駐車場へ入った。なんと武装兵が勢揃いしている。ヘルメットやゴーグル、マスク、防弾ベストに軍用ブーツ。銃刀法はどこへやら、全員がアサルトライフルを携えていた。直近の報道写真で藤蔭が目にした、武力襲撃事件の犯人グループと同じ装備だった。数百人の警察官や消防士の命を奪った、凶悪にして無慈悲な殺戮《さつりく》部隊が、いま車体を包囲している。

亜樹凪は澄まし顔でクルマを降りた。藤蔭は文字どおり引きずりだされた。溺《おぼ》れるように激しく取り乱した藤蔭は、動揺のあまり前後不覚におちいった。武装兵らに連行されながら、絶えずめまいをおぼえる。状況が正確に把握できない。エレベーターに乗ったことはわかっても、どの階で降りたかはっきりしなかった。非常灯のみの薄暗い通路を進んだ、かろうじてそれだけは認識できる。建物内のどこにいるのか、まったくさだかではない。死刑囚の最期の日はこんな心境だろうか。

ふと我にかえったとき、藤蔭は三人掛けソファの真んなかに座っていた。

やたら広い部屋だった。ビルのワンフロア丸ごとに等しい面積だろう。等間隔に四角柱が天井を支えるが、ソファのほかにはいっさい家具がない。タイル張りの床が果てしなくつづき、四方の壁はどれも遠かった。窓ひとつないが、どの壁も真っ白だった。そのように視認できたからには、つまり室内に明かりが灯《とも》っていた。天井に無数のダウンライトが埋めこんである。

ソファが向いた先、はるか遠くの壁に、ぽつんとドアが小さく見える。出入口はそれだけらしい。

ようやく周りを見渡せた。武装兵らは姿を消している。日暮里高校の制服が近くに立っていた。この広々とした室内にいるのは、藤蔭と亜樹凪のふたりきりだった。

亜樹凪が静かにいった。「匡太さんがお見えになる」

過度の衝撃に認知が追いつかない。思考が極度に鈍化し、かえって無反応になっていた。それでも狼狽《ろうばい》はじわじわとひろがってくる。藤蔭は頼りない声でささやいた。「優莉匡太が、来る?」

「ええ」

「ここに?」

「そう」

藤蔭は声にならない声を発した。やたら甲高くうわずった、まさに怯えるばかりの動物の鳴き声そのものだった。腰が立たない。ソファにへたりこんだまま、あたふたと手足をばたつかせるだけでしかなかった。両手で空《くう》を掻《か》きむしり、亜樹凪に助けを求めた。亜樹凪はただ軽蔑《けいべつ》のまなざしを投げかけてくる。

やがて錠の外れる音がこだました。藤蔭は固唾《かたず》を呑《の》み、ソファの上で凍りついた。

遠方のドアが開く。戸口に人影が現れたが、あまりに遠く小さく、おぼろに姿かたちがわかるのみだ。

肩幅があるが痩身《そうしん》で、背丈が高く脚が長かった。五十代の貫禄《かんろく》を備えながらも、遠目に若く感じるのは、まず長めの髪を黒く染めているせいかもしれない。灰いろに縦《たて》縞《じま》の入ったハーフコート、白のタートルネックのセーター、カーキいろのスラックスにスニーカー。『レオン』誌のグラビアにでも登場しそうな、メリハリのあるカジュアルスタイルの、ちょいワルファッションといえる。

普段着っぽい装いで現れたのは意外だ。だがまだそんなおおまかな外見しかわからない。距離があるため表情は不明だった。ぼさぼさ頭に見えて、じつはツイストパーマを丁寧にかけ、ラフっぽさを残しながら清潔に仕上げているようだ。青山《あおやま》や表参道《おもてさんどう》あたりで見かけそうないでたち。国会議員からすれば馴染《なじ》みがなく縁遠い人種だった。はっきりいってとらえどころがない。一歩ずつゆっくりと近づいてくるにつれ、藤蔭は心臓が凍《い》てつく感覚を味わった。まったく得体の知れない存在が、いま目の前で現実のものとなり、徐々に距離を詰めてくる。ようやく目鼻立ちが見てとれるようになってきた。口髭《くちひげ》をたくわえているのがわかった。鋭い眼光がこちらをとらえる。細面だが下顎《したあご》が発達していて、どんな硬い肉でも食いちぎれそうだ。着痩《きや》せしているが、じつは鍛えた身体の持ち主のようでもある。

顔つきが判然としてくるにつれ、藤蔭は猛獣を前にした小動物のごとく、いっそうすくみあがっていった。真っ先に感じたのは、優莉架禱斗が歳を重ねたような面立ち、その一点だった。次いで目もとに結衣との共通項も見てとれた。凜香、篤志、瑠那ともそれぞれ似ている。凶悪極まりない殺戮者揃いの兄弟姉妹、その遺伝子の根源が、まっすぐ藤蔭のもとへ向かってくる。

逃げだしたい衝動に駆られるものの、腰が抜けたのか立ちあがれない。視線を逸《そ》らすことさえ無理だった。荒削りの彫刻のような、精悍《せいかん》かつ獰猛《どうもう》な面構えが、もはや明瞭《めいりょう》に視認できる距離になった。

優莉匡太。死刑に処せられたのちも生存、現在の年齢は五十四。七つの半グレ集団のトップとして悪名を轟《とどろ》かせた。出琵婁《デビル》、クロッセス、D5、首都連合、共和、死ね死ね隊、野放図《のほうず》。罪状は死刑以前の段階で四十七の殺人罪、二十六の殺人未遂罪、二十九の殺人予備罪のほか、逮捕監禁致死罪、武器等製造法違反、死体損壊罪、薬事法違反など多岐にわたる。実際にはその数十倍から数百倍の犯罪を重ねたとみられる。反社会性パーソナリティ障害のサイコパスであり、演技性パーソナリティ障害、自己愛性パーソナリティ障害とも診断される。警視庁による最終的な定義は、猟奇殺人と快楽殺人を主とするシリアルキラー。愛人は友里佐知子、市村凛《いちむらりん》、矢幡美咲など凶悪犯多数。ほかにも誘拐した女性らに対し、友里の脳切除手術により意思力を失わせたのち、優莉匡太が性の捌《は》け口にし、一部を妊娠させた。鬼畜との表現すら生ぬるい、文字どおり日本史上最悪最凶の犯罪者といえる。

その優莉匡太がいま藤蔭を前に立ちどまった。ほんの数メートルの距離を置き、尖《とが》った目つきで凝視してくる。

殺される。藤蔭は呼吸困難におちいった。脈拍が異常なまでに高まり、心臓が張り裂けそうになった。もう駄目だ。死を覚悟するしかない。

静まりかえった広大な室内に、せわしない鼓動だけがこだまする。内耳に反響しているにちがいないが、世界のすべてが終焉《しゅうえん》に向かう秒読み、藤蔭にはそんなふうに感じられた。

ソファのわきに立つ亜樹凪が冷たくつぶやいた。「ふつう立つけどね。起立」

藤蔭は垂直に跳ねるも同然に立ちあがった。気をつけの姿勢を徹底するなど何十年ぶりだろう。意識してそうしたわけではない。全身が直立不動の姿勢で硬直し、瞬《まばた》きのひとつもできない。

優莉匡太はしばし藤蔭を見つめていたが、やがていきなり、わははと声をあげ笑いだした。

茫然《ぼうぜん》としながら見かえすしかない。匡太は目を剝《む》き、口をぽっかりと開け、さも愉快そうにひたすら笑いつづける。なんとも奇妙な感覚にとらわれる。素性を知らなければ、こんなに魅力的な五十代男性はほかにいない、そう思えるほどの楽しげな笑顔だった。

「おいおい」優莉匡太はくだけた態度をしめした。「藤蔭先生よ。そんな硬くなりなさんな。起立に気をつけって、文科大臣だけにガキらの規範とならなきゃって？　やめとけよ。どうせむかしはそんなふうにしてなかったろ？」

どう応じていいのかわからない。藤蔭は依然として蛇に睨《にら》まれた蛙だった。震えるばかりで身体の力がいっこうに抜けない。身じろぎひとつできなかった。

匡太の黒目がちなまなざしが、間近からじろじろと見つめてくる。鼻を鳴らした匡太が、藤蔭の隣に歩み寄ってきた。なんと藤蔭の肩に手をまわし、身を寄せながら座るよううながした。「楽にしようぜ。灘《なだ》高校の授業じゃねえんだからよ」

そういわれても藤蔭の身体は固まったままだった。それでも匡太の腕力には逆らえない。すんなりと藤蔭をソファに沈め、匡太も隣に腰を下ろした。藤蔭の肩を抱きつづけながら、匡太が快活にきいてきた。「なんにする？　ウィスキーならマッカランの55年がある。コニャックはレミーマルタンのルイ十三世あたりか？　なんでもあんたの望みどおりだぜ」

まだ恐怖は覚めやらない。しかし藤蔭は少しずつ状況を把握していった。高圧的に威嚇しながら、ラフな物言いと素振りで懐柔しようとする、これはまさしく暴力団の組長や幹部の使う手だ。政治家が反社会的勢力と手を結ぶ場合、例外なくこんな歓待を受けた経緯がある。ヤクザはへりくだったりはせず、ひたすらフレンドリーなガキ大将を演じる。すなわち優莉匡太はなんらかの目的で、藤蔭を味方に取りこもうとしている。

そうとわかれば、少なくともただちに殺害される危険はなくなった。だからといって匡太の機嫌を損ねれば、むろん手痛い制裁を受けてしまう。いまは表面上だけでもおとなしく、従順になったふりをすればいい。反社の大物気取りはそれでつけあがり、多少なりとも当たりが柔らかくなる。命を奪う気がないと判明した以上、匡太がなにかしらの要求を口にするまで、のらりくらりとはぐらかしていける。

匡太が急《せ》かした。「さっさと望みをいってみな」

心を許しはしないが、表面上そのように装うぶんにはかまわない。純粋に煩悩の赴くまま、好きなものを求めるべきだ。その点にかぎり嘘をつかずにおけば、匡太から正直者とみなされる、そんな公算が高まる。

藤蔭の目は自然に亜樹凪に向いた。なにを望んでいるか、自分でもはっきりさせないまま、ただ亜樹凪を眺めた。この高慢で鼻持ちならない、裏表のある腹黒な十九歳女子高生に、ひざまずくよう命じるのも悪くない。だが匡太が不愉快に感じるだろうか。亜樹凪がいわれたとおりにするともかぎらない。むしろ突っぱねてくる可能性も高い。美人を意のままにできるなど、いつもどおり妄想にすぎないのか。

すると匡太が藤蔭の心を読んだようにいった。「亜樹凪。素っ裸になって、この先生に奉仕しろよ」

思わず絶句する。しかし藤蔭の目の前で、亜樹凪はするすると制服を脱ぎだした。たちまち一糸まとわぬ全裸となり、抜群のプロポーションと、艶《つや》やかな白い肌が晒《さら》された。乳首も恥部も隠そうとせず、ソファの近くで両膝《りょうひざ》をつくと、藤蔭のズボンに手を伸ばしてきた。亜樹凪の指先がベルトを外そうとする。

「ま」藤蔭はあわてて身を引いた。「まて！　よすんだ」

「なんだ?」匡太が妙な顔になった。「いいからフェラさせて、上に跨《また》がってもらえって。女子高生が好きだろ、藤蔭。パソコンにも亜樹凪のほか、似たような制服女の画像、たくさん保存してるよな」

なぜそんなことまで知っているのか、たちまち疑問が頭をもたげてくる。だがいまはそれどころではない。藤蔭は冷や汗を掻《か》いていた。「こんなのは……まずい」

匡太が鼻で笑った。「亜樹凪は高校生だが十九だぜ? あんたも未婚だろ。淫行《いんこう》や不倫にはあたらねえよ」

「そういう意味じゃなくてだな……」

「あー。隠し撮りされたらスキャンダルってわけか。安心しな。そんなのをネタに脅すとか、ちんけな小悪党じゃねえんで」

「……要求はなんだ」

「要求」匡太がまた屈託のない笑いを浮かべた。「こりゃまいったな。なんだろ。要求なんかねえよ。強いていえば、俺は友達を欲してる。あんたと友達になりてえ。いまは一緒に楽しみてえんだよ」

きっとこれも懐柔策のひとつにちがいない。拒絶すれば脅してくるだろう。わざわざ怖い目に遭う必要はない。けっして魂を売り渡さず、表面上のみ打ち解けたように振る舞う。危機的状況を凌《しの》ぐのには正当な手段のはずだ。それに……。

藤蔭はちらと亜樹凪を見下ろした。全裸の亜樹凪がほぼ四つん這《ば》いになり、藤蔭の足もとにひれ伏しつつ、上目づかいに仰ぎ見てくる。丸みを帯びた官能的な身体つきから、藤蔭は視線を外せなくなった。

いまこの場での性行為となると躊躇《ちゅうちょ》するが、もし誰も見ていないと確信できる別室に移れるなら、好き放題の無礼講も悪くない。けっして欲望に走るわけではない。藤蔭は誘拐され監禁された身だ。心を許したふりをしなければ、殺される恐れがあった。のちに事実が発覚したとしても、そううったえれば法的に責任は問われない。

けれども藤蔭が煮えきらない態度をとるうちに、匡太がじれったそうにため息をついた。やれやれといいたげに匡太がつぶやいた。「いまここでやることやっちまえば吹っ切れるのによ。まあいいや。亜樹凪、あれ持ってこい」

亜樹凪が土下座のように匡太に深々と頭をさげた。脱いだ服をひとまとめに抱えあげ、立ちあがるとドアへ走り去る。遠ざかる美しい尻《しり》を、藤蔭は残念な気分で見送った。遠慮せずサービスを享受しておけばよかった。亜樹凪が裸のまま戻ってきてくれるのを願うのみだった。

「なあ藤蔭」匡太が隣でソファの背にふんぞりかえった。「ここがどこだかわかるか」

「統合教会日本支部……」

「そうとも。政府との関係も承知済みだな？」

藤蔭は口ごもった。統合教会は韓国ソウルに本部があるが、日本政府は共産党に対抗するための共同戦線を張るべく、密接な関係を保ってきた。教会員らは政府与党のため、自費で選挙活動の支援をしてくれる。その恩恵を蒙《こうむ》って長い。政界と教団の癒着は、矢幡前総理暗殺未遂事件で浮き彫りになり、以後は世間から目くじらを立てられる羽目となった。だが政府内では周知の事実だった。

閣僚と距離の近い統合教会に、いつしか優莉匡太が潜んでいた。いまとなってはうなずける話だ。統合教会なら政府の内情を逐一調べあげられる。匡太が矢幡前総理を装い、ＥＬ累次体を手玉にとるにあたり、これほど便利なポジションはない。

藤蔭は慎重にいった。「本物の矢幡前総理が亡くなり……。あなたもも成りすましは不可能になったな」

匡太が一笑に付した。「どうだか」

「どうだかって……？」

「梅沢らＥＬ累次体のじじいどもは、矢幡の死を確信してるだろうけどな。火事になってた体育館には結衣と瑠那がいたんだぜ？　篤志も近くをうろうろしてたしよ」

「……救出したってのか？」

「おめえさ」匡太がまっすぐ藤蔭を見つめてきた。「俺のガキらにさんざんしてやられて、まだ学んでねえのかよ。ひと筋縄じゃいかねえんだって」

「わかってるとも……。プロジェクターをレーザー兵器に改造して、ロケットを撃ち落とすような女子高生どもだ。侮れるわけがない」

「俺の教育受けてりゃ、あれぐらいの応用は利いて当然だな。恩河日登美も楽勝だといってた。だが本当にすげえのは結衣だろな。架禱斗のシビック艦隊を沈めちまったからな。おまけに目が切れ長で美人だろ。友里佐知子の若《わけ》えころにそっくりだ。残念なことに、俺が出会ったときの佐知子は、とっくに年増でよ」

　恩河日登美という名を藤蔭は知らなかった。しかし理解できる範囲内でも、優莉匡太の口から思い出話をきいている、そんな現状が信じられない。あまり親密になるのはまずい。離れるに離れられなくなったらどうする。

　子供のことを誇らしげに語る匡太は、このうえなく堂々とし、父親の威厳に満ちている。男としての頼りがいさえ感じさせる。匡太は結衣の容姿を褒めたが、実のところ匡太自身がかなりのハンサムだった。往年の二枚目スターの貫禄《かんろく》さえある。これまで歩んできた道に絶対の自信を持ち、一片たりとも迷いを生じない、尊厳にあふれたオーラを放つ。

恐ろしい男だと藤蔭は舌を巻いた。凶悪犯罪者であることを忘れさせるか、もしくは犯罪自体が本当はまちがったことではなかったかもしれない、そんな錯覚におちいらせる。刃向かうよりは心を開くほうが好ましく思えてくる。一時的に身を守るためにはそれもやむをえない。

いや……。本当に一時的な緊急避難に留《とど》める必要があるのだろうか。優莉匡太は法の束縛を受けていない。政府閣僚など超越した立場ではないのか……?

亜樹凪がまたドアを入ってきた。藤蔭はひそかに肩を落とした。白のロングワンピースをまとっている。なにやら壺《つぼ》を両手で掲げてきた。

たっぷり時間をかけ、ソファの近くまで来た亜樹凪が、壺を藤蔭の前に置いた。

匡太が顎《あご》をしゃくった。「それはな、統合教会が信者に売りつける壺だ」

藤蔭のなかに警戒心がこみあげた。「むろん法外な値段でだろ」

「心配すんなって。友達に壺を買えなんていうつもりはねえよ。そいつは優良商品だ。信者は教団に貢ぐ代償として、心が救われる。詐欺じゃねえんだ」

「ものはいいようだな」

「ああ。俺も統合教会のショボい金儲《かねもう》けを弁護してやる気はなくてな。ただその壺は、信者が呪文《じゅもん》を唱えれば、願いを叶《かな》えてくれるって触れこみでよ」

「ますます詐欺っぽいが」

「試してみなよ、先生」

「私が？」藤蔭は壺を見下ろした。「この壺の口に呪文を？」

「そうだよ。呪文は韓国語でな。あいにくスマホのグーグル通訳じゃ効果ねえらしいんだ。教えてやるから唱えな」

「遠慮する」

「そんなふうにいうなよ」

「いや。私は……」

「死にてえのか」

藤蔭は言葉を失った。全身が金縛りに遭ったかのように硬直する。肝の冷えぐあいが、一瞬遅れて手足にまでひろがった。匡太の射るような目が睨《にら》みつけてくる。鋭利な刃物を喉《のど》もとに突きつけられるに等しい。

「……ど」藤蔭はきいた。「どんな呪文だ？」

匡太は真顔のままだった。「チョヌン・キド・ハムニダ。お祈りしますって意味よ」

「それからな。ソウォニ・イルオジドロ。願いが叶いますように、っていう韓国語でだ」

「チョ……チョヌン・キド・ハムニダ」

「ソウォニ・イルオジドロ……」

だしぬけに室内が消灯した。藤蔭は慄然《りつぜん》としたが、真っ暗な時間はごくわずかにすぎなかった。なぜか正面の白い壁が輝きだした。プロジェクターの映像が、まるで映画館のスクリーンのごとく、壁いっぱいに投映されている。

映しだされたのはどこかの和室だった。高級料亭の個室のようだ。定点カメラらしく画角が動かない。隅に日時がスーパーインポーズされている。日付はきょう、午前二時三十六分。どうやらリアルタイムのライブ中継らしい。

藤蔭は面食らった。座敷では高齢のスーツが四人、酒を酌み交わしながら談笑している。うちひとりは頭の禿《は》げあがった肥満体、羽馬時吉経済産業大臣だった。ずいぶんご機嫌なようすだが、音声はない。

けれどもふいに事態が動いた。羽馬の顔が異常に充血し、真っ赤に染まりだした。苦しげに喉もとを掻《か》きむしっている。周りのスーツが驚き、いっせいに身を退かせる。

羽馬はしきりにのたうちまわった。口から泡を吹き、卓上の酒瓶を薙《な》ぎ倒し、勢いよくつんのめった。白い目を剝《む》いたまま痙攣《けいれん》している。舌がだらりと垂れさがっていた。やがて身体の震えは見てとれなくなった。

藤蔭は啞然《あぜん》とした。「いったいなにが……?」

「死んだ」匡太があっさりといった。「おまえが壺に願ったとおりにな」

天井に明かりが灯《とも》ったが、さっきの半分の光量だった。まだほの暗いため、壁の映像はほぼ鮮明さを保っている。

いきなりドアを人影がぞろぞろと駆けこんできた。なんと女子高生の群れだった。ひとりずつ異なる制服を着ている。音楽がかかった。速いテンポのイントロから集団の合唱が始まる。女子高生らは笑顔になり、K－POPサバイバル番組のシグナルソングのように、一糸乱れぬ集団演舞を繰りひろげた。高度な振り付けだが、全員が難なくダンスをこなす。スカートを翻すたび美脚があらわになった。そんなところばかり見るべきではないのかもしれないが、藤蔭の性癖ではほかに視線を移せなかった。

なんとも常軌を逸した光景だった。依然として壁には高級料亭の個室が映しだされている。羽馬の無様な死体が転がっていた。その映像をバックに女子高生らが舞い踊る。歌詞は韓国語で、なにを歌っているのかはわからない。だが明るい曲調だった。

みごとな群舞とあいまって、なんとなく気分が昂揚《こうよう》してくるのを自覚する。

藤蔭はいつしか微笑を浮かべていた。不快きわまりなかった羽馬の死。それを祝福するように舞い踊る、これまた藤蔭の大好物、制服女子高生の集団。しかもみな容姿端麗ときている。とんでもない馬鹿馬鹿しさ。ここまで手のこんだ段取りを、藤蔭ひとりのためだけに準備したのだろうか。優莉匡太には感嘆しかない。

「だが」藤蔭は匡太の横顔を見つめた。「どうやって……? 毒を盛ったのか?」

「よせよ」匡太が吹きだした。「そんなんじゃ殺人がバレるだろ。微細な針でフグ毒を至近距離から打ちこんでやった。針は自然に体外へ押しだされるから、証拠は残りゃしねえよ」

物証の残らない殺人。完全犯罪だった。万人の命を自由に奪える存在。すると匡太の仲間になれば、めざわりな政敵など、いつでも葬り去ってくれるのか。もちろん本当に友達になる気はない。ただそのように振る舞い、匡太の信頼を得てさえいれば。

理性のぐらつきを自覚しながら、藤蔭は匡太の真意を探ろうとした。「私の認識では、あなたは大物ではあっても、基本的に半グレにすぎなかったと思うが」

「現世ではな。死刑になってあの世逝《い》き、それ以降はなんの束縛もなく自由でよ。漂う魂だけの存在になっちまって、なんでもやりてえ放題だった。人生なんて短《みじけ》え。他人のきめた法律なんて守ったところでどうなる？　愚民に褒められて満足か？」

音楽が終わった。女子高生らは決めポーズをとったのち、いっせいにこちらへと駆けてきた。華やかな制服姿が目の前にずらりと並ぶ。藤蔭はまたしても夢中にならざるをえなかった。

だが喜んでばかりはいられない。なぜか武装兵らが大挙してドアから突入してきたからだ。女子高生たちは特に驚いた反応はしめさない。武装兵の群れはソファの後ろに集合し待機した。藤蔭はなにごとかと振りかえったり、また前方の女子高生らに向き直ったりした。

匡太がソファから立ちあがった。「藤蔭！　独り身のおめえが、誰もいねえマンションに帰ったって、きょうの亜樹凪の裸を思いだしながら自慰にふけるだけだよな。寂しい人生を送っちゃいけねえぜ。ほら番号を選びな」

「番号……？」藤蔭は目を凝らした。ふと気づくと、女子高生らはみな制服の胸もとに、それぞれ異なる番号のバッジをつけている。

藤蔭が困惑していると、匡太は武装兵らを振り向き、煽《あお》るように両手を振った。すると武装兵らが怒鳴りだした。「十一番！」「七番！」「俺なら二十二番！」「十九番がたまらねえ！」

いつしかクラブミュージックが室内に響き渡っていた。武装兵に囃《はや》し立てられた番号の女子高生が、それぞれ満面の笑みとともに官能的なポーズをとる。そのたび武装兵らが甲高い声援と口笛で賑《にぎ》やかにはしゃぐ。

匡太が昂《たか》ぶったようすでいった。「ほら藤蔭先生！　今晩のお相手を好きなだけ選びな。部屋もちゃんと用意してやるからよ」

女子高生らがいっせいに媚《こ》び笑いを藤蔭に向けてくる。過剰なほどの喧噪《けんそう》のなかで、藤蔭は徐々に理性を保てなくなった。

いま快楽に走ることは、優莉匡太の安心につながる。けっして仲間に取りこまれたわけではない。ちゃんと警戒心は維持している。だが従順になったふりをするためにも、半ば本気でのめりこまねばならない。そのついでに悦《よろこ》びを味わっても罰《ばち》は当たらないだろう。むしろ要らぬ敵愾心《てきがいしん》を煽らずに済むはずだ。

「八番！」藤蔭は怒鳴った。「それから十二、十三、十九番！」

四人の女子高生らが黄いろい声とともに駆け寄ってきた。ふたりがソファに飛び乗り、藤蔭に左右から抱きついた。残るふたりはなんと制服を脱ぎだした。ひとりはいにしえの露出の多いスクール水着、もうひとりは体操服だが、こちらもハーフパンツではなくブルマ姿だった。ふたりは藤蔭に飛びかかり、太股《ふともも》で首を絞めてきた。藤蔭はソファの上に押し倒された。制服の女子高生もスカートをめくり、藤蔭の顔の上に座ってくる。

匡太が豪快に笑った。「藤蔭、おめえ文科大臣になってから、学校にこういう服装を復活させられないか、日夜いろんな策を案じてやがったよな!?　おめえのスケべぶりには頭がさがるぜ。いいからきょうは存分に楽しめ！　俺はおめえになんの要求もしねえぜ？　友達だからよ！」

気づけばほかの女子高生らも笑顔で周りを囲んでいる。後方で武装兵たちも歓声をあげつづけた。すべすべした肌を顔に押しつけられるたび、藤蔭の自制心は崩壊していった。なにやら甘酸っぱいにおいもする。なんらかの気体だろうか。息を吸うたび中枢神経が麻痺《まひ》してくる。なぜかとても気持ちがいい。半ば放心状態で快楽に浸りきってしまう。

天国だ。のちになにか問題が起きようとも、これほどまでの極楽浄土に身を委《ゆだ》ねられれば、文句などあるものか。なるようになれだ。ああ、だが正直にいえば、自分にとっての本命は……。

すると藤蔭は細い腕に抱き寄せられた。膝枕《ひざまくら》をしてきたのは、白いワンピース姿の亜樹凪だった。周りの女子高生らと同様、亜樹凪もいまや藤蔭にやさしく微笑みかけている。

藤蔭は三、四歳児に戻ったかのような気分で、亜樹凪の顔を見上げた。白く端整な面立ちが、かすかな明滅にいろを変えるのは、壁の映像のせいだった。そちらを一瞥《いちべつ》すると、羽馬の死体の周りで、店の従業員らがあたふたしていた。羽馬め、いい気味だ。藤蔭は亜樹凪に視線を戻した。吸いこまれるような瞳《ひとみ》がじっと見下ろす。ほかの女子高生らも藤蔭の奪い合いを始めた。

最高のときだ。これこそ人生において、求めてやまなかった至福ではないのか。なぜこうなったのか、これまでの経緯を想起する気になれない。自我ならちゃんと保っている。買収されるような弱い心の持ち主ではない。ただしいまはこうする以外にない。緊急避難だ。身を委ねていればいい。すなおな喜びを表すことが命を守る。きわめて論理的な行動だ。ほかになすすべはない……。

5

江東区平野《ひらの》三丁目、二十四時間営業のドラッグストアで、伊桜里は買い物かごを手に店内をめぐっていた。

姿見に自分の全身が映るのを見た。ナチュラルボブにいかにも子供っぽい丸顔、大きめのダウンジャケットが、ブラウスもスカートも覆い尽くしている。なんとか十八歳以上に見えてほしいと願っていたが、姿見のなかにはただ中三の伊桜里がいた。色白でつぶらな瞳におちょぼ口、へたをすると小学生にまちがわれるかもしれない。

いちおう保護者代わりに大人がふたり付き添っていて、外に停めたクルマでまっている。とはいえなるべくなら補導員に声をかけられたくなかった。クルマをだしてくれたふたりはどちらもベトナム人青年だ。日本語はカタコトだった。いっそう不審がられてしまう。

ただしこうして深夜のウエルシア江東平野店に来るのは、これが初めてではなかった。問題が起きたことはない。新宿歌舞伎町《しんじゅくかぶきちょう》や渋谷センター街《がい》に未成年がいれば、たちまち怪しまれるだろうが、この付近は低層マンションばかりだ。それも単身者用でなくファミリータイプが多い。近所に住む子供が、夜中になんらかの理由で買いだしに来るのも、何度か見た。

買い物かごがいっぱいになり、伊桜里はレジへ向かった。この時間にはほかに客もおらず、レジに備え付けのベルを鳴らすと、店員が飛んできた。

商品にバーコードリーダーを当てつつ、店員が伊桜里にたずねた。「袋は？」

「ください」伊桜里は答えた。

「ひとりで来たの？」

「いえ。外にクルマが……」

ああ、と店員は駐車サービス券を一枚手にとった。「これ、駐車券をいれてから」

「ありがとうございます」伊桜里は礼儀正しくおじぎをした。

会計を済ませた商品の山が、新たなかごに移された。伊桜里はそれら商品をポリ袋におさめ、ひとり店をでた。わりと広めの駐車場に、一台だけワンボックスカーが赤いテールランプを灯《とも》し、アイドリング状態で停まっている。店員もこのクルマの存在を把握していたようだ。

伊桜里はワンボックスカーに近づくと、車体側面のスライドドアを開け放った。キャビンに乗りこみ、内側からドアを閉めた。

前方の運転席と助手席に、ベトナム人青年ふたりの背が並んでいる。伊桜里は座席から身を乗りだし、駐車サービス券を渡そうとした。「これ……」

ところがふたりはどちらも振りかえらなかった。運転席の青年がいきなり手早くギアを操作する。ワンボックスカーは急発進した。アスファルト面のフラップが上がっているのを、無理に乗り越えたせいで強い縦揺れが襲った。伊桜里は転倒しそうになった。

なぜかワンボックスカーは一旦《いったん》停止もなく、唐突に前面道路へ飛びだしていった。辺りの通行は途絶えていたが、尋常でないほどのスピードで駆け抜け、今度は幹線道路へでた。赤信号もかまわず突破していく。

伊桜里はあわてて座席におさまり、シートベルトを締めた。「あの……。すみません。どうしたんですか」

青年らは答えなかった。依然としてこちらを振り向きもしない。道路沿いに広大な緑地が見えるが、夜中のいまは真っ暗だ。木場《きば》公園だった。どういうわけかワンボックスカーは、中央分離帯をまたぎ、公園内の歩道へと突入していく。A型バリケードと進入禁止の看板が入口を塞《ふさ》いでいたが、減速もせず撥《は》ね飛ばした。

深夜の公園内には闇ばかりがひろがっていた。街灯もほとんど見かけない。周りの木立が水平方向の視界を遮っている。規模の大きな公園だけに、近隣住民の目にこのクルマがとまるとは考えにくい。

いっさい光の射さない歩道の途中で、ワンボックスカーは急停車した。運転席と助手席のふたりが無言で振りかえる。

伊桜里ははっとした。ジャケットこそベトナム人青年らと同じだが、顔はまるでちがっている。さっきドラッグストアに入るまで、青年たちはたしかに車内にいた。いつの間に入れ替わったのか。

ふたりがシートベルトを外した。ただならぬ空気が漂いだす。伊桜里も震える手で、シートベルトの解除ボタンをそっと押した。音を立てまいとしたのは、まだシートベルトが締まったままだと思わせたかったからだ。クルマで攫《さら》われたときの対処法は結衣に習っていた。

助手席の男が降車しようとドアに手を伸ばした。伊桜里はそれに先んじ、すばやくキャビンのドアのロックを解除し、横滑りに開け放った。

車内照明が自動的に灯った。ふたりの男が伊桜里の動作に驚きつつ、揃って苦々しげな顔を向けてきた。どちらも日本人っぽく見える。ひとりは眉毛《まゆげ》を剃《そ》っているせいで凄《すご》みがあり、もうひとりは頬に切り傷が浮かびあがっていた。

静止したのは一瞬だった。眉なしの男が急ぎドアを開け車外にでようとする。伊桜里はクルマから飛び降り、歩道のアスファルト面で前転すると、跳ね起きるや逃走に転じた。

右手にはポリ袋を提げていた。持ち手を指に絡め、けっして落とさないようにしてある。これも結衣に教わったことだ。緊急事態であろうと、所持品が重くなければ放りださない。なにか道具があれば生き延びるための対処法も増える。

ワンボックスカーから遠ざかるべく、伊桜里は全力で駆けていった。すると後方から男の声が怒鳴った。「とまれ！」

かすかな金属音を耳にした。静寂のなかだけに明瞭《めいりょう》に響いた。バネの伸張をともなう独特のノイズ。リボルバー拳銃《けんじゅう》のハンマーを起こす音だった。伊桜里は足をとめた。息を弾ませつつ、警戒しながら振りかえった。

ふたりの男が立っている。眉なしのほうが拳銃を構えていた。暗がりに目を慣らすすべも結衣に習った。瞳孔《どうこう》散大筋と瞳孔括約筋は訓練しだいで、意識的に調整できるようになる。虹彩《こうさい》を最大限に広げることで、ふつう三十分はかかる暗順応が、わずか三秒に短縮できる。眉なし男がS&WのM642を持っていると把握できた。オートマチックでなくリボルバーを選んだのは、薬莢《やっきょう》の排出を防ぐためだ。すなわち男は発砲にためらいがない。

銃口が正円を描いているのを見てとった。男の上腕に力が籠《こ》もるのも視認した。銃火が閃《ひらめ》く瞬間、伊桜里はサイドステップとともに大きくのけぞった。銃声は一瞬遅れて響き渡った。弾丸が頬をかすめ飛んだのを風圧で感じた。

眉なし男がぎょっとした。頬に切り傷のある男も愕然《がくぜん》としている。外すはずのない距離で獲物を仕留め損なった。その事実に衝撃を受けているのだろう。

つづけて二発の銃撃があった。今度はハンマーを起こさず、ダブルアクションで発砲したため、銃身はブレていた。最初の一発は銃口が縦に長い楕円《だえん》で、伊桜里はなにもせず立ち尽くした。弾は大きくわきに逸《そ》れていった。次の一発において、銃口は横長の楕円を描いていた。このままなら弾が頭上高く外れるか、胸部から下に当たるかのどちらかになる。伊桜里は両脚を跳ねあげながら、けっして頭の位置を高めることなく、飛びこみ前転をした。発砲の赤い閃光《せんこう》が走り、弾が自分の身体の下を通過する風の音を、伊桜里の聴覚がとらえた。後方のアスファルトに跳弾の火花が散る。伊桜里は転がるや、ただちに片膝立《かたひざだ》ちの姿勢をとった。

得意げな気分でふたりの男に微笑してみせる。ふたりは忌々《いまいま》しげに歯ぎしりしていた。ところが頰に傷のある男のほうも拳銃を引き抜いた。

「やばっ」伊桜里は思わず口走り、ただちに身を翻した。二丁の銃口を同時に警戒するとなると難易度は急上昇する。むろんまだ習得できていない。

敵に背を向けてしまったため、頼りにできる情報は聴覚のみになった。ふたりが拳銃のハンマーをそれぞれ起こしたのがわかる。トリガーを引き絞る寸前のバネの音もきいた。伊桜里は勘を頼りに跳躍した。

二丁の銃声がほぼ同時にけたたましく轟《とどろ》いた。一発が至近のアスファルトを抉《えぐ》り、もう一発が道端の木枝を吹き飛ばした。伊桜里は体勢を崩し、その場に倒れこんでしまった。

幸いにも弾は当たらなかった。だが今後はそのかぎりではない。尻餅《しりもち》をついたまま伊桜里は振りかえった。ふたりの男が拳銃を手に歩み寄ってくる。しだいに距離が詰まる。伊桜里は身震いした。恐怖にとらわれたせいか腰が立たない。

だがふたりは唐突に立ちどまった。なにやら驚愕《きょうがく》の反応をしめしている。伊桜里が妙に思った瞬間、人影が前方に躍りでた。誰かが伊桜里を庇《かば》うように立った。

伊桜里は頭上に目を向けた。胸が高鳴るとはこの瞬間のことだ。チェスターコートに包んだ痩身《そうしん》、ストレートロングの黒髪、小顔に猫のような目、クールで美麗な面立ち。優莉結衣が見下ろしていた。

結衣が身をかがめながら手を差し伸べた。「伊桜里。だいじょうぶ?」

その手をとろうと伊桜里が身体を起こしたとき、ふたりの男が罵声《ばせい》を張りあげた。背を向けた結衣を後方から拳銃で狙い澄ます。伊桜里はひやりとした。

だが結衣は伊桜里の腕をつかんだ。柔道の投げ技に似た動作で、伊桜里を宙に浮かすと、結衣自身も絡み合いながら路面に転がった。騒々しい銃撃音が連続して響くなか、結衣は転がりつつも弾道のすべてを把握しているのか、弾は常に一秒前にいた場所に跳ねた。敵ひとりの残弾二発、もうひとりの残弾五発が撃ち尽くされ、空撃ちの音が響いたときには、結衣の回転はぴたりととまっていた。一瞬たりとも余分な動作をみせず、結衣は伊桜里を助け起こした。

またもや結衣は敵ふたりに背を向けている。眉なし男が悪態をつき、拳銃をかなぐり捨てるや、ナイフを引き抜いた。頬に傷のある男は両手のあいだにチェーンを張った。ふたりが猛然とこちらへ駆けてきた。

結衣は後方を一瞥《いちべつ》することさえなく、伊桜里の手にしたポリ袋を開けた。箱から湿布をとりだし、裏面のラベルを剝《は》がす。漂白剤と洗浄剤のボトルの蓋《ふた》を外し、それぞれの液体を湿布の貼面に噴射した。

先に駆けてきたのは眉なし男だった。結衣の背後からナイフを振りかざし、男が怒鳴った。「死ね!」

瞬時に身を翻した結衣が、男の顔面に湿布を貼りつけた。鼻と口を塞いだ。たったそれだけで男は絶叫し、全身をよじりながら悶絶《もんぜつ》した。湿布を剝がそうにも手が自由にならないのか、ひたすら呻《うめ》き、もがくばかりだ。顔から煙か湯気が立ちのぼり、男は両膝をついた。

伊桜里は息を吞《の》んだ。理論は前に教わった。非ステロイド性抗炎症薬は、リン脂質の化学反応中に酵素の働きをブロックする。そこに塩素系漂白剤と酸性洗剤を混合することで、湿布を貼った瞬間に酸欠状態を発生させられる。まさに死の湿布。結衣はポリ袋の中身を見て、瞬時に対策を思いついたようだ。表情はいたって冷静だった。すでに結衣の手は、玉巻きPP紐《ひも》と缶切りをつかみだしている。

眉なし男が窒息し、ばったりと突っ伏した。頰に傷のある男はうろたえながらも、チェーンを結衣の首に絡めようとしてきた。

結衣はPP紐を玉から引っぱりだした。両手のあいだに強く張ったPP紐で、敵のチェーンを絡めとり、身体ごと大きく振った。遠心力を利用し、PP紐が巻きついたチェーンは敵の手を離れ、大きく遠くへ飛んだ。

敵は素手になってしまい啞《あ》然《ぜん》としている。そのあいだに結衣が新たにPP紐を引っぱりだし、あらためて両手のあいだに張った。我にかえった敵がこぶしで殴りかかってきたが、結衣はシステマのロープファイティングのわざを駆使し、PP紐で突きを防いだ。攻撃を避けるたび、敵の腕や脚に、PP紐を巧みに巻きつけていく。敵はどんどん自由を失っていった。両脚が動かなくなった敵に対し、結衣は路面すれすれにPP紐を強く引いた。頰に傷のある男は横倒しになり、全身をアスファルトに叩《たた》きつけた。

苦痛に顔を歪《ゆが》めた男がわめき散らした。「畜生！　このクソ小娘……」

結衣は缶切りを男の首筋に突き立てた。缶切りの尖端《せんたん》は深々と刺さっていた。男はわめいた表情のまま無音で固まり、勢いよく仰向《あおむ》けに倒れた。

静寂が訪れた。ふたりの死体が目の前に横たわる。伊桜里はぞっとした。姉が人殺しなのは承知している。だが確実に命を奪う瞬間は初めて見た。

茫然《ぼうぜん》とへたりこむ伊桜里に、結衣がまた手を差し伸べてきた。伊桜里はその手をつかんだ。結衣の握力と腕力が伊桜里を引き立てた。

伊桜里は震える声でささやいた。「ナムさんが指名したふたりが、クルマに乗ってたのに……？」

「ドラッグストアの近くで死体になって転がってた」結衣は息ひとつ乱れていなかった。眉《まゆ》なし男のポケットから、コイン大の物体をとりだす。エアタグだった。落ち着いた口調で結衣がいった。「わたしを襲ってきた奴らのうち、このふたりをわざと逃がしてやった」

音が鳴らないよう改造したエアタグを仕込んでおき、スマホアプリで位置を把握したらしい。結衣はそれを追ってきたのだろう。伊桜里はため息まじりにいった。「おかげで助かった……。でもなんでわたしを？」

「伊桜里が優莉家だと知ってる輩《やから》が、街頭防犯カメラで所在を知り、殺し屋を差し向けた。公安とつるんでるEL累次体のしわざでしょ。こいつらはお父さんの仲間じゃない。弱すぎるし」

「ああ……。お父さん、生きてるんだよね」

あまりに幼かったせいか、伊桜里の脳裏に優莉匡太の面影は浮かばなかった。六本《ろっぽん》木《ぎ》オズヴァルドのバックヤードで、ほかの幼児らとともに檻《おり》に閉じこめられて育った、異常な日々はおぼえている。たしかに嘆かわしく感じられるが、具体的な恐怖は蘇《よみがえ》ってこない。養子縁組した義理の親から受けた仕打ちのほうが、はるかに生々しい記憶となり、胸の奥にこびりついている。

いまは当惑ばかりがあった。伊桜里は結衣にたずねた。「EL累次体の人たちが、わたしを襲ってなんになるの？」

「伊桜里を追えば仲間の隠れ場所がわかると思ったんでしょ」

廃墟《はいきょ》の奥深く、矢幡前総理を匿《かくま》う秘密の拠点。伊桜里のなかに動揺がひろがった。

「まさか隠れ家がバレたとか……？」

「なら敵はそこを襲うでしょ」

「そっか。いまのところはだいじょうぶ……」伊桜里ははっとした。「結衣お姉ちゃん。矢幡さんは生きてる」

「知ってる」結衣は表情を変えなかった。「篤志がわたしに伝言を残してた。きょうだいだけが知る方法で」

「なんだ……。知ってたの？」

「おかげで少しは心が安定した」

「伝言を残すって、どんなやり方？」

「伊桜里」結衣が真顔で見つめてきた。「あんまり時間がない。追っ手が来るから早く逃げて」

また伊桜里のなかに動揺が生じた。「追っ手？」

「こいつらから連絡が途絶えて、EL累次体は応援を送りこんでくる。どうせ間もなく到着する」

「だけどわたし、どうやって戻ればいいか……」伊桜里は離れた場所に放置されたワンボックスカーを振りかえった。フロントがこちらを向き、ヘッドライトも点灯したままだった。足代わりはあれしかないと伊桜里は思った。「結衣お姉ちゃん、運転できる？」

「まだ免許とれてない。運転もいまいち自信がないまま」

「そんなことといってる場合じゃないでしょ。一緒に行こうよ。矢幡さんがまってる」

「この時間はどの道路も空《す》いてる。自転車を盗めば帰れる距離でしょ。防犯カメラの避け方は教えたとおり」

　伊桜里は衝撃を受けた。たしかに隠れ家までは約八キロていどだ。自転車を飛ばせば三十分ぐらいで着く。けれども不安がこみあげてくる。伊桜里はきいた。「わたしひとりで帰れって？　結衣お姉ちゃんは？」

「ＥＬ累次体の奴らと話がある」

「まさか……捕まる気？　駄目だってば」

「梅沢総理に真実を伝える。現状を打開するにはそれしかない」

「総理が会ってくれるの……？」

「さあ。総理大臣と会うのはこれで三人目だから。そんなに突拍子もないできごとじゃないでしょ」結衣は伊桜里の手首に絡みつくポリ袋をあさった。バーベキュー用着火剤のミニパックをつかみだすと、それをコートのポケットにねじこんだ。「これ、もらっていいよね」

「いいけど……。なんのために？」

「いろいろ使える。いざというときに」

ふいに結衣の顔が白く照らしだされた。公園の歩道をヘッドライトが接近してくる。数台からなる車列のようだった。スピードはださず徐行しつづけている。行く手を警戒しているようだ。

「来た」結衣がそちらに向き直った。「伊桜里。行って」

「だけど、結衣お姉ちゃん……」

「いいから行って！」

伊桜里は泣きそうになったものの、ただちに身を翻した。木々のなかに飛びこみ、闇のなかを無我夢中で駆けていった。

強く吹きつける向かい風が、伊桜里の全力疾走を阻もうとしてくる。がむしゃらに走るうち涙が滲《にじ》んできた。結衣も篤志も名指しで報道され、世間から敵視されてしまった。ただ平和に穏やかに、結衣お姉ちゃんと暮らしたい、それだけしか望んでいないのに。

6

結衣は公園の歩道にひとり留《とど》まり、ヘッドライトが徐々に接近してくるのをまった。高校卒業とともにひと区切りついたのはたしかだったが、どうやら人生はそんなに簡単ではなかったようだ。とはいえ途方もないショックを受けても、立ち直るのが早くなった気がする。

漉磯やら芦鷹やらをぶっ殺したのち、わかってきたことがある。父はなにも、裏ですべてを操っていたとか、この世の支配者だったわけではない。

死刑に処せられそうになった父は、人心掌握術を駆使し脱出を企てた。結衣もみずから実行したことだ。あのときの結衣と同じように、父も表向きには死んだと思われた。奸智《かんち》の働く凶悪犯罪者が自由を得た。そこから先にあったものは、なんの制限もない好き勝手な人生だ。最も監視下に置かれねばならない男が、まったく監視されることのない、野放しの将来を得た。いわば最悪の事態だった。

まだ中三だった架禱斗が、母親の助けで国外脱出したまではいいが、タリバンやアルカイダに特待あつかいで迎えられた。その不自然さにくらべれば、父が生きていた事実など、はるかに現実的なできごととして受けとめられる。じつは優莉匡太が長男のテロリスト就職をひそかに後押ししたのだが、手だしと呼べるのはせいぜいそれぐらいだ。架禱斗がオンライン武力代行サービスを開業し、国際闇金組織シビックとして成長拡大につなげたのは、独自の才能と努力ゆえだろう。シビックの日本攻撃も、政府が戦々恐々とするあまりEL累次体に依存したのも、すべて混乱の延長線上に生じた偶然の産物でしかない。

優莉匡太はなにかを実現したいと野望に燃えたわけではない。虎視《こし》眈々《たんたん》と計算に明け暮れたのでもなければ、陰謀を駆使したのでもない。東京がベイルートのような修羅場に、日本がレバノンのごとき地獄になればいいと、ただ漠然と願ったにすぎない。結衣が幼少のころ、父が口癖のようにそういっていたからだ。治安が悪化し、強盗や殺人が多発、政府が有名無実化すれば、無政府状態がいっそうの混沌《こんとん》を生む。父はそんな社会を望んだだけでしかない。強いていえば〝死人〟だけに、ちょっかいをだすのは〝生前〟よりも容易だった。通信で声を変えるとか、権力者になりすますとか、どれも半グレ同盟がさんざん用いた手段だ。わざわざ世を乱すための工作と呼べるほどではない。

子供たちがどれだけ暴れるかも、父は予想できていなかった。優莉匡太はでたらめに秩序を崩してきただけであり、やっていることは結衣が幼少のころの父と変わらない。徒党を組んで人殺しをさせるのもむかしと同じだ。その影響力が〝死人〟ゆえに増長した。ただしそこには、もうひとつ世の真実が浮かびあがった。

たぶん父にとっても想像以上に、戦後日本は脆弱《ぜいじゃく》だった。武力攻撃になすすべはなく、いざというとき政府は役立たず、そのくせ国民は悲劇をたちまち忘れる。宗教や思想に染まるのはタブーとされているため、自己批判の精神も育たない。追い詰められるとナショナリズムが暴走し、独裁に操られ迷走、世界からも孤立する。いまの日本の混乱は、父が仕組んだわけではない。武蔵小杉高校事変以来、ずっとこの国の本質的欠陥が露呈しつづけている。日本は太平洋戦争に突入した当時となにも変わっていない。

自分の想像力の欠如を呪うしかない、結衣はそう思った。優莉匡太が生きているなんてありえない、そう信じたがる手合いは想像力の足りなさから、遅かれ早かれ死ぬ。優莉匡太が世のすべてを操っていたと驚愕《きょうがく》し、絶望するような馬鹿も、やはり命を落とす。真実がどちらでもないことぐらい、利口であればわかったはずだ。優莉匡太は滅《め》茶《ちゃ》苦《く》茶《ちゃ》な生き方を好む凶悪な異常者で、死刑を免れていた、それが唯一の事実だ。逮捕前と同じく父は武装半グレ同盟で世を搔《か》き乱すのみ。なにも変わってやしない。半グレのなかの半グレだった当時のままだ。悪いことに〝死人〟になってしまったのと、日本の弱点の多さが重なり、激震を発生させてしまった。

この状況に終止符を打つには、国のトップに事実を伝えるしかない。結衣が優莉匡太の娘、凶悪犯罪の継承者とみなされている現在、梅沢総理の理解を得るのは難しい。それでも会ってみなければなにも進展しない。

ヘッドライトの光が眩《まばゆ》いばかりに大きくなった。クルマは最後まで徐行を守ってきた。後続も同じ車幅のボディだとわかる。いっせいにドアが開き、人影が左右に展開した。両腕をまっすぐ前方に伸ばし、両手で拳銃《けんじゅう》をしっかり握り、肩の高さでこちらを狙い澄ます。

思わずため息が漏れる。結衣は頭を掻いた。「んー……」

「動くな!」わりと若い男の声が飛んだ。ややうわずった声の響きだった。「両手を頭の後ろで組め!」

結衣は従わなかった。「あのさ。EL累次体に感化された新人警察官の群れ……だよね? 捨て駒として投入されたってわかんない?」

「黙れ!」拳銃を持つ男の手は震えていた。「撃つぞ」

「警官なら法に従ってなよ。変な秘密結社の一員になってどうすんの」

「いいから口を閉じろ! 死にたいのか!」

「お巡りがいうセリフじゃなくね?」結衣は冷やかに告げてから、半ば投げやりに要求した。「連れてってよ。EL累次体の最高責任者に会いたい。梅沢さんに」

「ほざくな！　撃つぞ！」

なにそれ。結衣は苛立《いらだ》ちを募らせた。ＥＬ累次体は若い命を使い捨てにし始めている。戦争に喩《たと》えれば末期も末期だ。しかも悪いことにこの連中は、おそらく強力に洗脳されている。ＥＬ累次体への忠誠こそが、明日の日本につながると信じている。厄介だった。立場上は優莉家のほうが悪者だが、ファシストの手先と化した無知な兵隊も、負けず劣らず危険な存在といえる。猪突《ちょとつ》猛進、迷うな退くなと教えられ、愚直にそれを守り通す。自分の頭で考えようともしていない。

「きいてよ」結衣はうんざりしながら淡々といった。「ＥＬ累次体ってやつ自体が違法だってのはわかるでしょ。そんなのに加わってどうすんの」

「うるさい！」別の男が叫んだ。がちがちに緊張したようすで男が声を張った。「ゆ……優莉結衣、国家の敵！　あと五秒だけまってやる。両手を頭の後ろで組め。でなきゃ射殺する」

「本気でいってんの」

人影は揃って絶句し、たじろぐ反応をしめした。やはり新兵だけに余裕のなさは並大抵ではない。どの拳銃も震えている。ささいなきっかけでトリガーを引いてしまいそうだ。

男のひとりが甲高い声を発した。「射殺するぞ！　治療の見込みのない異常者め。撃ち殺す許可は得ている！」

「誰から？」結衣はしらけた気分で問いかけた。「警察のまともな命令系統じゃないでしょ」

「つべこべいうな、このブスが！」

「……なにかいった？」

「おまえらのせいで罪もない子供たちが死んだ！　ち、中高生にも大勢の犠牲者がでた。おまえは万死に値する！」

結衣はかちんときた。「誰が罪もない子供を殺したって？」

人影がいっせいにすくみあがった。最も若そうな声がわめき散らした。「武蔵小杉高校からシビック政変まで、犠牲になった人々の無念をいま晴らす！　一斉射撃用意！」

「……死ぬよ」結衣は低く告げた。「悪気がなくても兵隊をやっていれば、戦争で死ぬ。わかってる？」

誰ひとり聞く耳を持たないのはあきらかだった。尋常でない震え方から、いよいよ銃撃できると昂揚《こうよう》しているのがわかる。たぶんもう引きかえせなくなっている。こいつらは学んでおくべきだった。思考停止は罪だと。

全員の顔が見えないほど、ヘッドライトによる照射は強烈だった。銃口のかたちは視認できない。正円か楕円《だえん》かで弾道を予測するのは不可能だ。

若い男の声が絶叫した。「撃てぇー！」

トリガーが引き絞られる寸前、結衣はサイドステップで跳躍し、数メートルを横移動した。立ちどまった場所は、後ろに停まるワンボックスカーと、敵勢が乗りつけたクルマのヘッドライト照射が交錯する範囲内だった。免許取得はまだだが教習所で得た知識を応用した。蒸発現象《グレア》が発生し、結衣の姿は消滅したように見えなくなる。

敵の群れが動揺したのは、発砲が一秒遅れたことからうかがえる。銃火がいっせいに閃《ひらめ》き、大音量の銃声が鳴り響いたが、どの弾も当たらなかった。全員がさっきまで結衣が立っていたあたり、無の空間を銃撃したにすぎない。

敵勢が標的を見失い、当惑が生じた。その一瞬の隙さえあれば充分だった。結衣は猛然と人影のひとつに突進した。男が目を剝《む》き驚くようすを、結衣は至近距離に見た。向こうからすれば結衣が突然現れたと感じたのだろう。いまごろ気づいてももう遅い。結衣は合気道の小手返しの要領で、拳銃の向きを変え、銃口を敵の胸もとに突きつけた。それだけで充分と結衣は確信していた。敵は予想どおりあわてた弾みに、トリガーを引き絞ってしまった。銃声とともに手もとに熱風を感じる。敵はみずから心臓を撃ち抜き、その場にくずおれた。即死により筋力は瞬時に喪失したため、結衣が銃身をつかんでいれば、敵の手はグリップを離れ落下していった。

奪った拳銃を左手に握ったとき、やっと敵勢がこちらに向き直った。だがまだ結衣を正確に狙えずにいる。ヘッドライトの光源から逸《そ》れた以上、結衣の目には敵の姿が明瞭《めいりょう》に見えていた。手もとに視線を落とさずとも、グリップをしっかり握れる感触から、拳銃がH&KのP2000とわかっている。さっき敵が一発撃ったのだから、次の弾は装塡《そうてん》済み、セーフティもかかっておらず発射可能だった。

間髪をいれず結衣は敵をつづけざまに銃撃していった。照門と照星をのぞいたりはせず、目線と銃身を正確に同調させ、ひとり一発ずつ確実に頭部を撃ち抜く。この拳銃は女の手にもフィットするうえ、左利きに使いやすくなっている。これで外すようなら、過去の高校事変でとっくに死んでいる。

わずか数秒のうちに十二発を連続発射し、同じ人数の敵を仕留めた。結衣の拳銃はスライドが後退したまま固まった。弾を撃ち尽くした。折り重なって倒れる人影の向こうに、まだふたりが居残っていた。激しくうろたえながらもひとりが銃口を向けてきた。

結衣はすばやく身を屈《かが》めると、車体の陰に隠れた。敵のわめき声とともに、銃声が矢継ぎ早に反響する。ボンネット上部に跳弾の火花が散った。ほとんど乱射も同然のありさまだった。

手もとには空になった拳銃があるのみだが、弾がなくても使える。結衣は着火剤パックをとりだし、ノズルを銃口に突っこんだ。パックを握り潰《つぶ》し、ゲル状の着火剤を銃身内部に注入する。大豆三個ぶんぐらいの分量に留《とど》めるのは、忌まわしい父親から習った知識だ。主成分のメタノールが噴出しないよう、銃口を親指で押さえる。足もとに落ちている手頃な小石を拾った。親指を離し、代わりに小石で銃口をふさぐ。

敵の銃声が途絶えた。マガジンの交換に入ったらしい。すかさず結衣は伸びあがり、両手で拳銃を構え、即座にスライドのロックを解除した。

銃声が轟《とどろ》き、グリップの反動をてのひらに感じる。メタノールと空気の適切な混合比率により、静電気から爆発が生じ、小石を発射した。敵の頭部より右上三十センチほどを狙った。弾道がそのように曲がるからだ。敵が驚きに目を瞠《みは》ったのがわかる。喉《のど》もとに小石が命中した。被弾箇所を手で押さえ、苦悶《くもん》の表情とともに男が突っ伏した。

最後のひとりが逃走していく。結衣はゆっくりと歩き、瀕死《ひんし》の敵の手もとに落ちた拳銃《けんじゅう》を拾った。小石では死ななかった敵を見下ろし、脳天に銃弾を食らわせる。

　次いで遠ざかる敵の背に目を移した。逃がせば伊桜里が危険になる。その後ろ姿に拳銃をまっすぐ伸ばした。トリガーを引く。薬莢《やっきょう》が排出されると同時に、前方で敵の頭部が破裂し、脳髄をぶちまけた。首のない死体が公園の歩道に横たわる。

　ふいに静かになった。結衣は拳銃を持つ左手を振り下ろした。硝煙のにおいが立ちこめる深夜の公園。歩道の路面に十数体の屍《しかばね》。またこんな状況かと結衣は思った。ＥＬ累次体に駆りだされただけの、ある意味純粋な新兵たちが気の毒に思えなくもない。けれどもブス呼ばわりされた以上は殺意のほうが勝《まさ》った。どうやらまだ本当の大人にはなれそうにない。後悔はしていない。

　ここでまっていれば、次はもう少し上位の兵隊が送りこまれるだろう。梅沢のもとに連れて行けと頼み、断られたら殺害、その繰りかえしか。

　いや。それより先にＥＬ累次体以外の所轄警察も駆けつけ、いっそう状況がややこしくなる。そうこうしているうちに、優莉匡太の飼い犬どもも現れてしまう。悠長にＥＬ累次体の下っ端と小競り合いはしていられない。

　しようがない。結衣はひとりため息をついた。迎えが来ないのなら、こちらから出向くしかない。約束もなく人の家を訪ねるのは気が引けるが、どう行くかを迷ったりはしない。高三のころ足を踏みいれた馴染《なじ》みの場所なのだから。

7

凜香は目を開けた。

殺風景な部屋だった。窓はあるが雨戸が閉まっている。隙間から陽光が射しこまない。昼間ではないようだ。

くしゃみをした。ひどく肌寒い。手で身体をさすると、なにも身につけていないとわかった。裸のままだ。

ゆっくりと起きあがる。ベッドではなくフローリングの上に、なんの敷物もなく横たわっていた。そのせいか身体のあちこちが痛い。

瑠那がいった。「なんだよここは」

……ふと凜香は我にかえった。まだ起きあがらず横になっている。何重にも夢から目覚めるかのようだ。つぶやきを漏らしたのは瑠那のようにきこえたが、凜香自身だった。瑠那と自分を混同するたび、なんらかの感情に心が掻《か》き乱された気がする。いまのはどんな感情だったか。

ほどなく思いだした。友里佐知子が憎い。母親から意思力を奪いゾンビにしたからだ。瑠那の立場なら、友里の娘の結衣にも、反感をおぼえて当然だった。誰かが凜香に瑠那の思考を植えつけた。

凜香の本当の母は市村凜だ。あの極悪人が死んでせいせいした。あいつを殺した結衣姉について、自分がどう思っているのか、はっきり考えたことはない。複雑な気分が尾を引いていたのだろうか。そんなはずはない。あんな母親、ぶっ殺すほうが正しかった。

それでも母を殺された哀しみが生じてくる。いまさら安堵《あんど》に取って代わろうとする。瑠那の心情がそうだからだ。正確には瑠那の実母は死んでいない。ただ生ける屍と化した。どれだけ辛《つら》かったか、凜香は自分のことのように胸が痛んだ。瑠那が結衣に心を許せるはずがない。凜香のなかにある複雑な感情とも重なる。結衣は血も涙もない女だ。

凜香は激しく首を横に振った。ちがう。瑠那と自分を同一視するのはよせ。友里佐知子なんか知らない。会ったこともない。瑠那の内面も本当のところはどうかわからない。瑠那は結衣に尊敬の念をしめしていた。少なくともそう見えた。あれが真意でないとどうしていえる。

壁に服が掛かっていた。黒のワンピースだった。凜香は立ちあがり歩み寄った。趣味の悪いフリルだが、なにも着ないよりはましだろう。

ワンピースを身につけた。部屋にはドアがひとつだけある。それを開けると廊下があった。壁にキャンドル風の間接照明が灯《とも》っている。洒落《しゃれ》た洋館に思える。ただし下り階段の窓にも鎧戸《よろいど》が下りていた。

二階にいるらしい。階段をゆっくり下っていく。その先のドアを開けた。眩《まばゆ》いばかりに明るかった。吹き抜けの天井にシャンデリアが煌々《こうこう》と輝く。窓の外はまだ真っ暗だが、ダイニングテーブルに朝食が並んでいた。スクランブルエッグに黒い斑点《はんてん》がある。黒トリュフがまぶしてあるらしい。皿も豪華で高そうだ。スモークサーモンにサラダ、チーズとパン。オレンジジュースも添えられている。

食事はふたりぶんだった。手前が凜香の席らしい。向かいの席にはガウンを着た中年男がおさまっている。凝視するまでもなく父だとわかる。

絶望がひしひしと押し寄せてくる。逃げ場のない恐怖が幼少期からつづいていた。いまもまだ逃げだせない。

ところが奇妙にも別の感情が湧いてくる。やっと父と同じ食卓につけた。そんな恩恵にあずかるのは、架禱斗兄か結衣姉だけだと思っていた。ようやく成長を認められた。

記憶のなかの印象よりは、いくらか歳を重ねた顔の父が、いつもどおり軽薄な口調でいった。「凜香、とっとと座れ。飯食え」

命令に従わないとどんな目に遭うかわからない。凜香は着席した。震える両手を合わせる。いただきますとささやく。

このうえなく恐ろしい存在、優莉匡太とテーブルを挟んで向き合っている。ただしいま父は上機嫌モードらしい。こういうときには少なくとも、いきなりの鉄拳《てっけん》制裁はない。

匡太がきいた。「ひさしぶりのヤクはどうだった」

ヤク。そうだ。ヘロインを打たれた。凜香はすなおな思いを口にした。「吐き気がする。……妹も一緒に苦しんでた」

「妹って誰だ」

「瑠那。わたしが叫べば瑠那も叫んでた」

「へえ。伊桜里は？」

「会ったことないし」

「そうだったな。結衣のことはどう思う？」

「嫌な奴」

「ああ。ヤク中ってのは本音がでるな」

クソ親父なんかになにがわかる。内心毒づきながらも、現実にはなにもいいだせない。いえるわけがない。

そのとき階段わきのドアが開いた。入ってきたのはブレザーにスカートの制服姿、やけに童顔の女子高生だった。丸々と膨らんだ頰のせいで幼女にさえ見える。凜香は条件反射のように震えあがった。拷問部屋で会ったのをいま思いだした。名前はたしか恩河日登美だ。

恩河日登美の振る舞いは、あたかもこの家のひとり娘のようだった。生意気な仏頂面にしても、父親に向けるそれっぽい。日登美はぶっきらぼうな態度で匡太にいった。

「藤蔭文科大臣を教団本部から帰らせた。亜樹凪は風呂《ふろ》に入るって」

匡太はシャンパングラスを口に運んだ。「日登美。こっちへ来て一緒に飯食え」

日登美が凜香を一瞥《いちべつ》した。さも嫌そうな顔で日登美がつぶやいた。「マジかよ」

「おい」匡太が苦笑した。「そんな言い方すんな。おめえにとっちゃ妹みたいなもんだろが」

父の視線が逸《そ》れた。凜香はすばやく卓上のナイフを、ワンピースの袖《そで》に滑りこませた。

するとと日登美があきれたように指摘した。「ナイフをパクろうとすんのはよせ。そんなので斬りつけれる人間がこの部屋にいるかよ？」

「はん」匡太が鼻で笑った。「凜香と口の利き方が似ちまったのはしょうがねえな。俺が育てたせいでよ」

日登美は凜香に顎《あご》をしゃくった。「こいつ、小さかったころはあんまり喋《しゃべ》らなかったって？　いまも貝みてえに口を閉ざしてやがる」

凜香は袖からナイフを引き抜き、皿の上に放りだした。「おめえと喋りたくねえだけ」

「よかった。わたしもそう」日登美はドアの向こうへ消えていった。

匡太が凜香に目を戻した。「おめえも俗世間から離れて、なにもかも超越した生き方を選ばねえか。もう出席日数とかテストとか気にしねえで済むぜ？」

なぜか既視感がある。匡太が似たような演説をぶつ姿が脳裏をよぎる。ただ世のなかを混乱させてりゃいいんだよ。匡太のそんな物言いが内耳に反響する。ときどき社会ってもんの中枢に棒を突っこんで、力ずくで掻き混ぜてやるだけだ。渦の回転が弱まってきたらまた掻き混ぜてよ。

ここへは初めて来た。なのにこの食卓で、父がそう話す姿がだぶってくる。実際には口にしていない言葉がきこえてくる。そこに疑問が生じる。世を混乱させる、掻き混ぜると父はうそぶく。そんなことをしてなんになる。

匡太はまるで凜香の心を読んだようにいった。「なんにもならねえよ。ただ馬鹿どもが殺し合ってるさまが、最高に楽しいだけでよ。絶望に怯《おび》えるツラも、断末魔の悲鳴も、とめどない流血も大好きでな。人間いつかは死ぬ。こうして自我が備わってるのなんて、神様の気まぐれだろ。死ぬまでの暇つぶしに明け暮れるのが人生ってもんだ」

また父の演説の別バージョンが、あたかも現実のように知覚に届きだした。匡太の声がきこえる。人が動物に戻るさまは滑稽《こっけい》じゃねえか。自分以外の雄と雌がセックスするのを見たがる動物なんて、人間ぐれえのもんだろ。凜香、おめえが四歳のころ、『ジャンク死と惨劇』の海賊版ＤＶＤを見せてやったよな？　あれも映画館で公開当時は、みんな金払って観やがってよ。いかれてるよな。俺ぁその快楽を追求したくてよ。もともと半グレ始めたのも、人が悶絶《もんぜつ》しながらくたばるのを見るのが、なにより爽快《そうかい》だからだって気づいちまった。全国民が殺し合いをして、最後に残ったババアが、最後に残ったガキと相討ちで死ぬとか、見届けてえじゃねえか。それ以上の娯楽はねえよ。

凜香はいっそう肝を冷やした。父はいま喋っていない。だが目の前で語りかけているように感じる。きいてもいないことがなぜわかる。

匡太がパンを頬張りだした。「凜香。おめえ、お父さんに感謝した日もあったろ。いろいろ厳しく教えてやったおかげで、おめえは何度も生き延びられたよな」

さっき耳にした心の声に対し、凜香は問いただした。「死ぬのを見るのが楽しいって……そのなかにわたしたち子供も含まれてるのかよ」

「そりゃそうだろ」匡太が即答した。「ゆっくり動くだけの虫も、命の危機が迫るとじたばたもがくよな。あれが面白《おもしれ》え。そういや坂東って奴、蜂の巣になって死んだぜ」

鈍重な衝撃が胸の奥を揺さぶった。凜香は茫然《ぼうぜん》と父親を見つめた。

匡太はまたグラスに手を伸ばした。「坂東はよ、おまえや瑠那と一緒だったときは死ななかったよな。ところが結衣や瑠那といたときにくたばった。ってことはよ、結衣や瑠那じゃなくて、おめえが坂東の生命線だったのかもな。皮肉なもんだぜ。おめえ、あの一家を印旛沼《いんばぬま》に沈めて、皆殺しにしようとしたのによ。愉快じゃねえか」

「……お父さん」凜香はかすれた声を絞りだした。「わたしたちを……。子供をどう思ってる？」

「おめえのことか？　俺のチンカスと市村凜のマン汁の化合物だろ。それ以上の存在でもなんでもねえ」匡太が真顔になった。「いいから俺がおめえを死なせたいときに死ね」

　ドアが弾《はじ》けるように開いた。白衣の男たちがぞろぞろと立ちいってきて、凜香を囲んだ。

　にわかに寒気が襲った。思いだした。フラッシュバックのように記憶がよみがえった。ここに来たのは初めてではない。毎朝同じことの繰りかえしだ。朝食がてら、父は凜香をためしてくる。思考や感情がどう変容したかを見定めようとする。さっきの父の言葉は以前ここで耳にした。凜香はまだ変わりきれていない。だからきょうもヤクを打たれる。あの恐ろしい拷問がまたも始まる。

　視界が涙にぼやけだした。白衣の男たちに両腕をつかまれ、無理やり引き立てられる。凜香は泣きじゃくった。「やめて……。やめてよ。もうやだ」

　匡太は顔もあげなかった。「てめえはまだうちのガキじゃねえな。きょうもD５にいたぶられてこい。生きてりゃ明日また飯につきあえ」

　声にならない自分の声をきいた。凜香は死に等しい恐怖のなか身をよじった。抵抗を試みようにも力が入らない。白衣の男たちが凜香を引きずっていった。ドアの向こうに暗闇がひろがる。冷えきった空間に投げこまれ、確実に命を削られる。嫌だ。幼少のころと同じだ。なにも変わらない。結衣姉、どうして助けてくれない。見殺しにするのかよ。与野木《よのき》農業高校で本気で殺そうとしたのかよ。やっぱり嫌ってんのか。どうせそうだ。また瑠那の声がきこえる。結衣は母の仇《かたき》だ。あいつお母さんを殺しやがった。

8

結衣はトラックの荷台で揺られていた。真っ暗だった。荷台を覆う幌《ほろ》を透過してくる光はいっさいない。まだ夜明け前だからだ。

胸のうちに深く刻みこまれた記憶が、何度となくよみがえってくる。最後に父に会ったときの光景。父の逮捕後、死刑前にいちどだけ面会が叶《かな》った。

東京拘置所の狭い面会室だった。頑丈そうな透明アクリル板に、細かい穴がいくつも空いていた。通話口を通じ言葉のやりとりだけはできる。アクリル板の向こうに、よれよれのシャツを着た、いかにも痩《や》せた父の姿があった。拘置所の収容者はまだ受刑服を着ない。見覚えのあるシャツは父の私物だった。

父はひどく小さく見えた。仲間だった荒くれ者たちを失い、たったひとりきりになり、あの恐ろしげな威厳も鳴りを潜めていた。まだ小六の結衣の問いかけに、優莉匡太は唸《うな》るような声でひとことふたこと、短く応じるばかりだった。

ところが時間が経つにつれ、父はいつものように饒舌《じょうぜつ》になってきた。無精髭《ぶしょうひげ》を生やし、頬骨がでっぱるようになっても、なお目つきは鋭かった。アクリル板越しに父が喉《のど》に絡む声できいた。「お父さんがなんで、みんなひとり残らず死んでほしいかわかるか」

突拍子もない問いかけだが、安っぽい虚勢にも思えた。そんなふうに感じたのは初めてだった。面会室にいる父の存在は果てしなく矮小化《わいしょうか》されていた。背丈も肩幅も縮んでしまったかのようだ。

「答えろ、結衣」匡太が繰りかえした。「なんで俺はみんなに死んでほしいと思ってる？」

ききたいのはこんな話ではない。そう思いながらも結衣はたずねかえした。「みんなって……？」

「この世の全人類のことだ」

「人がいなくなれば環境破壊がとまるとか……？」

うつむいていた匡太が、ふいに顔をあげるや、大声で笑いだした。「おまえ、しょうもな！　俺はあれか、どっかの漫画にでてくる奴か？　しょうもな！　誰も見てねえのに草木だけ生えててどうするよ。俺はただ人が死にまくってほしいだけなんだよ」

急に父がつまらない男に思えてきた。ワルぶっているチンピラの類《たぐ》いなら、結衣も幼少期から嫌というほど出会ってきた。父のもとに出入りする大半がそんな連中だったからだ。これまで父はそういう奴らと根本的に異なる存在だった。なにもかも超越した、万能にして最も恐るべき大人。しかし結衣が生まれたときから、そんなふうに刷りこまれただけだったのかもしれない。

「いいか」父がつづけた。「死刑になっても俺は命をつないでやる。代わりにほかの奴を吊《つ》るしてやる。ボタン押しの係員が悶《もだ》え苦しむさまを、じっくり見物してやる。楽しみでいまからぞくぞくしやがるぜ」

これが逮捕後の父の姿か。虚飾のいっさいを排除すれば、ちっぽけで哀れな中年男にすぎない。こんな男のためにいままで怯《おび》えてきたのか。この軽薄な手合いのもとに生まれたせいで、詠美《えみ》は命を落とした。やり場のない怒りが沸々とこみあげてくる。

父のすべてが見通せた。当時の結衣はそんなふうに確信した。それぐらい父の言葉は薄っぺらかった。死刑になっても命をつないでやる、そう息巻くさまは滑稽ですらあった。みんなひとり残らず死んでほしいという物言いも、まるで乱暴者の幼稚園児だった。翼をもがれた鷹《たか》は、もはや鷹どころか鳥類にすら属さない。反省も後悔もなく、父は処刑台に送られる日を、ただまつだけになるのだろう。身勝手な異常者が、奔放な性行為を繰りかえし、生まれた子供たちばかりが残される。自分はそのひとりにすぎない。将来に光など射さない。すでに歪《ゆが》んで育ってしまった。寄る辺《べ》なさと孤立感のなかでそう痛感したのをおぼえている。

振動が突きあげた。結衣は我にかえった。トラックが減速帯《ハンプ》を乗り越えた。千代田《ちよだ》区永田町《ながたちょう》二―三―一、総理官邸の搬入車両口に設けられたハンプにちがいない。トラックが坂を下っていく。三階正面玄関前の車寄せではなく、建物を大きく迂回《うかい》し裏手へとまわる。行き先は西側の業者専用駐車場になる。

いまにして思えば、父が口にしたのは戯言《たわごと》ではなかった。なにもかも本気だった。たぶんもう教誨師《きょうかいし》を抱きこんでいたのだろう。生き長らえる決意を固めたうえで、人々の死を願った。それが父にとって究極の快楽だからだ。暴れるだけ暴れた父の本質はそこにあった。

ドライバーがギアを入れ替えた。ブザーとともにトラックがバックする。荷台に積まれた段ボール箱の中身は、新品の清掃用具、消火器、事務用品。江東区の福間《ふくま》産業が未明に搬入するのを結衣は知っていた。すでに段ボール箱のひとつを破り、金属製の定規を一本くすねてある。

トラックが停車するまでまつわけにいかない。ドライバーが後ろへまわってきてしまう。まだ後退がつづくうちに、結衣は幌を撥《は》ねあげ、トラックの真後ろに降り立った。

予想どおり警備員の姿は近くにない。駐車場はヘリポートを兼ねた広大な裏庭に面しているが、防犯カメラの位置は前に来たときに確認した。ここは死角になる。結衣は夜の闇を突っ走った。コンクリート壁に沿って駆けていき、鉄製のドアに行き着いた。備品を搬入する経路からは離れているため、ここもノーマークだった。ドアに把《と》っ手がないのは出口専用だからだ。けれども開ける方法はある。

結衣はコートのなかで左手を腰の後ろにまわした。スカートベルトに挟んだオートマチック拳銃《けんじゅう》、H&KのP2000を引き抜く。木場公園で全滅した新兵の群れから、一丁だけ奪ってきた。むろん弾はほかの拳銃から補充し、十二発プラス薬室の一発、十三発をフルに詰めてある。

江東区での銃撃事件はもう緊急事態として扱われている。梅沢総理や閣僚らも、この官邸地階にある危機管理センターに集合済みだろう。

結衣は拳銃を空に向け、トリガーを三度引いた。銃火が闇に赤い閃光《せんこう》を放ち、けたたましい銃声がこだまする。

官邸の敷地内がにわかに騒然となった。警備員らの慌てふためく声がきこえる。非常ベルが鳴った。一次的な対処にすぎない。侵入者の存在を把握できていなかった以上、突然の発砲がどこで起きたか、判明するまで時間がかかる。銃声は落雷のごとく反響し、きこえた方向を攪乱《かくらん》する。

ドアに耳を近づけた。かちりと自動解錠の音がした。それでも把っ手がなければ開けられない。だが結衣は隙間に金属製定規を突っこみ、梃子《てこ》の力でドアを浮かせた。すんなり開く構造なのも承知済みだった。ここも前に通ったからだ。

なかに飛びこむと、コンクリート壁に囲まれた縦穴が、下方へと延びていた。非常灯に照らされた鉄製の下り階段がある。結衣は急ぎ駆け下りていった。以前とは逆のルートだった。あのとき結衣は架禱斗を追い、危機管理センターから上ってきて、ヘリポートのCH47チヌークに飛び乗った。

この非常用階段は官邸の緊急事態時、地上への脱出のため開放される。出口のドアは警報とともに自動解錠する。いちど来た場所の設備は正確に理解してある。生き延びるための秘訣《ひけつ》だった。

階段を下りきると、地下通路は急傾斜の下り坂になっていた。突き当たりの鉄扉には把っ手があった。それをすばやく引いた。

開いた鉄扉の向こうは、危機管理センターの対策本部会議室だった。円卓を囲む閣僚らが、緊張の面持ちで腰を浮かせているのは、警報が鳴ったせいだ。辺りを職員らが駆けずりまわる。まだ閣僚たちを非常階段へ誘導しようともしない。

なるほど、これが梅沢政権か。この期に及んでまともな危機対処マニュアルすら作成できていない。EL累次体の間抜けな作戦計画の数々がうなずける。

武装警備員のひとりだけが、いち早く結衣に気づいたらしい。機関拳銃《マシンピストル》をこちらに向けようとする。だが結衣の拳銃はもう警備員の胸部を狙い澄ましていた。四回トリガーをつづけざまに引き、四度の反動をてのひらで受けとめる。銃火の激しい点滅の向こうで、警備員が壁際に吹き飛ばされた。背を強く打ちつけ、そのまま前方に突っ伏す。女性の悲鳴が響いた。閣僚は数人の女性を含んでいる。

結衣が狙ったのは武装警備員の防弾ベストだった。全弾がベストに命中したが、肋《ろっ》骨《こつ》ぐらいは折れたかもしれない。俯《うつぶ》せになった警備員が立ちあがろうと両腕を振りかざす。ほかの警備員が助け起こそうとするものの、結衣を警戒し動きをとめた。閣僚たちも両手をあげ総立ちになっている。

水平に拳銃を構えたまま結衣はいった。「夜分遅くすみません。梅沢総理に話があるんですけど」

高齢の閣僚が目くじらを立てた。「テロリストがなめた口を……」

結衣はすかさず閣僚の足もとに発砲した。銃声と跳弾に閣僚は腰を抜かし、床に尻《しり》餅《もち》をついた。おろおろと後ずさる情けない姿は、おそらく孫にも見られたくないだろう。

前に結衣がここに来たとき、宮村《みやむら》元総理がいたのと同じ場所に、梅沢が立っていた。表情をこわばらせた梅沢が、目を瞬《しばた》かせ結衣を見かえす。眼鏡のレンズが汗で曇りがちになっていた。

梅沢が声を震わせながらきいた。「ここを占拠するのか……?」

「しない」結衣は油断なくささやいた。「でもふたりきりで話したいんですけど」

周りに視線を向けた梅沢が、うわずりがちな声で呼びかけた。「諸君、悪いが五階の閣議室へ行ってくれ。ここは私ひとりでいい」

白髪頭にきちんとウェーブのかかった六十代、冴沼文代《さえぬまふみよ》環境大臣が抗議した。「あなた優莉結衣さんよね？　総理ひとりを置いていけません。いったいなにが目的ですか」

「あなたにはわかるわけがない」

「なぜ？」

「EL累次体の名簿に載ってないから」

文代がぎょっとするのと同時に、閣僚の大半がうろたえだした。名簿にあった面々が雁首《がんくび》を揃えているせいだった。

梅沢が声を荒らげた。「早くでろ！」

閣僚らは今度こそ逃げるように退室していった。非常階段方面ではなく、官邸内のエレベーターへ向かう通路に消えていく。率先して会議室をあとにするのは、廣橋厚労大臣や舘内外務大臣ら、やはりEL累次体のメンバーばかりだ。非メンバーの閣僚らはどこか腑《ふ》に落ちない顔でつづく。

強化ガラスが隔てる隣室、オペレーションルームと情報集約室で、それぞれ不穏な動きがある。職員らが通報しようとしている。結衣は梅沢にまっすぐ拳銃を向け、ガラス越しに職員に呼びかけた。「よして」

梅沢が動揺をあらわに忠告してきた。「彼らにはきこえないんだ。分厚いガラスで遮られてる」

「馬鹿いっちゃ困ります。マイクとスピーカーでこっちの会話は筒抜けです」

「なんでそんなことを……」

架禱斗を追ってここへ飛びこんだとき、ガラスの向こうの反応を目にしたからだ。あきらかに会話がきこえていた。結衣はつぶやいた。「さっさと全員消えないと、あんたたちのせいで総理大臣が代替わりする」

ガラスの向こうで職員たちが動きをとめた。受話器を手にしたまま固まっている者もいる。誰もが慄然《りつぜん》としていた。

梅沢が声を張りあげた。「みんなさっさとでていけ！　エレベーターは閉鎖しろ。誰も地下へいれるな」

職員らが騒然と退散していく。ほどなくオペレーションルームと情報集約室が無人になった。通路の先でエレベーターの扉が閉じる音がする。それっきり地階は静かになった。

結衣は天井のドーム型防犯カメラを狙い撃った。梅沢がびくっとした。さらに二か所のカメラを銃撃で破壊しておく。金属片がぱらぱらと床に降り注いだ。

ようやくふたりきりで話せる。結衣はため息まじりにいった。「座ってください」

梅沢は円卓に両手をつき中腰のままだった。「銃を向けられていたんじゃ、正しく受け答えできるかどうか……」

銃口で脅しつづける気などない。結衣はマガジンリリースボタンを押し、グリップから弾倉を滑り落とした。スライドを引き、薬室に装塡《そうてん》済みだった一発も排出する。空っぽになった拳銃を、円卓の上に滑らせ、梅沢の手もとに引き渡した。

困惑ぎみに梅沢が拳銃を拾いあげた。ぎこちない動作で椅子に腰掛けながら、梅沢がつぶやいた。「きみはやはり優莉家のなかでも最高のやり手だな。こうも易々と入りこんでくるとは」

「シビック政変のあともセキュリティを変えてないのはよくない」結衣は巨大な円卓を挟み、梅沢と向かい合う席に座った。「単刀直入にいいます。優莉匡太が生きてるなんて知りませんでした。わたしたちきょうだいは父と無関係です」

梅沢が渋い顔になった。「こっちからすれば優莉ファミリーだ。なにより強い血の結束だ」

「だからちがいます。父と子供の不和なんてめずらしくないでしょう」

「きみの父親は大勢を殺した。きみも大勢を殺した。なにがちがう？」

「架禱斗のシビックと、その傘下の田代《たしろ》ファミリーを皆殺しにしただけです。長男をぶっ殺したのは、あいつが凶悪だったからです」

「十九のわりには口の利き方が乱暴だな。もう大学生だろ」

「このままじゃ大学の授業に二度とでられません。だから指名手配犯のようなあつかいをやめてもらえませんか」

「……報道を控えろというのか」

「警察発表で訂正してください。警戒すべきは優莉匡太であって、わたしたちじゃないと」

「信じられんな」梅沢が睨《にら》みつけてきた。「集団殺戮《さつりく》魔はきみだけじゃない。とりわけ瑠那の罪状は重い。六女と公になっていないからといって、見逃されると思ったら大まちがいだ」

「公にしないのはEL累次体の名簿を持ってるからですよね。わたしも共有してます」

「脅すのか」

「瑠那が人殺しに走らざるをえなかったのは、EL累次体の馬鹿げた蛮行のせいです。少子化のために女の子たちの命を犠牲にしていいと、本当に思ってたんですか。日本の地位向上を目的に核戦争を引き起こそうなんて」

「強国への革命に犠牲はつきものだ……。きみらには理解できんだろう。優莉家こそがこの国をこんなふうにしたんだからな」

「ちがいます。EL累次体を暴走させたのはあなたたち自身です」

梅沢が突っぱねてきた。「そんな理屈は通じん」

「シビック政変に乗じて、ナショナリスト団体を変容させ、独裁政権を築こうとしたんじゃないですか？　強国化というより中央集権化が目的でしょう」

「きみみたいな女子大生にはわからん。私たちは戦後日本のたどってきた誤りの道筋を、根本から正そうとしてるんだ」

「そのためどれだけ国民の血を流すつもりですか」

「世界から憲法違反だ秘密結社だとそしりを受けても仕方あるまい。だが強国日本が樹立したあかつきには、私たちは英雄と称《たた》えられる。明治維新の立役者たちと同じだ」

「なにをもって正義が自分たちにあると考えてるんですか。善だと信じる心だけですか」

「矢幡君がEL累次体の中心人物だった。彼こそ私たちにとっての精神的支柱だよ」

「前身のナショナリスト団体でリーダー的存在だっただけです。EL累次体には関わってません」

「彼は全体集会に現れた。矢幡君あってこその私たちだ」

結衣はコートのポケットから小さな物体をふたつとりだした。ひとつはメモリーカード、もうひとつはICレコーダーだった。それらをふたたび円卓に滑らせた。

梅沢が滑ってきたメモリーカードとICレコーダーを、左右の手でそれぞれ押さえこんだ。「なんだね？」

「優莉匡太の声を矢幡さんの声に変換する、高性能ボイスチェンジャーのプログラムです。デジタル庁や住居の一斉爆破で死亡した、EL累次体のメンバーらによる作成かと」

硬い顔の梅沢を見て、すでに真実に気づきつつあったのだろう、結衣はそう感じた。思い当たるふしがなければこんな反応はない。

しばし沈黙が生じた。梅沢がICレコーダーを操作した。変換前に戻した元の音声、優莉匡太の声が流れた。〝梅沢。目的は正しかった。方法がまちがっていただけだ。不変の滄海桑田《そうかい》と至近の接触を忘れるな〟

梅沢の眉間《みけん》に深い縦皺《たてじわ》が刻まれた。「優莉家がそう思わせようとしてるんだろう」

「疑われるのは予想がつきました。だからわたしが出向いてきたんです」

「テロリストの主張を信じろというほうが困難だ」

「どっちがテロリストですか。EL累次体が何百人殺したか記憶してますか」

「幕末の志士も当時のおこないだけ見ればテロリスト……」

「総理」結衣は遮った。「三体衛星をウクライナに落とすなんて、矢幡さんが本当に同意すると思いますか。薄々気づいてましたよね？　最初は国難を乗りきるためだったけど、計画がエスカレートしていって、ふと振りかえって異常と感じたでしょう」

「異常だと」梅沢が鼻を鳴らした。「きみにいわれてもな。誰のせいでエスカレートしたと思ってる」

「EL累次体が大量虐殺ばかり画策するから、わたしたちが当事者を皆殺しにしたんです」

「やっぱりきみらは優莉匡太を頂点としたテロリストだ。架禱斗が国を滅ぼそうとしたからこそ、EL累次体が急進的組織として革命に突き進んだんだぞ！」

「ちがいます。優莉匡太が死んだふりをして、わたしたちを手玉にとり、もてあそんでいるだけです」

「……優莉匡太はどこに潜んでる？」

「統合教会を隠れ蓑《みの》にしてます。警察官や消防士を殺した武装勢力は、いわば父の育てた私設軍隊です」

梅沢が苦虫を噛《か》み潰《つぶ》したような顔になった。「統合教会……」

政権与党の代表者としては耳の痛い話だろう。政府と距離が近い一方、不可侵な団体という意味で、優莉匡太が潜みうると納得もいったはずだ。

結衣は梅沢を見つめた。「矢幡さんは生きてます」

「なっ」梅沢が目を瞠《みは》った。「なに⁉」

「会えば本人が真実を語るでしょう。ＥＬ累次体の全体集会に現れたときには、国民を人質にとられ、やむにやまれず事情を明かせなかったと」

「……そうか」梅沢が神妙につぶやいた。「きみのいうことなど、いっさい鵜呑《うの》みにできんが、矢幡君が生存していて、彼から話をきけば……。彼の本心がたしかめられたら、あるいは……。いや。やはり優莉家は許せん。国家の敵だ」

結衣はため息をついてみせた。「まだそんなことを？」

「優莉匡太が黒幕で、裏ですべてを操っていたなどと……」

「すべてを操ってなんかいません。いい加減わからないですか。これまで死んだことになってた父は、気まぐれに司法を妨害するだけでよかった。なにも大それた陰謀の元締めじゃありません。半グレ同盟を率いた当時と変わらないやり方で、ただ混乱を引き起こしてきたんです」

「それだけでシビック政変につながったというのか」

「シビック政変もEL累次体の蛮行も、父が具体的に意図したことではなく、混乱にうまく対処できなかった国のせいです。ちょっかいをだしてるだけの優莉匡太に対し、日本が脆弱《ぜいじゃく》すぎたんです。地に足がついていないから振りまわされた。それだけです」

「法治国家で先進国たる日本について、テロリストの娘が勝手な憶測を並べ立てるな」

結衣は怒りを理性で抑えこんだ。「犯罪者がピッキングをおぼえたとします。なにに使うと思いますか」

「空き巣狙いか押しこみ強盗だろう」

「なぜですか」

「そりゃ食うためだ。金を稼いで贅沢《ぜいたく》をしたいと、泥棒はみんな思ってるだろうからな」

「父も一軒目は財布を盗むためにピッキングするでしょう。それでしばらく食べるのに困らなくなります。すると二軒目に父は、動物園でライオンの檻《おり》の鍵《かぎ》を開けるんです」

「……なんのためにだ？」

「なにも。ライオンが檻から飛びだし、飼育員に噛みつくか、動物園の客を襲うか……。父はなにも意図しちゃいないんです。ただ人が死ぬことだけはわかってる。そんな殺戮《さつりく》の修羅場につながる種を蒔《ま》きたがる」

梅沢が結衣をじっと見かえした。「蒔いた種が育たないこともあるだろう。ライオンが人を襲うとはかぎらん」

「そうです。不発に終わることも多々あったでしょう。でも父はそれを含めて楽しんでるんです。架禱斗がテロリストとして大成するかどうかはわからなかったし、わたしがこんなふうに育つことも、国家がここまでびくついて急進的になることも……。父の意図したことじゃありません」

「……混乱をもたらしたのはきみの父でも、こうなったのは私たちのせいだというのか」

「ええ。あなたたち政府と、わたしたち優莉匡太の子供。それぞれが原因だったんです。人としての心の弱さに端を発したともいえるでしょう」

梅沢は吐き捨てた。「馬鹿な」

「否定はできないはずです。血で血を洗う抗争に打ち勝たなきゃ、平和が得られないと思いこみ、人の命を奪うことを正当化してきたんです」

「それはきみらだ。私たちではない」

「認めたら重大犯罪者になるからですよね？」結衣は静かにいった。「総理。なにもかもが優莉匡太の引き起こした混乱の延長線上にあると判明したら……。相互の罪を許し合いませんか」

梅沢が真剣な表情になった。「許し合う？」

瑠那はきっと猛反発するだろう。凜香も無事なら拒絶するはずだ。あのふたりはEL累次体の横暴を間近に見てきた。だがいまはまず優莉家をひとくくりに敵視してくる、国家側の偏見を改めさせねばならない。

結衣は虚空を眺めつつ提言した。「わたしたちきょうだいが、父とは無関係だと発表してください。それを約束してくれるのなら、わたしたちもEL累次体の犯罪行為について、もう今後は追及しません」

「木場公園で新人警官十数人を射殺した直後なのにか」

「EL累次体に魂を売った時点で、あなたたちにとっては捨て駒でしょう」結衣は毒づいてみせた。「哀悼の意なんかないくせに」

沈黙が長くつづいた。梅沢は慎重な態度を崩さなかった。「私にはなんともいえん。矢幡君に会うまではな……。だがもし矢幡君の本心がきみのいうとおりだったら、そのときは……。きみらは約束を守るのか」

「ええ」心が冷えてくる。本来ならＥＬ累次体など許せるはずがない。それでもいまはほかに事態を打開する方法がない。結衣はうなずいた。「あなたたちもそうしてください」

「交換条件を突きつけてくるあたり、やはりテロリストさながらだが……。優莉匡太の手先ではないというんだな？」

「父は交渉なんかしません。ライオンを檻から解き放つことで快楽を得るだけです」

「私たちがＥＬ累次体としてやってきたことを、矢幡君にはいっさい知らせないとも約束できるか？」

「今後わたしやあなたが注意すべきは、優莉匡太に掻《か》きまわされないようにすることでしょう。二度と混乱に翻弄《ほんろう》されないように」

梅沢はむっつりと黙りこんだ。卓上に目を落としてからも、疑い深げな視線を何度か投げかけてくる。悪党の煮えきらない態度に、結衣は内心苛立《いらだ》ちを禁じえなかった。だがいまは我慢のしどころだ。瑠那や篤志、伊桜里が自由を得られるようにせねば。

凛香の救出にも支障があってはならない。

戦時中に若者を特攻へ行かせた責任者から、ごく最近の政治資金でキックバックを受ける閣僚まで、犯行を追及しても罪を認めるはずがない。あらゆる権限を有する国家の大物であれば、いくらでも逃げが打てるからだ。犠牲者の多さを考えれば腹立たしいかぎりだが、ここでEL累次体のメンバーを片っ端から殺害しても、似た連中が後継組織を結成してしまう。日本のみならず国家に特有の欠陥かもしれない。それでは結衣のきょうだいが延々と社会から目の敵《かたき》にされる。弾圧を回避するためには、不愉快でも取引するしかない。

こんな心境になるとは思わなかった。自暴自棄に人を殺しまくるほうが結衣らしい。変化は伊桜里のことを想ったときから生じた気がする。父が死んでいないと知り、自分は同類でない、そう信じたくなったせいかもしれない。

かなりの時間が過ぎた。梅沢は落ち着かなそうに、指先で卓上を叩《たた》きつづけていた。だがやがてその顔があがった。深く長いため息とともに梅沢がいった。「わかった。矢幡君しだいで、きみの提言についても考えてみることにする。そのためにもまず矢幡君に会いたいが」

「でしょうね」結衣はつぶやいた。「下っ端に早めに指示を送ってもらえますか。矢幡さんを見かけても、近くにいるわたしの仲間に弓を引くなと」

9

江東区有明五丁目の埋め立て地、廃墟《はいきょ》のなかの隠れ家で、瑠那は暗がりに身を潜めていた。

天井が落ちてきそうな歪《ゆが》んだ部屋で、矢幡前総理が段ボール箱のベッドに横たわり、ひとり静かに眠っている。瑠那は壁に背をもたせかけ座っていた。右腕でアサルトライフルを抱えこんでいる。非常時には跳ね起きられるよう、常に知覚を研ぎ澄ましていた。

ドブのにおいが濃厚に漂う。下水が機能していないからだ。イエメンで難民キャンプにいた幼少期を思いだす悪臭だった。ネズミがそこかしこを駆けまわる微音にも慣れている。よって少々のノイズにいちいちびくついたりしなかった。侵入者が抜き足差し足で忍び寄った場合、ほかの音と明確に区別がつく。

正確にはそれ以外にもひっきりなしに音がしていた。室内にはアナログ式の置時計があるため、秒針が絶え間なくときを刻む。蛍光塗料で針の位置がぼんやりと浮かびあがる。午前四時三十三分。年の瀬が近いこの時期は、まだ日の出が遠い。外も真っ暗だろう。

　誰かがカーテンを割る気配があった。瑠那は瞬時に膝立《ひざだ》ちに姿勢を変え、アサルトライフルで人影を狙い澄ました。だがその巨体が誰なのかは一秒で識別できた。瑠那はまた腰を下ろし、さっきと同じように休んだ。

　篤志が肥満しきった身体を丸め、瑠那の隣に座った。「寝てろ。俺が見張ってる」

「冗談いわないでください」瑠那はささやきかえした。「篤志お兄ちゃんこそ睡眠をとるべきです」

「高一の妹に命を預ける気はねえ」

「そんな態度だったんですね」

「なにがだ」

「凜香お姉ちゃんに対してもぶっきらぼうだったでしょう。ふだんから寂しがってましたよ。いまとなっては唯一のお兄ちゃんなのに、いつもふてくされてて」

　篤志はさも心外だというようにいった。「それは凜香のほうだ。俺はあいつを心配してる。あいつ糸の切れた凧《たこ》みたいなとこがあるからな」

「いまも心配してますか」

「当然だ。親父の居場所がわかったら、すぐにでも殴りこみをかけてやる」

瑠那はつぶやいた。「クソ親父」

「あ？」

「優莉匡太のことです。そう呼んだらどうですか。親父じゃなくクソ親父と」

「……ああ。そのとおりだ。あいつはクソだ」

「なんで声がちっちゃくなるんですか」

篤志が苛立ちをのぞかせた。「矢幡さんが寝てるだろ」

「はっきりいってみてくださいよ。クソ親父って」

「なんで俺を挑発する？」

「やっぱり」瑠那はため息を漏らした。「刷りこまれた恐怖を克服しきってませんね。結衣お姉ちゃんや凜香お姉ちゃんと同じ……」

「だいじょうぶだ。俺たちはいいから、自分のことだけ考えてろ」

充分すぎるほど熟考してきた。瑠那は重い気分でつぶやいた。「いつまでこうしていればいいのか……」

「結衣が梅沢総理を説き伏せられるかどうかにかかってる」

矢幡前総理がぴくっと反応するのが見えた。眠ってはいなかったらしい。瑠那も驚きをおぼえていた。篤志に向き直り瑠那は問いかけた。「結衣お姉ちゃんが梅沢総理に接触を？」

「ああ。現状について連絡をしたら、そうするしかなさそうだって返事が来た」

「いつどうやって連絡をとったんですか」

篤志が胸ポケットから一枚の紙片をとりだした。「ほらよ」

紙片には意味不明な記号が並んでいる。瑠那はさまざまな暗号に精通していたが、それらのいずれにも該当しない規則性に思えた。「なんですか」

「俺たちの第三言語表記だ」篤志がいった。「第一言語はふつうに日本語。第二は親父が子供全員に、物心ついたときから教えこんだ文字でよ。五十音がぜんぶほかの記号に置き換えてある」

「生まれたときから習得させられたせいで、ふつうの文字と同じように読みこなせるようになったと」

「そうだ。優莉家の人間だけが読める字でな。だが当然ながら親父にも読めちまう。だから子供たちだけで第三言語表記を考えた」

「結衣お姉ちゃんや凜香お姉ちゃんは、これをすらすら読めるわけですか」

「都内のどこに置き手紙するか、おもに俺と結衣できめた。凜香はまだ小さかったが、なんとか習得できてたし、いまでも読めると思う。伊桜里までいくと当時はまだ幼すぎて、たぶん第二言語も知っちゃいねえ」

　生後すぐ外国に売られた瑠那も、やはりそのかぎりではなかった。読めない暗号を眺めつつ瑠那は疑問を呈した。「結衣お姉ちゃんはどうやって総理に会うつもりでしょうか」

「ＥＬ累次体の下っ端が結衣のもとに、次々と兵隊を送りこんでくるからな。そいつらに投降して総理官邸へ連れていってもらうとか……」

「下っ端じゃそんな余裕はないでしょう。ただちに結衣お姉ちゃんに襲いかかった結果、返り討ちになるだけです」

「だったら結衣みずから総理官邸に入りこむんじゃねえのか？　梅沢に直談判《じかだんぱん》が通用するかどうかわからねえけどよ」

　矢幡が咳《せ》きこんだ。篤志が口をつぐんだ。どことなく気まずい沈黙が生じる。だが篤志も矢幡が眠っていないことぐらい、とっくに知っていただろう。わざと矢幡の耳にいれたにちがいない。

　ためらいがちな声で矢幡がささやいた。「梅沢がＥＬ累次体のトップとして……。あんな恐ろしい計画ばかりを、彼が実行に移してきたのか……？」

瑠那は応じた。「多くの閣僚も一緒です。でもみんな最高責任者は矢幡前総理と思ってます」

「私が自分の声でそういったからだな……」

「はい。優莉匡太の声が変換されていたのを、誰も疑わなかったようです」

矢幡が小さく唸《うな》った。「私が攫《さら》われる直前、政府内は喧々囂々《けんけんごうごう》だった。シビック政変のような緊急事態への不安から、憲法を無視してでも軍事力と警察力を強化すべきという、急進派が台頭していた。まさか愛国同盟がEL累次体に化けていたとは知らなかった」

拉致《らち》され表舞台から姿を消した矢幡に成りすまし、優莉匡太はまんまとEL累次体を翻弄《ほんろう》した。瑠那は矢幡に問いかけた。「誘拐されていたあいだ、優莉匡太はどんなことを……?」

「EL累次体の全体集会へ顔をだすよう強制された。あのとき初めて愛国同盟の実状を知った。恥ずべきことだ。私は彼らの前で真実を口にできなかった」

「やむをえないことです。もし矢幡さんが復帰できたとしても、梅沢総理らを告発したり更迭したりすると、孤立化する恐れがあります。EL累次体の犯行について、詳細は知らないふりをして、少しずつ人員を刷新していくべきです。懲罰を急ぐと危険です」

篤志が腑《ふ》に落ちなそうな顔になった。「そんな綱渡りをしながら総理大臣に復職するのかよ。周りが大量殺人に関わった犯罪者だと知りながら」

「いや」矢幡が嗄《か》れた声でささやいた。「そう大変でもないよ……。政治家というのはそういう仕事だ。戦後日本は国民が思うより、じつはずっと危ない橋を渡ってきた。政府与党はその舵取《かじと》りをする役割だった。西側自由世界の尖兵《せんぺい》として、対共産圏の最前線で防波堤にされているのを、国民に忘れさせようと腐心してきた」

瑠那はうなずいた。「アメリカが戦後、日本の復興と経済発展を支えたのはそのためですよね。いざとなったら中露や北朝鮮とぶつかる主戦場になる。西欧諸国は地球の反対側から兵力を送りこんで、共産勢力の侵略を防ぐ最後の砦《とりで》として、日本で戦う」

「そうだ。日本自体には軍国化を許さず、憲法で戦力を持つことも禁止した。私たちの国は丸裸で、強大な敵陣の矢面に立たされてきた。そのため冷戦時は北朝鮮による拉致など、水面下で常に攻撃に晒《さら》されてきたんだが、国民に危機感を抱かせないよう、政府は無関心と不干渉を貫いた。すべてアメリカ側の要請による」

高度経済成長により豊かになり、日本は平和な国だと誰もが信じた。アメリカとの同盟関係も良好かつ平等に近いと錯覚した。経済摩擦が起きたときにも、儲《もう》かりすぎたせいだと楽観的にとらえる向きが多かった。しかしすべては目くらましだった。日本列島に百三十もの米軍基地がある以上、第三次大戦に備える最前線にちがいない。主権国、先進国と強調することで、その事実を国民に忘れさせてきた。それがイエメン育ちの瑠那の認識だったが、矢幡によれば当たっていたようだ。

矢幡がつづけた。「日本はいつでも、ふとしたことでバランスを欠き、混乱の地と化す恐れがある国だった。防衛の概念が曖昧《あいまい》で、国民が銃に触れたこともなく、憲法が戦争を禁じながらも、じつは共産圏への防波堤だからな……」

「あちこち外国に無償の支援金をばら撒《ま》くのは、それが理由ですよね」

「そうだ。金を払ってなんとか味方を増やしてきたんだ」

瑠那は首を横に振った。「それらのお金は、国民が払った税金でしょう……。戦後は国民の過重労働と倹約あって復興できたんです」

「ああ。国民が命を削ってる。私たちは国の不安定さを是正しようと努力してきたが、かつてGHQがきめた憲法が壁になった……。経済大国といわれることもあった日本だが、じつは脆《もろ》かった。シビック政変のようなことはいつでも起きえたし……」

「EL累次体の台頭もありえた」瑠那はいった。「戦前に軍部が増長したのと同じように」

「そうだ。私はもっと民主的なやり方で革新を進めたかった。しかし急進派を抑えられなかった。もともと戦後は盤石な地盤などなく、絶えずぐらついてきた国だからな……」

イエメンやレバノンのような国とはちがう、日本人の誰もがそう思ってきたのだろう。けれども戦地に生きてきた瑠那にはわかる。なんのちがいもないばかりか、日本はむしろそれらの国にかぎりなく近い。政治が混乱すれば秩序はたちまち崩壊する。焦った政治家がさらに状況を悪化させ、国内情勢は泥沼化の一途をたどる。事情を知らない若者たちが、国の将来のためと信じつつ、兵士として最前線に駆りだされる。人は容易に殺し合う。

暴力とは無縁の先進国を自負してきた日本が、昨今のようにテロだらけになるのは、けっして不測の事態ではなかった。誰もが忘れていたようだが、この国はたかだか八十年前に、無謀な軍事作戦の数々で地獄をみたではないか。

共産圏への防波堤にするため、GHQがそれらを次世代に教育させまいとした。本当は地理的にも政治的にも危うい国だった。ついでに災害の頻度も高い。優莉匡太のような異常者が死を偽り、横槍《よこやり》をいれただけで、たちまち体制は揺らぐ。治安がいいとも簡単に崩壊する。なにもかも戦後日本の不安定さに起因している。

瑠那はささやいた。「皮肉ですね。矢幡さんを最初に救ったのは結衣お姉ちゃん。次に篤志お兄ちゃん。いまはわたしも一緒にいます」

矢幡が苦笑に似たため息を漏らした。「ああ……。優莉匡太の子供たちに助けられてばかりだ。若い世代がいつも正しい。たとえ極悪人と血がつながっててもだ。きみたちはそれを教えてくれたよ」

篤志が鼻を鳴らした。「親父の跡継ぎと世間から思われてるだけだ」

「なんとかしないとな」矢幡が呻《うめ》くようにいった。「早く梅沢を止めないと……」

「しっ」瑠那は沈黙をうながした。

物音をききつけた。カーテンの向こうから靴音がきこえる。ほどなくディエン・チ・ナムの声が気遣わしげにささやいた。遅かったですね、連れのふたりは？　少女の小声が応じる。大変なことがあって……。

篤志が腰を浮かせた。瑠那もアサルトライフルを手に起きあがった。ふたりでカーテンを割り、もとはロビーだった広間にでた。

ベトナム人の武装兵らが輪になっている。真んなかでナムと立ち話をしているのは色白の少女だった。ダウンジャケットを着ている。おっとりとしているものの、兄弟姉妹と同じ面影が見てとれる。

瑠那は声をかけた。「ひょっとして伊桜里？」

伊桜里が目をぱちくりさせた。「瑠那お姉ちゃんですか」

「そう」瑠那の心は躍った。「よかった。なんとなく予想したとおりの子……」

すると伊桜里はいきなり距離を詰め、笑顔で抱きついてきた。「瑠那お姉ちゃん！嬉《うれ》しい。お姉ちゃんが増えるなんて」

ふと伊桜里は妙な顔をすると、瑠那の身体を服の上からさすった。ゴツゴツしているのがふしぎに思えたのだろう。筋肉だった。胎児期のステロイド注射の影響で体脂肪率が異常に低い。たぶん結衣の身体はもう少し柔らかく感じるのだろう。

篤志が険しい表情になった。「ガードのふたりは？」

ナムも憂いのいろとともに振りかえった。「襲撃があったようですね」

「まずいぜ」篤志が近くの机に近づいた。机の上には銃器類が寝かせてある。手にした紙片を投げだし、代わりに榴弾《りゅうだん》発射機付きのアサルトライフルをとりあげた。弾倉を叩《たた》きこみながら篤志が吐き捨てた。「伊桜里がひとりで戻ったんじゃ、ここはバレてる」

伊桜里が机上の紙片をのぞきこんだ。ぶつぶつと伊桜里が読みあげる。「〝伊桜里も瑠那もこれ以上の危険に晒せない。梅沢総理に直談判《じかだんぱん》すれば……」

「おい⁉」篤志が目を瞠《みは》った。「第三言語表記が読めるのかよ」

「はい」伊桜里があっさりとうなずいた。「このあいだ結衣お姉ちゃんに習いました」

「あー。そうだったな……。おまえ結衣と一緒に暮らしてたんだっけ」

「街頭防犯カメラの避け方も教わりましたよ。自転車で走りながら、四百メートル手前から電柱の配線を読んで、画角に入りそうな場所を避けてきました」

「自転車はどこでかっぱらった？　路上に放置されてるやつじゃなく、自転車置き場でいちばん取りだしにくいのを引っぱりだしたか？」

「あ……」伊桜里は口に手をやった。しまったという表情が浮かんだ。どうやら結衣の教えの一部を実践できていなかったらしい。

篤志が目くじらを立てた。「まさか手近に見つけた自転車を、これ幸いとばかりに盗んだんじゃねえだろな」

廃墟《はいきょ》内の広間の隅で、武装兵らがくだんの自転車を確保していた。瑠那は足ばやにそちらに近づいた。適度に年季の入った自転車だった。いかにも盗みやすそうに見える。瑠那はしゃがむとチェーンステーを観察した。ふだんサイクリストが触れない部位のため、細工するのに向いているからだ。

手を加えられた箇所はすぐに目についた。瑠那はナイフを引き抜き、尖端《せんたん》でチェーンステーのでっぱりを穿《ほじ》った。ぽろりとてのひらに落ちてきたのは、ボタン大の機器だった。それを床に投げ捨て、起きあがるや踵《かかと》で踏みにじった。

「位置情報発信機です」瑠那はつぶやいた。「測位はGPSだけじゃなくグロナスや北斗《ベイドウ》、みちびき、ワイファイ、ブルートゥースと全対応のタイプ。誤差五メートル以下」

周りの武装兵らが騒然と動きだした。それぞれが非常配置に着こうとしている。篤志が苛立《いらだ》ちをあらわに歩きだした。「ほらみろ、いわんこっちゃない。手近なとこにある自転車なんかトラップだろが」

伊桜里が泣きそうな顔で立ち尽くした。「ごめんなさい……」

瑠那は篤志の前にまわりこみ、巨体の前進を片手で制した。「お兄ちゃん。言葉がきつすぎます」

「なんだよ」篤志が鼻息荒く突き飛ばそうとしてきた。「どけ」

だが瑠那は篤志の上腕を瞬時につかみ、宙にとどめた。篤志がぎょっとした。

顔をくっつけんばかりにして篤志を睨《にら》みながら、瑠那はいった。「伊桜里はついこのあいだまでふつうの子だったんです。わたしたちの大事な妹ですよ」

「んなことはわかってる。ヘマをしでかさないように教えとくのも兄の務めだろが」

「ヘマって？」瑠那はさらなる握力を加えた。「たかが発信機でしょう」

篤志の大木のような腕は、容易なことで握り潰《つぶ》せるものではなかった。痛がっているようすもない。上腕の筋肉をいっそう硬くしつつ、篤志が歯ぎしりとともに応じた。

「発信機のおかげで矢幡さんら全員が危険に晒《さら》されるってんだよ」

「本当にそんなふうに思いましたか？　ただ頭に血が上って、伊桜里にあたっただけじゃないですか？　篤志お兄ちゃん。それが凜香お姉ちゃんに愛情が伝わらない理由だったたって自覚あります？」

「なにをクソみてえな話……」

伊桜里がふいに割って入ってきた。「わたし、きょうだいでお菓子パーティーがしたいです」

篤志が面食らった顔を伊桜里に向けた。「あ？」

瑠那も言葉を失った。伊桜里がぎこちない笑みを浮かべている。どうやら仲裁しようとしたらしいが、あまりに脳天気な物言いに当惑する。なんとも天然で天真爛漫《らんまん》な性格の持ち主だった。

調子を狂わされたせいで、瑠那はなにに怒っているのか、よくわからなくなった。篤志も同じ心境と思われた。双方が困惑ぎみに手をひっこめる。

周りの喧噪《けんそう》がいっそう大きくなった。武装兵らが続々と配置に着きつつある。きょうだいの小競り合いが無意味に感じられてきた。瑠那は気まずくなり、篤志と視線を逸《そ》らし合った。

ナムが硬い顔で歩み寄ってきた。「ヘリ三機接近。武装SUVの車列もこちらに向かってくるようです」

篤志がアサルトライフルをコッキングした。「迎撃するしかねえか」

そのとき矢幡の声が飛んだ。「まってくれ」

瑠那は驚きとともに振り向いた。矢幡が片足をひきずりながら、よろよろと近づいてくる。「武装勢力の狙いは私だろう」

「いえ」ナムが片手をあげ矢幡を制した。「隠れていてください。私たちがお守りします」

「それではあなたたちの同胞に犠牲者がでる……。武装勢力がEL累次体なら、私を最高責任者と仰いでいるはずだ。私が姿を現せば、彼らは撃てない」

ふらついた矢幡を篤志がしっかりと支えた。篤志の眉間《みけん》に深い縦皺《たてじわ》が刻まれていた。

「矢幡さんよ」篤志が低く問いかけた。「来たのがEL累次体じゃなく、うちの親父どもだったら？　死んだはずのあんたが生きてちゃ、優莉匡太は迷惑がるだろ。たちまち蜂の巣だぜ」

「……だとしても」矢幡が気丈にいいかえした。「私を殺すなり拉致《らち》するなりすれば、彼らは目的を達する。それ以上の交戦はない」

「甘《あめ》えぜ」篤志が首を横に振った。「親父は俺たちを皆殺しにするよ」

ベトナム人武装兵のひとりがナムに報告した。「ヘリが上空に接近」

ナムがきいた。「機種は？」

「レーダーの識別ではUH60Jかと」

自衛隊機。政府と一心同体のEL累次体が発進命令を下したのか。だが優莉匡太の戦闘員らが、自衛隊のヘリを奪った可能性は否定できない。

それでも矢幡が真顔で篤志にいった。「私を外へ連れていってくれ」

篤志が戸惑いがちにナムを見る。ナムはためらう素振りをしめしたが、すぐに武装兵らを振りかえり、ベトナム語で命じた。手を貸せ。

武装兵ふたりが駆けてきて、矢幡を左右から支えつつ、ゆっくりと出入口へ向かいだした。ほかの武装兵らも警護に同行する。

瑠那は伊桜里を振りかえった。「ここにいて。絶対に外へでちゃだめ。わかった？」

「はい……」伊桜里がうっすら目に涙を溜《た》めながらうなずいた。

「終わったらお菓子パーティーしようね」

伊桜里の童顔に微笑が浮かんだ。廃墟のなかはあわただしさを増すばかりだった。瑠那はアサルトライフルを手に、伊桜里に背を向け歩きだした。矢幡と武装兵らの一行につづく。

篤志が歩調を合わせてきた。「爆弾を投下されたらひとたまりもねえ。どうする？」

歩きながら瑠那は応じた。「UH60Jに不自然な武装がみられたら、先制攻撃で撃墜。それしかないでしょう」

「なら俺たちは大きく側面に展開しなきゃな」

「賛成です。UH60Jはサーチライトで地上を照らしてきます。真下にいたんじゃ機体がろくに視認できません」

「結衣が梅沢に会って、自衛隊が派遣された確率はどれぐれえだろな」

「せいぜい一割以下です。発信機から位置情報を捕捉《ほそく》したのがEL累次体だったとしても、優莉匡太の横槍《よこやり》が入らないともかぎりません」

篤志が唸《うな》りぎみにつぶやいた。「親父の軍隊と一戦交える可能性もあるわけか」

「クソ親父。はっきりそういえるようになっといたほうがいいですよ」

廃墟《はいきょ》の狭い隙間を抜け、暗い夜空の下へでる。ヘリの爆音はすでにきこえていた。瓦礫《がれき》の山の上に、矢幡の後ろ姿が立つ。ベトナム人武装兵らが周りを固める。瑠那は篤志と目配せしあった。篤志が左手へ駆けていく。瑠那は右手へと走りだした。

瓦礫を乗り越え、小高い丘の上に身を潜める。装備がスナイパーライフルではない。あまり遠くに離れたのでは、アサルトライフルでの銃撃になんの効果もない。ただでさえヘリ三機に対抗する武力としては微妙だった。武装SUVの車列も気になる。篤志の榴弾《りゅうだん》発射機も弾数がかぎられる。交戦になったとして、果たしてどれぐらい持ちこたえられるだろうか。

風が強くなった。ヘリのメインローターから吹き下ろす風圧だとわかる。夜空に黒々とした機体が三機、三角編隊で真上へと迫ってきた。かなり大きく見えるのは、それだけ低空で空中静止飛行《ホバーリング》に入ったからだ。

自衛隊のUH60J。特に武装らしきものは見えない。機体がさらに高度を下げつつ、サーチライトを下方に照射した。矢幡らが白く照らしだされる。敵に攻撃の意思があるなら、標的として明瞭《めいりょう》に捕捉できる状態になった。

　矢幡が強風に耐えながら立ちつづける。武装兵らは銃を仰角に構えない。前総理の警護という立場を明確にし、攻撃の意思がないことを伝えるためだ。それゆえ一行は丸腰に近い。もしヘリが不穏な行動をとった場合、先んじて撃てるのは瑠那と篤志だけになる。

　アサルトライフルの暗視スコープをのぞき、先頭のヘリに照準を合わせる。トリガーにかけた指先に汗が滲《にじ》む。瑠那は息を殺しながら動向を観察した。

　するとて機体側面のドアが横滑りに開け放たれた。一見して自衛官とわかる迷彩服が身を乗りだした。「矢幡前総理！　ご無事ですか！」

　降下用のロープが機体から投げだされる。瑠那は即座に周囲へと視線を移した。篤志もそうしているだろう。ＵＨ60Ｊが敵でないとわかった以上、警戒すべきは優莉匡太の武装勢力だった。

　だが四方の夜空に異変はなかった。ヘッドライトを灯《とも》す車列が地上を接近してくる。瑠那は目を凝らした。武装ＳＵＶというより、武装可能な装甲車両の一種だ。日野《ひの》自動車製で定員十名、陸上自衛隊が人員輸送用に装備する、いわゆる高機動車だった。

　車列は矢幡の近くで停まった。迷彩服が大勢降車し、矢幡の周りに群がる。自衛官にはちがいないが、EL累次体の傘下にある部隊だろう。ベトナム人武装兵を見ても銃を向けないあたり、すでに事情を伝えられたとしか思えない。

なおも瑠那は周辺への警戒を怠らなかった。だが敵らしき勢力はまだ目につかない。襲撃を加えるのなら、いまこそ一網打尽のチャンスのはずだ。遠くに見える都心のネオンにも変化がない。無音の飛行物体の接近があれば、気流の変化が光を波打たせるだろう。

瑠那はため息をついた。ここからはもう周囲よりも、矢幡の近辺に注意の目を向けるべきだ。

身体を起こした瑠那は、アサルトライフルを携えつつ、矢幡のもとへと駆け戻った。迷彩服のひとりが矢幡に、無線連絡用のヘッドセットを提供していた。音声は隊員が用意したスピーカーからもきこえた。

梅沢の弾む声が響き渡った。「なんと、本当に矢幡か⁉ 無事でよかった!」

矢幡は険しい表情のまま、ヘッドセットのマイクに怒鳴った。「梅沢、すぐに各方面に連絡しろ。優莉匡太の子供たちは無関係だ。発見しても危害を加えるな」

「……矢幡、ヘリが帰還する場所に医療チームを派遣してある。警備も万全だ。政府をあげて歓迎する」

「私も政府の一員だぞ、梅沢。これまでＥＬ累次体に指示したことはない。優莉匡太の音声変換による偽の命令だ。今後は私が口頭で告げること以外、いっさい耳を傾けるな」

ベトナム武装兵らが遠巻きに見守るなか、矢幡を自衛官たちが囲む。瑠那は距離を置いた場所で篤志と合流した。榴弾発射機付きアサルトライフルを手にした篤志は、納得いかないようすで瑠那を見つめてきた。

同感です、瑠那は目でそう答えた。結衣の説得が功を奏した、そんな見方もできる。一部でそれは正しいのだろう。だがいまこの瞬間、優莉匡太はどこでなにをしているのか。世を操る意図がないにしても、混乱を生む千載一遇のチャンスではないのか。

10

年が明けた。高校が冬休み中の瑠那は、千代田区の外れにあるマンション、最上階の角部屋にあたる７０１号室にいた。

あの騒動が落ち着いてから、瑠那はずっとこの室内で、結衣や伊桜里とともに暮らしている。あまり会話がない。伊桜里は日暮里駅近くの児童養護施設にときどき帰る。

ここは結衣の住む部屋だ。帰る場所がないのは瑠那だけだった。阿宗《あそう》神社には戻れない。義父母から衝撃の告白をきいた。ふたりは優莉匡太の教誨《きようかい》師《し》を務めていた。それ以来ずっと感情が匡太に操られている。

部屋に引き籠《こ》もる生活のせいか、正月の雰囲気はどこにもない。瑠那はひとりリビングとダイニングキッチンをうろついた。もう午後二時過ぎだった。体力維持のためには食べたほうがいいのだろうが、冷蔵庫を開ける気にもなれない。

テレビが点《つ》けっぱなしになっている。スマホに触るのも嫌な日々がつづいていた。外の情報を知るすべはテレビしかない。本当はききたくなくても、ニュースの音声についい耳を傾けてしまう。

キャスターの声が告げていた。「退院後、電撃的に政界に復帰を果たした矢幡総理は、国連加盟各国の理解を得るため外遊中です。EL累次体とは、ナショナリスト団体である愛国同盟の別名にすぎず、昨今の凶悪犯罪とは無関係であり、治安の乱れは優莉匡太元死刑囚の生存に起因すると説明しています」

耳を塞《ふさ》ぎたくなるような戯言《ざれごと》だった。瑠那がこの件に関する報道に触れるのは、これが初めてではない。梅沢がしらじらしくも総理の座を退き、矢幡に譲ったのは知っている。優莉匡太の子供たちは無関係だと、官房長官の記者会見で強調された。実名報道がなされた篤志や結衣は、父親がさも仲間のごとく吹聴しただけにすぎず、実際には巻きこまれた被害者だと訂正された。結衣がじつは無実だったというどんでんがえしは、いったいこれで何度目だろう。いい加減に世間も懐疑的になっている。

キャスターの声がつづいた。「警視庁捜査一課は統合教会日本支部を家宅捜索しました。優莉匡太と私設武装軍は行方不明ながら、一味を匿《かくま》っていた教団幹部数名を逮捕、解散請求も秒読み段階に入りました。なお幹部らの供述によれば、優莉匡太は私設武装軍を〝死ね死ね隊〟と呼んでおり、これはかつての半グレ同盟の一部門……」

かつての半グレ同盟の一部門、闘争専門の集団が〝死ね死ね隊〟だった。その名を引き継ぐ後続組織だという。まちがってはいないものの、警察とマスコミは問題を矮《わい》小化《しょうか》している。初代の死ね死ね隊は、火炎瓶で交番を襲撃する愚連隊でしかなく、パグェとの抗争でも手痛い敗北を喫した。現在の死ね死ね隊は、本格的に武装した戦闘員の集まりだ。しかも匡太から直接の訓練を施された十代や二十代ら〝閻魔棒〟に、瑠那と生い立ちを同じくする恩河日登美もいる。

テレビには外遊中の矢幡の姿が映っていた。火傷《やけど》や銃創の治療痕《こん》は、すべてスーツの下に隠されている。顔の痣《あざ》もメイクアップでごまかしてあった。背筋を伸ばし、しっかりした足どりで歩きつづけるものの、無理をしているのはあきらかだった。だが世論は矢幡の復帰を歓迎している。不人気だった梅沢政権の終焉《しゅうえん》に、社会全般が希望をみいだしたのか、株価も回復傾向にある。矢幡の帰還以来、優莉匡太が動きをみせていないのも、矢幡総理を恐れてのこと……。そんな脳天気な報道までなされる始末だった。

「次のニュースです」キャスターの声がいった。「藤蔭文科大臣は、十代の文武両道奨励のため、特別ジャンボリー〝不変の滄海《そうかい》桑田〟を、間もなく開催すると発表しました。成績優秀者には、飛び級や希望する大学への入学、奨学金の返済免除、学費支給、または希望する企業への就職を保証するなど、異例の恩恵が……」

苛立《いらだ》ちが限界に達した。藤蔭は三体衛星の墜落を企てた極悪人ではないか。

梅沢は総理の座を譲ったものの、与党議員として揺るぎない地位を得ている。EL累次体メンバーの閣僚らは依然として政界に居座る。しかも〝不変の滄海桑田〟が、文科省主催のイベント名にすぎないといいだした。〝異次元の少子化対策〟のときと同じだ。見え透いた隠蔽《いんぺい》がまかり通る社会に怒りしかおぼえない。

瑠那はテーブルの上のリモコンをすくいとった。拳銃《けんじゅう》を拾って撃つときと同じすばやさで、テレビに向け電源ボタンを押す。めざわりなニュースは消え、音声も途絶えた。

殺気に満ちた迅速な動作は、優莉匡太の子供なら敏感に察知する。いま瑠那が立てたわずかな微音に、結衣がただちに反応した。瞬時に寝室からリビングへ現れ、いつの間にか油断なくたたずんでいる。

腸《はらわた》が煮えくりかえる思いながら、瑠那はため息まじりにささやいた。「心配しなくても、テレビを消しただけです」

ロングワンピース姿の結衣が仏頂面で立っていた。「もう少しでリモコンを画面に投げつけて、テレビを破壊しそうだった」

「そんなことはしません」瑠那は結衣に向き直った。「わたしの動向に神経を尖《とが》らせてたんですか？　聞き耳を立ててたとか？」

「いえ」結衣は手を耳もとに近づけ、ワイヤレスイヤホンを外した。「ミーアイのデビュー曲を聴いてた」

いかにも関心がなかったといいたげだった。いっそう憤りが募るものの、瑠那はあくまで世間に腹を立てているにすぎない、そう自分を装った。「異常な武力攻撃が連続してから、まだそんなに経ってないのに、みんなもう正月ムード」

結衣は淡々とつぶやいた。「二万二千人が亡くなったり行方不明になったりした震災のあとも、この国では誰もがなるべく日常を崩さないよう生きてきた。より犠牲者が少なかったコロナ禍やシビック政変でもそう」

瑠那は鼻を鳴らしてみせた。「イエメンの紛争地域に育つと、ときに先進国の復興スピードに神経を逆なでされた気になります。国民の大多数が被害から目を背けてるうちに、途方もない経済力で元どおり。テロリストを嘲笑《あざわら》うかのように」

「アルカイダの肩でも持つの？」

「なわけないでしょう」瑠那は憤然と結衣に歩み寄った。「テロリストなんか許せません。ＥＬ累次体なんか根絶やしにしても飽き足りない」

結衣は視線を合わせず、イヤホンを耳に戻そうとした。瑠那はかっとなり、その手をつかんだ。

動じない結衣の射るようなまなざしが瑠那をとらえた。「あんた賢いはずでしょ」

「頭では理解できてても、心じゃ受けいれられません。いまでも夢に見るのは、強制妊娠させられた十代女子が大勢横たわる、あの異常な光景です。あいつらは少子化対策のための〝生命の畑〟だなんて呼んでました」

「んー」結衣はあきらめたようにイヤホンをテーブルに投げだした。「わたしが悪い影響をあたえちゃった？　以前の瑠那なら〝あいつら〟なんていわなかったよね」

心がここまで荒《すさ》んでくれれば言葉遣いも変わる。瑠那は語気を強めた。「ＥＬ累次体はひとりも生かしてはおけません」

「メンバーがいまの政財界と密接に関わりすぎてる。っていうより政財界の大部分がEL累次体。皆殺しにしたら国が機能を失って治安が悪化する。お父さんの思うつぼ」

「またお父さんだなんて……。クソ親父なんかどうでもいいでしょう。梅沢が矢幡総理の前でどんなふうに猫をかぶってるか知らないけど、政治家をつづけさせるなんて危険すぎます」

「たとえ見え見えでも、矢幡さんは政府を維持するため、いまのところEL累次体のおこないに目をつむってる。梅沢のほうも全面的に矢幡総理を支援して、日本の信頼回復に努めてる。そう梅沢は約束したから」

「名簿をばらされたくなくて、一時しのぎにそう返事しただけです。本心は性根まで腐ってます」

「世のなかを悪化させてまで、政財界の大物を片っ端から殺したら、いよいよわたしたちが史上最悪のテロリストでしょ。警察が血眼になって追うだけじゃなくて、そこいらの大人から子供まで、みんなの敵になる」

「EL累次体を殲滅《せんめつ》できるのなら、それも本望……」

瑠那は言葉を切った。結衣の視線が逸《そ》れたからだった。その目が見つめるのは、玄関につながる短い廊下へのドアだった。

戸口に伊桜里が立っていた。帰ってきたばかりの赤い頬でダウンコート姿、両手には膨らんだポリ袋を提げている。伊桜里のつぶらな瞳《ひとみ》がなにごとかと、結衣と瑠那をかわるがわる見る。

なにもいえず瑠那は黙るしかなかった。結衣の主張は明白だった。しかもどうしようもなく正しい。伊桜里を苦しめるわけにいかない。優莉匡太の血を引く、幼い弟や妹はまだほかにもいる。きっと結衣は瑠那のことも気にかけているのだろう。

憂鬱《ゆううつ》な心境のみならず、軽いショックが胸のうちにひろがる。伊桜里が玄関を入ってくる音に気づけなかったからだ。自分がどれだけ理性を失っていたか思い知らされる。

瑠那は伊桜里にきいた。「どこへ行ってたの」

伊桜里が不安げな微笑とともに、両手のポリ袋を持ちあげた。「お菓子パーティー……」

父親を同じくする三姉妹の視線が交錯する。瑠那は目を閉じた。感情を整理するにはいささか時間がかかる。EL累次体と殺し合いがつづくのは、優莉匡太がそうなるよう煽《あお》ってきたからだ。翻弄《ほんろう》されつづけるわけにいかない。

それでも割りきれない思いもある。瑠那はふたたび目を開けた。「〝不変の滄海桑田〟がジャンボリーの名称だなんて」

結衣もいっそう硬い表情になった。「あの音声が流出したのを受けて、別の意味を持たせようと躍起なんでしょ。健全なネーミングだったと主張するつもりで」

きっとそうにちがいない。瑠那のなかで猜疑心《さいぎしん》が募った。「藤蔭文科大臣はなにを企《たくら》んでるんでしょうか。十代向けに文武両道奨励のジャンボリーって……」

「文科省のサイトに詳しく載ってる。参加希望者には試験があって、合格したら二月から三月までの一か月間、本来の学業を免除。でも学校には出席した扱いになり、進級または卒業に支障なし。しかもジャンボリーのほうでめだった成績を挙げれば、学業に大幅なメリットを得られる」

「若い世代への強力な支援とか、そんな触れこみでしょうね」

結衣がうなずいた。「文科省のサイトにはそう書いてある」

諸外国に対し、日本が真っ当な政策で若者支援を進めていると、強くアピールするためだろう。ＥＬ累次体の〝革命〟が情報漏れした場合、実際にはこういう健全な計画しかおこなっていないと、国連で日本代表の抗弁する姿が目に浮かぶ。

「あの」伊桜里が戸惑い顔できいた。「ジャンボリーってなに？」

瑠那は伊桜里に視線を移した。「知らないの？」

「ジャンボリミッキーぐらいしか……。でも意味はなにも」

「単純に大きなイベントをジャンボリーと呼んだりするけど、本来の意味は、ボーイスカウトの野営大会。広い場所に大勢がキャンプしたり、共同作業したり、競技したり、夜は篝火《かがりび》焚《た》きをしたり。国際的なジャンボリーは、世界じゅうのスカウト活動団体が、どこか開催国の屋外会場に集まって泊まるの」

「へえ……。ボーイスカウトってことは、男の子だけ？」

「いえ。ボーイスカウトって言い方は少年少女両方を含むから」

「ガールスカウトってないの？」

「あるけど……」

「そっちは女の子だけじゃなく男の子も含むの？」

「んー……。たぶんガールスカウトっていう場合は、さすがに女の子だけかなぁ」

伊桜里はなおも無邪気に疑問を呈してきた。「そもそもなんだけど、ボーイスカウトとかガールスカウトって、なに？」

言葉に詰まり、瑠那は結衣に向き直った。結衣も瑠那を見かえした。

べつに答えが難しいわけではないが、どう説明すべきか結衣の顔にも当惑のいろがある。発言を譲りあううち、瑠那と結衣はどちらも吹きだしてしまった。さっきまでの姉妹間の緊張が、最年少の妹のおかげで、急に緩和されたようだ。

　結衣が伊桜里にいった。「スカウト運動に参加する、通常は十歳から十五歳ぐらいまでの少年少女を、ボーイスカウトっていうの」

「スカウト運動っていうのは……？」

「アウトドアとサバイバル技能を学んで、身体と心を鍛える教育運動……ってことかな。ふつうはそういう団体があってジャンボリーが成立するけど、今回は一般参加っぽいし、夏じゃなくて冬だし、なにをやるかはよくわからない」

　瑠那も妙に思った。「なぜ冬にやろうとするんでしょうか」

　結衣が答えた。「文科省が国民への貢献実績を急いでる。早く成果をだして国連の厳しい目を緩和させたいってとこでしょ」

「さっきニュースでききましたけど、進学や就職の保証があるって……。奨学金の返済免除や学費支給も」

　どの学校もこれから三学期に入るところだが、その期間をほぼ丸々ジャンボリーにあてることで、将来の希望が増すらしい。参加者の何割が恩恵にあずかるのかは不明だが、十代への支援としてはずいぶん至れり尽くせりだ。やはり諸外国の目を気にするがゆえだろう。おもに若者世代を苦しめてきたEL累次体への疑惑を、ジャンボリーで晴らそうとしている、そんな魂胆がうかがえる。

見境なく学業特典を充実する点では、有権者に補助金をばら撒《ま》くのと同じ、与党人気の回復を狙っている気もしてくる。とにかく十代への罪滅ぼしのにおいが顕著だった。梅沢以下EL累次体のメンバーが本気で反省するとは、絶対に考えにくいのだが。矢幡の機嫌をうかがうためのパフォーマンスかもしれない。

ふいに伊桜里があっけらかんといった。「そんなに学校絡みの特典があるなら、わたしも参加したい」

瑠那は黙って結衣を見つめた。結衣も無言で見かえした。

藤蔭文科大臣が深く関わる十代向けイベントに、伊桜里が参加するなど言語道断……。そんな苦言が口を衝《つ》いてでるより早く、ひとつの可能性が脳裏をよぎる。

もし藤蔭らEL累次体が徹底的に猫をかぶり、うわべだけでも国際社会の信頼回復に努めるなら、ジャンボリーは真っ当なイベントに終始するしかない。その場合は参加しておけば、今後の学歴にメリットを得られる可能性がある。差別を受けがちな優莉兄弟姉妹にとっては思いも寄らぬボーナスになる。

逆にEL累次体がなんらかの悪行を画策しているのなら、まさしくその場にいるべきだろう。またも十代が傷つけられようとするのなら、今度こそ問答無用でEL累次体を根絶してやりたい。

瑠那は思いのままを言葉にした。「わたしたちも参加したほうが……」

結衣が首を横に振った。「わたしは十九で成人してるし。ふつうに考えればジャンボリーの対象外」

「これはふつうのジャンボリーじゃないでしょう。大学生枠もあるかも。もしそうなら一緒に……」

「EL累次体とは互いに干渉しないと約束してる」

瑠那は思わずむっとした。「互いの罪を忘れるって合意だけだったはずです。それもわたしは納得できないけど、そもそもこの国に生きてるかぎり、EL累次体はわたしたちに干渉してます」

「積極的に関わらなくていい」結衣が伊桜里に視線を移した。「このジャンボリーになんか行こうとしないで」

また頭に血が上ってくる。瑠那は声を荒らげた。「結衣お姉ちゃんらしくないです！」

結衣も険しい表情に戻っていた。「凜香はお父さんのもとに囚《とら》われてる。ぶっ殺すべきは優莉匡太と死ね死ね隊のほう」

「EL累次体は忘れろってことですか」瑠那は毒づいた。「クソ親父って呼ぶ勇気もないくせに」

重い沈黙が降りてきた。結衣のクールで端整な顔は、ただでさえ近寄りがたく思えるが、いまは冷やかさが極端に増していた。一片の隙もない美人だからか、視線だけで殺そうとしてくるように感じる。そのまなざしはやはり、報道でよく見た友里佐知子に似ていた。

姉の気持ちはわかる。わかりすぎるぐらいだった。それだけにこの空気には耐えられない。

瑠那は玄関のほうへ向かいだした。伊桜里が心配そうな顔で見つめてくる。純真無《む》垢《く》な妹がEL累次体に狙われつづける、そんな事態は防がねばならない。瑠那はあくまで殺人者たちと渡り合っていけるが、妹や弟たちは無理だ。結衣の判断は正しい。正しいがゆえに苦しくて辛《つら》い。姉を恨みたくなる自分が嫌になる。

短い廊下を抜けていき、玄関で自分のコートを羽織った。これも姉のお下がりだった。靴を履き、ドアを開け内通路へでた。伊桜里が追ってくる気配があったが、結衣の呼びとめる声がした。かまわないと瑠那は思った。どうせ身体に流れる血の半分しか姉妹ではない。しかも忌まわしい血だ。残る半分は他人どうし。いや、結衣と瑠那の母親はそれぞれ、加害者と被害者だ。

七階から一階へと降りた。外は薄日が射していた。通行人に紛れるように、スーツの男が数人うろつく。隣のビルで結衣の動向を気にかける公安の刑事だった。情報はEL累次体に筒抜けだろう。瑠那と伊桜里がここに同居しているのも承知済みにちがいない。優莉三姉妹の居場所がわかっているのに、襲ってこないEL累次体はむしろ腰抜けだ。その卑怯《ひきょう》ぶりが腹立たしい。奇襲をかけてくれれば返り討ちにできるものを。

瑠那はふいに隣のビルとの隙間に飛びこんだ。公安の刑事たちがあわてて駆け寄るのを目にした。だが暗がりで発見されるより早く、細路を右へ左へと走り抜け、あっさりと尾行を撒いた。あらかじめ確認してあった街頭防犯カメラを回避しつつ、地下鉄の駅へと向かう。

イエメンに放りだされた幼児はひとりきりの存在だった。妙に頭が切れたせいで、当初は現地のゲリラから気味悪がられ、殺されかけたぐらいだ。病も重かった。成人前に死ぬはずが将来を得た。孤独が持続するのは、その時点で織りこみ済みだった。いまさら寂しさなんかに打ちひしがれたりしない。

11

東西線《とうざい》の各駅停車に揺られながら、瑠那はぼんやりと父のことを考えた。

結衣や凜香、篤志が心底恐れる父。優莉匡太の情報を初めて得たとき、よくいるテロリストの首領、それ以上にはなにも感じなかった。ああいう手合いなら、イエメンとサウジアラビアの国境付近だけでも、ただちに指折り数えるぐらいには思いつく。日本でそんな地位に成りあがるのは、むしろ楽ではないかとさえ感じた。なにしろ市民が銃も剣も持たない国だからだ。

テロリストの首領はみな人心掌握術に秀でている。戦闘法よりそちらに才がある者も多い。優莉匡太の神通力は並大抵ではない。そんな男が死刑を免れた。幽霊になってからの優莉匡太は絶えず混乱を撒き散らす。混乱が不条理な事態を生む。いま瑠那は、匡太に魅せられた教誨師《きょうかいし》、義父母のもとへ向かおうとしている。

帰ったところでどうなるものでもない。真実を知る前の絆《きずな》が復活するはずもない。絆と信じたもの自体が虚構だった。いまはなにを心の拠《よ》りどころにすればいい。

電車を降り、駅舎をでると、もう陽が傾きだしていた。冬場の空はすぐに赤みを帯びてくる。都心とは趣がちがう、どこか雑然とした街並みに歩を進める。殺風景な低層ビルの谷間を抜けていくと、馴染《なじ》みの近所が見えてきた。

世のなかがすべて元どおり、国民にそう思わせようと、政府が率先して働きかける。だが欺かれはしないと瑠那は思った。連続武力襲撃による行方不明者は百名近くに上っている。そのなかには凜香の担任の蓮實《はすみ》と、婚約者の詩乃《しの》も含まれる。平和が戻ったかに見えて、都内は戦場と同じだった。

突然襲いかかる敵の有無を常に警戒している。死ね死ね隊だろうがＥＬ累次体だろうが、いまは歓迎したいとさえ思う。まるで血に飢えた狼だった。これが父親の遺伝子だろうか。イエメンの紛争地帯では殺し合いを好まなかった。敵勢も人間だといつも思った。宗教や思想のちがいが気にならずにいた。まだアバヤで全身を覆い隠す歳ではなかったからかもしれない。

優莉匡太には思想がない。目的もない。ただ気まぐれに人の死を好む怪物が野放しになっている。いま鳴りを潜めているのは、生存が公になったからか。そのことに怯《おび》える性格とは思えない。現に防災無線のスピーカーで存在を誇示するような男だ。凜香の身が心配で仕方がない。どんな目に遭っているかを考えるだけでも胸が苦しくなる。

ふと意識すると、小学生だったころから記憶にある景色がひろがっていた。ここは瑠那が育った阿宗神社の隣近所だ。人やクルマの往来もほとんどない生活道路に面し、鳥居が建っていた。けれども強烈に違和感をおぼえる。

境内は様変わりしていた。鳥居自体が大きくなり、参道も幅広く、石畳が敷き直されている。絢爛《けんらん》豪華な随神門《ずいしんもん》は以前あるはずもなかった。その奥には中雀門《ちゅうじゃくもん》も見える。それらを抜けるとようやく拝殿、さらに奥には大きな本殿もあるようだ。幣殿《へいでん》も含め、かつてはひとつの建物に集約されていた。木立と砂利だらけだった境内には、いまや所狭しと誇らしげに、宝物殿や神楽殿《かぐらでん》までが建ち並ぶ。

巫女《みこ》舞を神楽殿の舞台で披露するのが夢だった。けれども砂利の上に組んだ簡易的な舞台で舞うのも、参拝者との距離が近く、風情と温かみがあった。金に飽かせたこの神楽殿に立ちたいとは思わない。どこも黄金いろとオレンジいろばかりでけばけばしい。こんなものは阿宗神社ではない。

年始だからか参拝客がちらほらいた。瑠那も顔を知る近所の氏子ばかりだった。神社の規模が大きくなったぶん、新たに雇用されたとおぼしき巫女が数人、社務所を出入りしている。随神門のわきでは高齢の参拝客が談笑していた。立ち話の相手はふたりの斎服。瑠那の義父母の姿がそこにあった。

斎服を新調している。真新しく派手な装いに身を包んだ義父母は笑顔だった。まったく場ちがいに見えてくるが、本人たちはそんなふうに感じていないようだ。ここにそぐわないのは瑠那のほうなのだろう。もう居場所なんかない。

鼻につんとくる哀愁の刺激がある。喉《のど》が詰まりだす独特の感覚が嫌になる。涙を堪《こら》えようにも視界がぼやけて波打ちだした。かつての質素な境内は、過ぎ去りし日の思い出のなかに、幻のごとく消えていった。焦点がさだまらなくなったのはありがたい。趣味の悪い金満の神社を正視せずに済む。

瑠那は身を翻すや駆けだした。小さなころから育った家をあとにする。できるだけ早く遠ざかりたかった。可能なら異世界まで走りたい。以前の義父母がいる、元のままの阿宗神社がある過去の世界に。あのころから義父母は本心を偽っていた。それでもまだいまよりはましだ。たしかな愛情に触れられていると錯覚できたのだから。

神社本庁が渋った火災保険が一転して下りた。それだけで賄えるとは思えない。瑠那が家出したとたん、途方もなく立派な神社が建った。優莉匡太の元教誨師だからだ。あの男は瑠那の義父母を優遇している。EL累次体の弱体化もあきらかだった。傘下の神社本庁が、この豪華な神社の建立を妨害できなかったのだから。

幹線道路にでた。瑠那はよほど気が急《せ》いていたのだろう、赤信号を無視し交差点に駆けこもうとした。いかにクルマの往来が激しかろうと避《よ》ける自信があった。それぐらいの反射神経が備わっていなければ、もう生きているはずもない。

ところが思いのほか注意力が散漫になっていたらしい。歩道から飛びだそうとした直後、まるで意識していなかった大型車両が、視界の端から突っこんできた。瑠那ははっとして立ちすくんだ。

一秒足らずの瞬間に、誰かの手が瑠那の腕をつかんだ。驚くべき握力と腕力で、瑠那を歩道に引き戻した。大型車両はクラクションを鳴らしながら、猛然と目の前を通過していった。

瑠那は息を呑《の》んだ。腕をつかんでいるのは結衣だった。結衣の涼しいまなざしが瑠那をじっと見つめていた。

泣きそうになる自分に怒りをおぼえる。瑠那は結衣の手を振りほどこうとした。使える体術をすべて駆使し抗《あらが》った。だが動作は最小限にとどまった。結衣の両手が瑠那の左右の腕を掌握していた。

自由を失った瑠那は子供じみた抵抗を試みた。「放してくださ……」

結衣は瑠那を抱き寄せた。身体が密着し、頰が触れあったとき、堪えていた涙が一気にあふれだした。瑠那は嗚咽《おえつ》を漏らした。いつしか声を殺しながら泣いていた。

「帰ろ」と結衣がささやいた。

「なんで？」瑠那は震える声でうったえた。「結衣お姉ちゃんの部屋は、わたしの家じゃない」

「伊桜里がコアラのマーチを山ほど買ってきてる。あんたがいなきゃ耐えられない」

「うっ……」

瑠那は絶句した。それ以上なにもいえなかった。大粒の涙とともに、あらゆる感情が流出していく。ふと強がりの束縛が解けた気がした。姉に身を寄せる妹でいてもいい、それが許されるのは幸せなことかもしれない、そんな思いが芽生えた。

青信号になった。結衣が黙って歩きだす。瑠那は結衣に肩を抱かれ、ゆっくりと歩調を合わせた。この姉にはかなわない。でもそんな姉がいて、いまは嬉《うれ》しい。

12

トヨタの最も大きなワンボックスカー、グランエースのキャビンに、瑠那は乗っていた。三列ある座席のいちばん後ろに伊桜里と並ぶ。伊桜里はしきりに窓の外を眺めている。

晴天の空の下、輝かんばかりの雪景色がひろがる。遠くに低く連なる山々も真っ白だが、道端は平野で畑ばかりだった。上下二車線の金川曽根《かねがわそね》広域農道に、ほかに走るクルマは見あたらないものの、アスファルトが露出している。朝からどれだけ多くの車両がここを通過したかがうかがい知れる。

ひとつ前の座席では結衣が、けだるそうにサイドウィンドウに頭をもたせかけている。あまり勧められる姿勢ではない。スモークフィルムが貼ってある窓でも、側頭部を密着させていれば車外から見える。スナイパーライフルで狙いやすくなる。

瑠那は声をかけた。「結衣お姉ちゃん。身体を起こしたほうがよくないですか」

「あ?」結衣が面倒くさそうに、こめかみをガラスから離し、座席の背に身をあずけた。神経質すぎるといいたげな態度だった。瑠那はもやっとした。安全を期することは悪くないはずだ。

運転席には篤志の背が見えていた。厚手のダウンジャケットを羽織り、いっそう丸々としている。ステアリングを切る篤志が振りかえらずにいった。「俺にもダウンを脱げってんじゃないだろな、瑠那」

妙な気分になる。瑠那は身を乗りだした。「車内が充分暖かいですから、脱いだほうがいいんじゃないですか」

「いざというとき困る。クルマから飛び降りなきゃいけねえ事態とかな」

それをいいだしたら、ダウンを脱いでいる三姉妹全員、好ましからざる状況に当てはまってしまう。瑠那は自分の胸もとをさすった。コーデュロイの生地の肌触りにはまだ慣れない。

瑠那だけでなく結衣も伊桜里も、カーキいろの制服に身を包んでいた。やたらポケットの多い長袖《ながそで》シャツ、襟に黄いろいスカーフ。レザー製の太いベルトに膝丈《ひざたけ》スカート、ブーツは細く引き締まっているものの、長靴に近い仕様の実用タイプだった。ガールスカウトの制服と考えれば、デザインセンスはましなほうといえる。けれども冬のこの時期、山梨県の西八代郡《にしやつしろぐん》は日中がせいぜい七度、夜はマイナス六度まで下がる。ダウンジャケットが手放せないのに、こんな制服を設定する必要があるのかと思う。

先月、千葉の幕張《まくはり》メッセでの合同試験場には、約一万人ものジャンボリー参加志望者がひしめきあっていた。瑠那たちも受験した。筆記と体力テスト、面接があった。優莉姓をひた隠しにする瑠那も伊桜里も、文科省主催の試験では素性を見抜かれ不合格になる、そう思っていた。

ところが結果はちがった。堂々と優莉結衣の名で受験した姉を含め、三人とも合格通知が送られてきた。この制服を含むキット一式も後日郵送された。

ないのか。

きょうはジャンボリーの初日だった。半ば狐につままれた気分ででかけてきたが、前後になにも走らない道を眺めるうち、また不安が頭をもたげてくる。これは罠《わな》では

バックミラーに映る篤志のサングラスが、こちらを見ているのに気づく。篤志が鼻を鳴らしていった。「瑠那、そんなに気にするな。周りは俺がちゃんと警戒してるよ」

「でも」瑠那は異論を唱えた。「絶対に変ですよ。結衣お姉ちゃんも違和感があったから受験したんですよね？」

「なにが？」結衣はあいかわらず気怠《けだる》そうだった。「ジャンボリーが公表どおりなら、大学の飛び級が期待できるでしょ。それだけ」

「本気ですか。結衣お姉ちゃんを合格させるなんて、きっとなにか裏がありますよ」

「不合格にしたら、こっちが頼みもしてない人権派団体がまた、不平等だって騒ぎだすから。健全性をアピールしたい政府や省庁からすれば逆効果」

「……わたしたち三人とも合格したのは、そんな理由だっていうんですか」

「そうでもないって。腕立て伏せと腹筋、三千メートル走、走り幅跳び、ソフトボール投げ、懸垂。わりと合格水準高かったじゃん」

伊桜里がふしぎそうな顔になった。「女子は斜め懸垂じゃなかったですか?」

結衣はやはり振りかえらなかった。「希望すれば懸垂」

じれったい気分で瑠那は姉に倣った。「わたしも懸垂にしましたけど」

全国各地の会場で受験した参加希望者は二十万人弱だったという。今後の学費免除や、将来の展望が開けることを思えば、十代の多くが殺到したのも当然だろう。合格者は一万二千人と伝えられる。ここ数年の世界スカウトジャンボリーの参加者が、毎回四万人ぐらいだから、それだけの人数が一堂に会するのも、さほど突飛なことではない。しかし……。

瑠那はいった。「目的が気になります。知力と体力に優れた十代を選抜しようとしてますよね? それこそEL累次体の新兵スカウトじゃないでしょうか」

結衣は前を向いたままだった。「ならわたしたちを合格させたりしない」

「最終テストはわたしたち三人を仕留めさせることかも」

運転席で篤志が笑った。「ねえよ」

「そうですか?」

「瑠那や伊桜里は、罪もねえ参加者たちが襲ってきたら、反撃をためらうだろうけどな。結衣はやるぜ? 富士《ふじ》の裾野《すその》に死体の山が積みあがるだけだ」

言語道断に思える。瑠那は結衣の背に問いかけた。「冗談でしょう」

振り向かず結衣がたずねかえした。「なにが冗談？」

「扇動されただけの参加者が、もし刃物で襲ってきたとしても……。凶器を奪うくらいで充分でしょう。素人なんだから殺さなくても」

「素人のふりをしてる戦闘員が紛れこんでるかもしれない」

「だからって……。みんな罪もないのに」

「わたしたちを襲った時点で罪」

「受験したときからそんなふうに考えたんですか」

「大学生でも二十歳前ならぎりぎり参加資格あり。そうわかったから受験した。伊桜里のことは心配だったけど、あんたは自分でなんとかなるでしょ」

瑠那は当惑とともに黙りこんだ。どちらかといえば結衣が受験を決めたからこそ、瑠那も追随した。結衣になにか秘められた意図があるのでは、ずっとそう考えていたが、本当になにもないのだろうか。せいぜい伊桜里が気がかりだったぐらいか。

篤志は瑠那の考えを見透かしたようだった。「EL累次体もいま騒ぎを起こしたら、国連からテロ国家の認定を食らっちまう。あくまで罪滅ぼしイベントとして開催したと考えるほうが自然じゃねえか？　黙って飛び級か学費無料のベネフィット狙っとけよ」

「だとしても優莉匡太が狙う好機じゃないですか？　混乱を引き起こしたいばかりに、動物園から攫《さら》ってきたライオンを投げこむかも」

結衣があきれたように、またガラスに頭をもたせかけた。「ライオンは寒さに弱い。暖かいドームテントをひとつ明け渡せば、なかで寝たまま二度とでてこなくなる」

瑠那は苛立《いらだ》った。「窓にもたれかからないでください。ライオンってのは結衣お姉ちゃんがよく使う譬《たと》え話じゃないですか。死ね死ね隊が送りこまれてきたら？　優莉匡太は目的もなく、ただ大勢が殺害されるのを楽しむ人間なんでしょう？」

「そりゃもちろんありうる」結衣はまた座席の背に上半身を委《ゆだ》ねた。「だからこそわたしたちもその場にいなきゃならない。反撃できるのはわたしたちだけ」

「……それがききたかったんです」

篤志が呼びかけた。「結衣。世間には冬キャンをやる奴も多いし、冬期ジャンボリーもあったりするから、開催自体はまあ納得いくけどな。場所が富士ケ嶺《ふじがね》公園ってのがどうも……」

「そう」結衣がつぶやいた。「オウム真理教《しんりきょう》の第一上九《かみく》。第二、第三、第五サティアンがあったエリア」

「わざわざそこを選んだのはなんでだろな」

「周辺を含めてやたら広大な富士ケ嶺公園が、冬場のジャンボリーに適してた。それだけだと思いたいけど」

「オウムの科学技術庁にいたエンジニアが、服役後に親父の半グレ同盟に入って、D5に加わったろ？　恒星天球教《こうせいてんきゅう》に行ったのもいるよな」

「いたけど……。EL累次体とは無関係でしょ。化学兵器工場は第三上九の第七サティアンだったっていうし。サリンプラントもそっち」

「富士ケ嶺公園からは離れてるか。でもマイクロウェーブ死体焼却装置は第二サティアンだよな」

「公園内に慰霊碑が置かれてるって……。なんにしてもサティアンはもう跡形もなく取り壊されてる」

「死体焼却装置だけはパグェが技術を受け継いだよな？　どういう経緯でああなった？」

「北朝鮮の黄州選民高校で教科書に書いてあったけど、話せば長いから」

伊桜里は物騒な話にもすっかり慣れているらしく、カルビーのじゃがりこを頬張っていた。リュックをあさりながら伊桜里がきいた。「結衣お姉ちゃん、爽健美茶《そうけんびちゃ》もらってもいい？」

結衣がようやく振りかえった。伊桜里をじっと見て結衣がたずねかえした。「リップ塗ってる？」

「これリップクリーム」伊桜里が微笑した。「赤いけどちゃんと潤い効果あるし」

「ニベアじゃないなら寒さで乾燥してヒビ割れる。拭《ぬぐ》っといたほうがいい」

一瞬だけ不満げな顔をした伊桜里だったが、すぐにティッシュで口もとを拭った。結衣に対してはとにかくすなおだと感じる。瑠那は呆気《あっけ》にとられつつ見守った。

いつしかクルマは幹線道路を外れ、山道のなかを進んでいた。ほどなく篤志がいった。「そこだな」

裸木ばかりの林を抜け、視界がひらけた。瑠那は衝撃を受けた。

広大な雪原には、まさしく冬期ジャンボリーの眺めがあった。いたるところにグランピング施設のドームテントが並び、無数のダウンジャケットが隙間なくごったがえす。初日だけに倉庫から備品を自分たちの寝床に運ぶ、いわゆる巣作りに追われているらしい。やたら賑《にぎ》やかだった。雪合戦で遊ぶ姿もそこかしこに見かけるが、大半は設営から食事の準備まで、班ごとの作業に忙しいようだ。

富士ケ嶺公園の周囲を、ぐるりと高い金網フェンスが取り巻く。等間隔に監視用の櫓《やぐら》も建つ。なんとなくシベリアの収容所という趣もなくはない。警備員っぽい大人たちの存在も気になる。制帽に紫のダウンを着て、さすまたを携えている。さすがに銃は所持していないが、なんとも物々しい。

手前には送迎専用の駐車場がある。冬用タイヤを履いた車両が続々と発進しては帰路につく。どうやら瑠那たちより、みな少し早く到着しただけのようだ。

山梨県南都留郡《みなみつるぐん》、富士河口湖町《かわぐちこまち》富士ケ嶺一一五三ー二。かつての上九一色村《かみくいしきむら》。もうサティアンなどかけらも存在せず、ただ自然豊かな空間に、異常なほどの密度で群衆が詰めかけている。背景に雄大な富士山のシルエットが重なる。冬の富士山も麓《ふもと》まで広範囲が白い雪に覆われていた。

誘導員の指示にしたがい、篤志がクルマを停めた。結衣がダウンジャケットを羽織る。瑠那もそれに倣った。まだ菓子を頰張っている伊桜里を目でうながす。

三姉妹がダウンに身を包み、車外へと降り立った。顔に空気の冷たさを実感する。たしかに半端なリップでは唇に悪かったかもしれない、そう思えるだけの寒さと乾燥ぐあいだった。ダウンは自前だが、下に着るコーデュロイの保温効果とあいまって、充分な暖かさを生じる。

運転席から降りてきた篤志が、大きく膨らんだリュック三つを、三姉妹それぞれに背負わす。白く染まる吐息とともに篤志がいった。「気をつけろよ」

結衣が応じた。「篤志兄ちゃんも。帰り道は当然、尾行か待ち伏せがある」

「わかってる。おめえは自分の心配をしろ」篤志の目が瑠那に移った。「伊桜里をしっかり守ってやってくれ。ったく、なんで伊桜里まで参加するんだか」

さっさと結衣がその場を離れだした。「将来のためだし、わたしや瑠那と一緒にいるほうが安全」

俺は頼りにならねえってのか、篤志がそういいたげな顔で結衣を見送った。瑠那は篤志に微笑みかけてから結衣につづいた。伊桜里もおじぎをしたのち歩いてくる。

正門には受付のプレハブ小屋が建っていた。雪の上の足跡からすると、ついさっきまで長蛇の列ができていたようだ。少し遅れて出発したほうがいい、そんな結衣の判断は正しかった。

また結衣にリーダーシップを感じざるをえない。愛想がなく、ときに無茶をしがちなのに、ふしぎな姉だった。優莉匡太の神通力を最も受け継いでいるのは結衣ではないのか。結衣を見ていると、瑠那の義父母が匡太の味方についてしまった理由が、徐々にわかってくる気がする。

受付には制帽の警備員や実行委員たちがいた。試験の合格通知カードを、三姉妹が実行委員に手渡す。事前通告があったように、スマホを持っていればここで預けねばならない。電子機器類の持ちこみはいっさい禁止。腕時計は自動巻きですら許されない。時刻はエリア内の時計でわかるとされていた。

パーティションで仕切られた狭い場所で、女性の警備員による服装のチェックを受ける。制服を脱ぐように指示され、なにも隠し持っていないと承認されるまで、身体の隅々まで調べあげられる。そのあいだに男性の警備員らがリュックの中身を詳細にたしかめた。伊桜里の菓子の没収がパーティション越しに告げられた。

ほかには違反がないと確認されたのち、ふたたび制服とダウンジャケットを着た。ダウンジャケットの左胸に名札が付けられた。

実行委員が最後の注意事項を口にした。「電波を発する物を持っていれば、それがケータイ電波であれワイファイ電波であれデジタル無線であれ、ただちに探知される。所持者は問答無用で失格となる。肝に銘じておくこと。ジャンボリー修了は三週間後だ」

瑠那は妙に思った。「三週間ですか？　日程表では一か月のはずですが」

すると実行委員が書類を確認した。「優莉結衣、杠葉瑠那、渚《なぎさ》伊桜里。以上三名は三週間にて修了とする。特記事項にそうある」

「なぜですか」

「私にきかれてもわからん。試験の成績が優秀だったからじゃないのか」

さっそくきな臭い状況になってきた。ほかの参加者より一週間も早く放りだされる。最終認定試験も三名のみ前倒しで実施されるのだろうか。

いよいよエリア内へと解放される。なかでの作業や生活について、口頭での説明は特になく、分厚いマニュアルだけが渡された。マニュアルの表紙には〝特別ジャンボリー　不変の滄海桑田《そうかい》　文部科学省〟とだけ記してあった。

十代男女のダウンジャケット姿ばかりが、混雑しながら立ち働く雪原を、瑠那たちは突っ切っていった。ほんの少しの時間差でしかないが、先輩たる周囲の参加者らが、新入りをじろじろと見てくる。

金網フェンスの外とは隔離された世界。どこか異常な空間に感じる。ますます捕虜収容所めいてきた。瑠那は歩きながら結衣にささやいた。「EL累次体が学校を制圧するんじゃなくて、場所を作って呼びこんだ感じですね。みんな人質になってるって意味じゃ変わらない」

上空をドローンが飛んでいた。気づけば鳥か虫の群れのように、青空のあちこちに浮いている。結衣も歩調を緩めずつぶやいた。「武蔵小杉高校を思いだす。気にいらない」

伊桜里はきょろきょろと不安げに周りを眺めながら歩いていた。突然、誰かにぶつかった伊桜里が、短く小さな悲鳴をあげ、雪の上に尻餅《しりもち》をついた。

瑠那はあわてて伊桜里を助け起こした。伊桜里は顔をしかめていたものの、怪我はなさそうだった。衝突した相手はびくともしていない。というより偶発的な事故ではないようだ。

高校生とおぼしき、日焼けした顔面に引き締まっていそうな肉体の男たちが、行く手に立ち塞《ふさ》がった。六人いるが全員が同じような見てくれだった。ダウンジャケットのフードはかぶらず、短く刈った頭が露出している。いかにも運動神経に長《た》けた印象は、ほかのジャンボリー参加者らと同じだが、この六人はガラの悪い体育会系だった。

リーダー格の名札には佐津間康生《さつまこうせい》とある。佐津間は瑠那と伊桜里に一瞥《いちべつ》をくれたのち、結衣と向きあった。凄《すご》んだ態度で佐津間がきいた。「おまえ優莉かよ」

結衣は表情を変えず、小さくため息をついた。「なに。もうめんどくさ」

「あ？」佐津間が額に青筋を浮かびあがらせ詰め寄った。「文句あんのかよ。優莉匡太のせいでまた犠牲者がでたんだぞ。本当はおまえも仲間だったんだろ」

週刊誌のゴシップ記事の受け売りにちがいない。結衣はしらけた顔のままだった。

「高校も高校事変も卒業してる。馬鹿っぽいやつが絡んできて返り討ちとか、往年のパターン勘弁して」

「このクソアマ」佐津間が結衣の胸倉をつかもうとした。

結衣は瞬《まばた》きひとつしなかった。瑠那はすかさず割って入り、佐津間の手首を瞬時につかんだ。結衣には指一本触れさせなかった。ぎょっとする佐津間に握力を加える。万力ぐらいには締めあげた。佐津間は苦痛の叫びをあげ、表情を歪《ゆが》めながら前のめりになった。

瑠那は佐津間を突き飛ばした。ほかの仲間たちがおっかなびっくりに、佐津間を後ろから支える。

「畜生」佐津間が手首を押さえながら激しく憤った。「てめえぶちのめしてやんぞ!」

いきなり結衣と瑠那の前に、ほかの女の後ろ姿が飛びこんだ。長い黒髪がダウンジャケットの背に垂れている。間近で女と向きあった佐津間が怯《おび》えた表情になった。ききおぼえのある女の声が佐津間に警告した。「トラブル起こすとペナルティになるでしょう。失格になりたい?」

佐津間が不満げに食ってかかった。「でもよぉ……」

女が勢いよく佐津間の頬を張った。平手打ちの音が辺りにこだました。周囲の参加者らが遠巻きに見守る。張り詰めた空気が漂った。辺りがしんと静まりかえった。

沈黙を破ったのは女の低い物言いだった。「自分の班のドームテントに、あと三十分以内に備品を揃えないと失格。作業を急ぐべきでしょ」

「わかった……。わかったよ」佐津間はすっかり弱腰になっていた。仲間たちも同様だった。まだ格好をつけたがる態度をしめしつつも、一行がぞろぞろと退散していく。

女は軽くため息をつき、佐津間たちを見送ってから、優雅なしぐさで振りかえった。雲英亜樹凪の切れ長の目が、まず瑠那を見てから、次いで結衣に向き直った。

結衣が冷やかにつぶやいた。「なにそのギャラの高そうな登場の仕方。って、凛香ならそういうよね」

亜樹凪のダウンジャケットの襟もとから、カーキいろの制服とスカーフがのぞいていた。胸に名札もある。ジャンボリーの運営側でなく、参加者のひとりだと明白になった。澄まし顔で亜樹凪が結衣にいった。「いまの子たち、高等工科学校の生徒なの。校内では落ちこぼれらしくて、ひねくれて不良化してる。でもここでは体力に自信満々なせいで、少々傲慢《ごうまん》さが顕著でね。許してあげて」

「テントへ行くから」結衣が歩きだそうとした。

「所属する班は？」亜樹凪が問いかけた。

返事はなかった。結衣は足をとめたものの黙っている。瑠那も答えずにいた。

確執を理解していない伊桜里が、マニュアルに貼られたラベルを見せた。「Fの75です」

「あー」亜樹凪が踵《きびす》をかえした。「ならドームテントは西ブロックの117号。案内する」

結構ですと瑠那は断ろうとしたが、それを予期したかのように、結衣が目で制してきた。結衣は無言で亜樹凪に歩調を合わせた。瑠那はため息をつき、伊桜里をうながしつつ歩いた。

亜樹凪が歩きながら振りかえらずにきいた。「伊桜里さんよね」

「あ」伊桜里が小走りに追いついた。「はい」

「わたしは雲英亜樹凪。よろしくね」

「ああ……」伊桜里は親しげな微笑を浮かべていたが、姉ふたりを横目に見ると、表情を曇らせた。「こちらこそよろしくお願いします……」

ちらと振り向いた亜樹凪が、伊桜里の名札に目をとめた。「優莉伊桜里さんじゃなくて？」

「渚伊桜里です……。いまのところは」

「そう」亜樹凪が前を向き歩きつづけた。「結衣さん。凜香さんはお父様のもとで暮らしてるから、なんの心配もいらない」

瑠那のなかで怒りが沸々とたぎった。亜樹凪の背に飛び蹴《げ》りを食らわせたくなる。かろうじて抑制できているのは、結衣が沈黙に放つオーラに押しとどめられているせいだった。

結衣が皮肉っぽい口調で亜樹凪にいった。「よくEL累次体に粛清されずに済んでる」

「わたしのこと？」亜樹凪は平然と応じた。「矢幡さんとの連絡係のはずが、じつは優莉匡太さんと通じてたから？　そう。殺されるかと思ったんだけどね。誰かさんが梅沢に、わたしを傷つけるなといったらしくて」

瑠那は驚きとともに結衣の横顔を見た。結衣は瑠那を視界の端にとらえ、表情を硬くした。

EL累次体にさまざまな交換条件を突きつけたなかに、亜樹凪の安全まで保証させた……？　姉の気持ちがわからない。

以前は瑠那も、亜樹凪の罪がいかに深かろうと、命までは奪われるべきでないと考えていた。父親のせいで道を踏み外し、EL累次体に依存してしまった被害者、そんなふうにとらえていたからだ。けれども亜樹凪はEL累次体まで裏切り、いまや優莉匡太の仲間に加わっている。凛香が囚《とら》われの身になったいま、この女を許す道理がどこにある。

瑠那は歩を進めながら思いをつぶやいた。「優莉匡太の居場所について、口を割らせるために生かしてるって信じたいです」

反応したのは結衣でなく亜樹凪だった。振りかえった亜樹凪が瑠那を見つめてきた。「あいにく匡太さんがどこにいるか、政府やEL累次体が躍起になったところで、絶対に情報をつかめるはずがないの。あの人の凄さなら結衣も充分に知ってるでしょ」

気安く結衣と呼び捨てにしてくる。結衣が平気でも、瑠那の亜樹凪への憎悪は募るばかりだった。なぜこの女がここにいるのか、その理由が知りたい。

結衣も同じ疑問を感じたようだった。「どうしてジャンボリーに参加してるの」

亜樹凪は歩きつづけた。「あなたたちと同じ……。藤蔭文科大臣も、いまは国連の顔いろをうかがいながら、真っ当にこのイベントを成立させなきゃいけない。ということは飛び級や、一流企業への就職保証が期待できる。たったひと月、雪のなかで辛抱するだけで」

「裏があるんじゃなくて？」

「ないってば」亜樹凪が遠方に顎《あご》をしゃくった。

「東側の金網フェンス、ゲートの向こうに大きなテントが見えるでしょ。病院並みの医療設備が整ってる。体調不良や怪我人がでても、遠くまで搬送せず対処できる。至れり尽くせり」

瑠那はそちらを見やった。たしかにフェンスをでて三百メートルほど向こう、雑木林の奥にサーカスのような巨大テントが設けてあった。ただし赤十字マークだけでなく、雲英グループのロゴが入っているのが気になる。

ひとつの憶測が思い浮かんだ。瑠那は亜樹凪に問いかけた。「あなたが裏切り者だと発覚したものの、おじいさんに嫌われたくはないから、梅沢には黙ってもらってるわけですか」

「わりとぶしつけな物言いをするのね」今度は亜樹凪も振りかえらなかった。「祖父の判断で雲英グループがジャンボリーのスポンサーになってる。それだけ」

論点がずれている。雲英秀玄はEL累次体の一員だ。ジャンボリーを支援するのはなんらおかしなことではない。亜樹凪がきちんと答えないからには、瑠那が口にしたことは図星だったのだろう。EL累次体は存続の危機に立たされ、優莉匡太の手先である亜樹凪に対しても、めだって逆らえなくなっている。

結衣が不満げにささやいた。「医療が充実してるのなら、マスクを身につけちゃいけないって規則はどうなの」

亜樹凪が鼻で笑った。「冬場なんだからインフルエンザが流行しやすい？　そのため参加者全員に前日の医療検診が義務づけられてたんでしょ。市街地にいるよりずっと安全。医療テントにあらゆる薬が揃ってるし」

令嬢がずいぶんくだけた喋《しゃべ》り方をするようになった。のみならず口調が結衣に似てきた気がする。どうやら亜樹凪は結衣に対し、愛憎まみれる感情を抱いているふしがある。そのせいだろうか。あるいは亜樹凪も優莉匡太に影響されているのか。

「ほら」亜樹凪が足をとめた。「ここがあなたたちのテント」

敷地内のかなり西寄りだった。白いドームテントの壁の一部が、カーテン状に開けられている。なかはがらんとしているものの、地面に直接設営されたのではなく、床板が張ってあった。奥に簡易ベッドが三つ並んでいて、高校生とおぼしき女子三人が荷をほどいている。手前にはさらに三つのベッドを並べられる空間がある。

亜樹凪が説明した。「ベッドや暖房器具、クローゼットなど備品一式を、自分たちで搬入して組み立てるの。もうあまり時間がない。超過すればその時点で失格、家に帰ることになる。……家があればだけど」

瑠那はいらっとした。「あなたは無事に帰れるつもりでいるんですか」

脅し文句を聞き流したりせず、亜樹凪が冷やかに瑠那を見かえした。なぜか金網フェンスに顎をしゃくり、亜樹凪が淡々といった。「ここでは平和が守られるべきでしょ。ではまた、ごきげんよう」

背を向けた亜樹凪が立ち去っていく。いましがた亜樹凪がしめした方角に結衣が目を向ける。瑠那もそちらを眺めた。

金網フェンスで仕切られた敷地内の角だった。大きな石碑が建ててある。石碑には〝慰霊碑〟としか彫られていない。だが第一上九での犠牲者を供養するための慰霊碑だとわかる。周りで忙しく立ち働くジャンボリー参加者たちは、そちらに目もくれない。

寒々とした空気が胸の奥底まで浸透する。瑠那は結衣や伊桜里と顔を見合わせた。不穏きわまりない状況に身を置いている。不変の滄海《そうかい》桑田。その名称だけでも捨て置けずここまで来た。矢幡総理はそれを〝死の種〟だといった。このジャンボリーが安泰だとはどうしても思えない。

13

早一週間が過ぎた。ジャンボリーとはよくできた行事だ、瑠那はそう思った。自由を制限されながら、やらねばならない課題の数々に忙殺されるうち、思考停止が癖になる。きめられたことだけきちんとこなす、軍隊的な暮らしが習慣化する。怪しげな催しの目的がどこにあるのか、訝《いぶか》しがる気持ちも徐々におさまっていく。

定期的にドームテント周りの雪かきをするだけでもひと苦労だった。出入りが困難なぐらいの積雪に囲まれたら、班ごと失格になってしまう。食事づくりには飯盒《はんごう》も土鍋《どなべ》も支給されず、ダッチオーブンももちろんない。創意工夫も試される。瑠那は空き缶の口をナイフで切りとり、鍋代わりに水をいれ米を研いだ。ストーブを用いてご飯を炊きあげる。

同じテントにいる三人の女子高生は、みな瑠那と同学年の一年生だった。小柄でおとなしそうで、特に優莉という苗字《みようじ》の結衣に戦々恐々としていた。三人の名は富坂唯《とみさかゆ》愛《あ》、竹内理瑚《たけうちりこ》、平尾花怜《ひらおかれん》。埼玉の出身だという。初日は夕方まで言葉も交わさなかったが、伊桜里が食事を振る舞ってあげると、少しずつ打ち解けてきた。

最初の夜、瑠那は消灯後ベッドで一睡もせず、ただテントの外に注意を向けていた。風の吹きすさぶ音にテントがはためくなか、結衣の寝息がきこえた。こんな状況でも眠れるとはどうかしている。翌日以降は瑠那もぞっとするようになった。

翌朝、瑠那が結衣とともに歩いているとき、多少のトラブルが生じた。どこかの不良っぽい少年が、雪でできたボールを結衣に投げつけた。だが結衣はそちらに視線を向けず、すばやくのけぞって躱《かわ》した。面食らったようすの少年に対し、結衣はなんの反応もしめさず歩きつづけた。だが瑠那は近くの雪だるまの頭を片手でつかみあげ、力いっぱい少年に投げつけた。大きな雪の塊の直撃を食らった少年は、もんどりうって倒れた。

瑠那は少年が起きあがってきたら、もう一撃浴びせてやろうと身構えていた。だが少年は雪に埋もれたままになり、結衣も立ち去っていく。期せずして結衣の用心棒のような役割を演じてしまい、瑠那はもやもやした気分で歩を速めた。

実行委員に一部始終を見られていたら、ペナルティで減点の憂き目に遭ったただろうが、瑠那はドローンが上空にいないのを確認済みだった。ルール違反を咎《とが》められるようなへまはしない。

日中は体力測定、競技、レクリエーションで忙しかった。エリアの中心部に開けた場所があり、そこに全員が集まり、輪になって数班ずつの対戦を見守る。雪上の徒競走や、雪だるまづくり、雪合戦などの勝負があった。大きな雪像を築きあげる速度と完成度も競わされた。

当初、瑠那たちの班はブーイングにさらされた。瑠那と伊桜里は優莉匡太の血筋だとバレていなくても、優莉結衣は堂々とその名札をつけている。けれども周囲の反応が、驚きをともなうどよめきに変わり、さらに声援へと発展していくのに、それほど長い時間はかからなかった。

結衣はなにひとつ迷わず実行に移し、しかも可能か不可能かを瞬時に判断する。なんといっても器用だった。結衣は伊桜里だけでなく、同じ班の女子高生三人も活躍できるよう、的確な指示をだした。しだいに瑠那は結衣の補佐役となり、サブリーダーの立場が定着していった。だがそこに反感は湧かなかった。結衣から学ぶことはあまりに多かった。常に冷静に班を引っぱり、誰かが困惑におちいる前に悩みを見抜き、率先して手助けにまわる。ぶっきらぼうで愛想はないが、人を責めたりせず、どんな困難にもあきらめない。

あまりの頼り甲斐《がい》に、これが父親の血だったとしたらとんでもない、瑠那はそう感じた。結衣に好かれたい、褒められたい、感心されたいと本気で願うようになる。いつも結衣が自分のことをどう思っているか気になってくる。結衣にはできるだけ上機嫌でいてほしいとも望みだす。そんな自分を悟るたび複雑な思いに駆られる。結衣が立派で人間的魅力にあふれているのはたしかだ。しかし自分と同じく大量虐殺魔だった。どこかで人生を変えていきたいと瑠那はひそかな願望を抱いていた。結衣に魅了されているようでは、そんな理想から遠のくばかりではないか。

いや、いまは学びのときだ。優莉匡太の生き写しかもしれない、強大なカリスマ性と実行力の持ち主から、良いところだけを吸収していきたい。実際に結衣は伊桜里に対し、凶悪さを受け継がせまいとしているようだ。それが結衣の本心だとしたら、この姉は優莉匡太とは根本的に異なる。彼女の理想像を伊桜里の将来に反映させようとしている。暴力の存在をしっかり伝え、回避する手段を指南する。その一方で暴力の行使とは無縁の人生を歩ませたがっている。

一週間が経ったけさ、瑠那がドームテントの外にでると、空は晴れていた。雪かきを終えたテントの外側で、伊桜里が女子高生三人とともに、朝食の飯炊きを囲んでいる。唯愛と理瑚、花怜はいかにも少女らしい童顔で、伊桜里とも意気投合していた。おとなしい性格の四人が控えめに談笑している。笑顔でいるときが増えたのは、この班の成績が上位だからだろう。

ストーブの灯油を補給するため、瑠那は結衣とともに備品倉庫へ向かった。そこかしこのドームテントで、参加者たちが朝の支度に追われている。女子の参加者からは挨拶《あいさつ》の声をかけられることが増えた。結衣と瑠那はエリア内の隅々にまで顔をおぼえられたようだ。

向こうから歩いてくる男子が、高等工科学校のひとりだと、瑠那はいち早く気づいた。佐津間ではないが仲間のうちのひとりだった。名札には諏訪戸昭久《すわとあきひさ》とある。諏訪戸もこちらを認識したかもしれないが、目を合わせまいとするようにうつむき、足ばやにすれちがった。

しかし諏訪戸が遠ざかるより早く、結衣が身を翻した。すばやく諏訪戸のうなじに手を伸ばし、ダウンジャケットの後ろに垂れ下がったフードをつかむ。諏訪戸は足を滑らせ、その場に尻餅《しりもち》をついた。

「な」諏訪戸がじたばたと暴れた。「なにしやがんだよ、てめえ!」

結衣がなぜ諏訪戸を捕まえたか、瑠那にもとっくに理解できていた。瑠那は自分の背にそっと手をまわし、フードをかぶってみた。頭を覆いきる前に、フードのなかから小さな物体がぽろりと落ちてきた。

サイズと重さが消しゴムぐらいの黒い直方体だった。外殻はプラスチック製で、蓋《ふた》をスライドすれば開けられる。中身のボタン電池をとりだすと、内蔵されたミニ基板が見てとれた。マイクに連結されている。

ごく単純な回路から機能は識別できた。瑠那は結衣にいった。「盗聴器です。いにしえのアナログUHF電波なので、実行委員も探知できません」

結衣は諏訪戸を起きあがらせ、振り向かせるや喉《のど》もとを鷲《わし》づかみにした。「電波が飛ぶ距離が短い。どこの誰が受信してるの」

「知らねえ」諏訪戸の顔はみるみるうちに血の気が引いていった。「なんの話だか……」

すかさず結衣が左手で締めあげた。諏訪戸は目を剝《む》き、必死に身をよじるものの、いっこうに手を振りほどけない。結衣にローキックを浴びせようとするが、足があがる前に踏みつけられ、いっさいの攻撃を封じられている。

やがて諏訪戸が苦痛に顔を歪《ゆが》めつつ、呻《うめ》くような声を絞りだした。「このすぐ外だ。クルマに受信機が積んである……。無人で録音してるだけだよ。どこにも音声は飛ばしてない」

ありうると瑠那は思った。敷地外の駐車場なら電波がぎりぎり届く範囲内だろう。駐車車両のなかに人が待機してはならないという規則がある。送迎用に使われたうちの一台が、盗聴電波の受信のために停めたまま放置してある、そう考えれば説明がつく。

なんにせよ言葉を交わすより早く、瑠那が電池を取りだしたがゆえ、なにひとつ盗聴されていない。結衣が諏訪戸を雪原に叩《たた》きつけた。諏訪戸は雪のなかに埋もれるように突っ伏した。

警笛が鳴った。制帽にダウンジャケットの警備員が駆けつけてくる。頭上にドローンがいることに瑠那は気づいていた。結衣も同様だろう。さして驚くことなく、ふたりは警備員に向き直った。

硬い顔の警備員がさすまたを構えながらきいた。「なにしてる」

「なにも」瑠那は結衣に代わって答えた。「彼の希望で結衣さんが柔道のわざを教えました」

警備員が諏訪戸を見下ろした。「本当か?」

上半身を起こした諏訪戸が、雪まみれの顔を凍りつかせている。瑠那のフードに盗聴器を仕込もうとしたきまりの悪さからか、諏訪戸はあっさりとうなずいた。

なおも警備員は訝《いぶか》しげに結衣を一瞥《いちべつ》したが、ほどなく声を張った。「行け。また紛らわしい騒ぎを起こしたら減点だぞ」

運営側の強制介入はありがたい。高等工科学校の不良仲間が応援に現れたら、全員を叩きのめす必要が生じるところだった。結衣と瑠那は歩きだした。

瑠那は盗聴器とボタン電池を結衣に渡した。「玩具《おもちゃ》に近い中古品です。ＥＬ累次体の小細工とは思えません。優莉匡太のしわざでもないでしょう」

「当然」結衣が鼻を鳴らした。「佐津間たち六人組が、こっちの尻尾《しっぽ》をつかもうとしただけでしょ。違反で失格になるのを狙ってる」

「どうやって持ちこんだんでしょうか。身体のどこに隠したのか……」

「キモくて考えたくもない」結衣は身をかがめ、盗聴器を清めるように雪にこすりつけてから、ポケットにおさめた。

瑠那はため息をついてみせた。「薄汚い競争に巻きこまれるのは厄介ですね」

「そう？　世のなかは薄汚い競争ばかり。むしろ燃える」

結衣の言葉に嘘偽りはなかった。ジャンボリーの二週間目、雪上ラグビーで佐津間のグループが、わりとおとなしい男子中学生の班を標的にし、圧倒して点数を稼ごうとしていた。結衣はルールに従い、助《すけ》っ人《と》として男子中学生の班に飛びいりし、佐津間らを完膚なきまでに叩きのめした。周りは大喝采《だいかっさい》で、それ以来いじめられっ子の多い班が、結衣や瑠那を頼るようになった。

瑠那はあくまで競技の面で、乱暴者やいじめっ子を打ち負かすことに徹したが、結衣はもっと容赦なかった。夜中に結衣はいじめっ子のいるドームテントに忍びこみ、常にボコボコにしてきた。しかも移動中、暗視カメラ搭載ドローンにいっさい発見されず、なんの証拠も残さなかった。

おとなげないと瑠那は苦言を呈したが、結衣はなにもしていないとしらばっくれる。だが瑠那はそんな姉が、あろうことか可愛く思えてきた。この怪しいジャンボリーの主催に対し、もっと警戒心を働かせねばならないはずが、結衣はすっかり参加者たちと張り合っている。どんなことでも全力で臨み、弱者に寄り添い、不正や横暴を許さない。権威には徹底的に反抗し、あらゆる知恵と能力を駆使してだし抜き、けっしてボロをださない。父親を反面教師にする一方で、大部分が父親の遺伝子の影響下にある、そんな結衣の生きざまの表れに感じられた。

ジャンボリーは体力勝負だけではない。ときおりいきなり抜き打ちの筆記試験が始まる。雪原に机が並べられ、かじかむ手で数学の問題を解かねばならない。班の全員が一丸となって挑む、国公立大入試水準の証明問題も出題された。英会話もあった。ときに早押しクイズや問題文ばらまきクイズまでが実施された。もはやEL累次体と文科省の真意を疑っている場合ではなくなった。結衣が一位をめざし猛進するため、瑠那もそこにつきあわねばならない。

有利なのは女子向けの課題だった。料理や裁縫の腕を競う場では、伊桜里が三人の友達と一緒に活躍した。音楽の演奏では、結衣がフルートとクラリネットに才覚をみせ、瑠那はバイオリンを弾いた。筋肉自慢の男子の班が軒並み点数を減らし、おとなしめの男子と女子全般の班が躍進した。ジャンボリーの運営において、参加者の公平性はわりときちんと考慮されているようだ。

伊桜里は球技で予想外の健闘をみせた。雪上ドッジボールでは、相手チームへのハンデで結衣と瑠那の出場がなくなり、伊桜里がいちばん年下ながらリーダーを務めた。チームメイトの唯愛と理瑚、花怜が次々にボールに当たり退場するなか、ひとり残った伊桜里はボールを難なく躱《かわ》しつづけた。ボールをキャッチして反撃するわけでもないため、敵チームはただ伊桜里を追うばかりになり、しだいに疲弊していった。二時間経っても勝負がつかず、ルールにしたがい試合はドローになった。

瑠那はある日、自分が出場しないスノーバレーボールで、亜樹凪が苦戦に追いこまれているのを見た。ビーチバレーに似たルールながら、四対四でメンバーチェンジが可能という試合だった。しかし亜樹凪のチームの対戦相手は、女子プロレスのヒール役っぽい体格をした、槍添心美《やりぞえここみ》以下四人だった。殺人的に勢いのあるレシーブと、きくに堪えない罵声《ばせい》で圧倒してくる。滑りやすい雪原でのバレーは転倒する者が続出し、亜樹凪のチームメイトはふたりを残すのみになってしまった。四人が揃わないと規則にしたがい負けになる。ほかのチームから助っ人を招いてもいいのだが、相手チームに恐れをなし、誰も手を挙げようとしない。

亜樹凪は世間にお嬢様として通っていたはずが、このジャンボリーでは横柄な態度がめだち、急速に人気を失っていた。似たような状況は日暮里高校でもすでにあった。亜樹凪は偽りの仮面を投げ捨て、本心をさらけだすようになったが、利口なやり方ではなかった。かつてマスコミがつくりあげた虚像のおかげで、あるていど味方を得やすい立場にあったにもかかわらず、そのメリットをみずから放棄してしまっている。

いま亜樹凪は半ば泣きそうな顔になっていた。因果応報だと瑠那は思いつつ、その場を離れようとした。ところがそのとき、物好きなひとりがコートのなかに踏みいり、周囲を沸かせた。瑠那はぎょっとした。亜樹凪のチームメイトに名乗りをあげたのは、ほかならぬ結衣だった。

亜樹凪が信じられないという顔で結衣を見る。結衣はかまわず、いつもの調子でぶっきらぼうな態度ながら、言葉少なにチームを鼓舞した。

そこからの勝負はさして時間を要さなかった。結衣は雪上を駆けまわり、逆サイドに飛んできたボールまで拾い、敵のコートに叩きこんだ。相手に一点もあたえず、亜樹凪の側は点数を積み重ねていき、気づけば勝利していた。

相手チームが負け惜しみに罵詈《ばり》雑言《ぞうごん》を並べ立て、レフェリーから退場を命じられるなか、亜樹凪は泣きながら結衣に抱きついた。周りの観衆は沸き立ち、伊桜里も涙を浮かべていたが、瑠那はもやっとした気分になった。嫉妬《しっと》心《しん》という単純な感情だろうか。なにか重要なことを見失いつつある、そんなふうに思えてならない。

14

結衣は消灯時間後、ドームテントでベッドに入っても、深い眠りには落ちなかった。どこにいるのかを忘れるほどではない。

ここではパジャマに着替えるのは許されない。コーデュロイ地の制服二着を、交互に洗濯しながら使用することになっている。生地の肌触りが睡眠中も現状を意識に上らせる。夢を見たとしても、そこにはなんら深い意味を感じず、現実と錯覚もしない。常に夢だと認識できている。

いまもなにかが注意を喚起した。知覚は一定以上いつも機能しつづける。睡眠状態から一気に覚醒《かくせい》に向かい、自然に目が開いた。ドームテントの暗がりのなか、結衣はすばやく上半身を起こし、枕もとの十徳《じっとく》ナイフをつかんだ。指先でラージブレードを選び、間近にいる人影に突きつけた。

　誰かがベッドのわきにしゃがんでいた。喉《のど》もとに刃を這《は》わされた瞬間、はっと息を吞《の》んだのがわかる。雲英亜樹凪の震える声がささやいた。「じっ、十徳ナイフを凶器に使ったらペナルティでしょ」

　結衣は亜樹凪の肌を切らないていどに刃を押しつけていた。「夜間に他班のテントを訪ねるのも」

　スイッチの入る音がきこえ、ドームテント内のLEDランタンが灯《とも》った。明かりを点《つ》けたのは瑠那だった。ベッドから起きだした制服姿の瑠那が、なにごとかと鋭いまなざしを向けてくる。伊桜里は目をしょぼしょぼさせながらシーツから這いだした。唯愛と理瑚も起きたものの、花怜はまだ吞気《のんき》に寝ている。

　亜樹凪の髪は乱れがちで、ダウンジャケットを羽織ってはいるが、スカーフが歪《ゆが》んでいた。急ぎベッドから這いだしてきたのがうかがえる。緊張の面持ちで亜樹凪がスマホを差しだした。「これ……」

　結衣はすぐに受けとらなかった。「持ちこんだの?」

「わたしの立場だから……。藤蔭文科大臣とは知り合いだし」

知り合いというより、ロケットを日暮里高校へ暴走させて以来の共犯者、そういうべきだろう。結衣はスマホ画面を一瞥《いちべつ》した。短いメッセージが届いている。〝避難しろ〟、それだけだった。

亜樹凪が怯《おび》える顔でうったえた。「EL累次体からじゃなくて匡太さんから……」

神経がにわかに張り詰める。結衣はテントの外からきこえる音に耳を傾けた。聴覚の選択的注意で、エンジンのリズミカルなノイズの有無をたしかめる。それらしい音はない。だがなにかが風を切り飛んでくる。いわゆるエオルス音が甲高い。鳥よりも大きな物体だ。急速に接近してくる。

結衣は跳ね起きた。ドームテントのカーテンを割り、真っ暗な屋外へと飛びだした。すぐさま星空に焦点を合わせることで、光が遮られる箇所を見いだす。黒々とした影が低空飛行で迫る。翼幅は二十メートル近い。

機影がジャンボリー上空に侵入してくる。静寂はそれまでだった。眩《まばゆ》い閃光《せんこう》が矢継ぎ早に焚《た》かれ、機銃の掃射音が耳をつんざいた。ドームテントが埋め尽くす敷地内に着弾する。積雪が小爆発のごとく飛び散るさまが、隙間なく帯状にひろがった。そこかしこで悲鳴がこだました。

頭上をかすめ飛んでいくのはグライダーだった。機体の両側面に銃座を備えている。

操縦士一名と射手二名からなる三人乗り、動力はなく風に乗り飛行しつづける。

参加者らがドームテントから飛びだしてきて、懐中電灯の光をあちこちに向けながら逃げ惑う。結衣は振りかえった。「瑠那、ランタンを消して。伊桜里。周りに呼びかけて、懐中電灯を消すようにいって。点けてると撃たれる」

暗がりのなかでも、伊桜里が恐怖に表情をひきつらせたのが見てとれる。それでも伊桜里はすくみあがることなく、闇のなかへ駆けだしていった。

瑠那が緊迫した声で結衣にたずねた。「ひとりで行かせてだいじょうぶですか」

「わたしたちにはやることがある。来て」結衣は瑠那をうながすと走りだした。

崩壊したドームテントのほか、そこかしこに火の手があがっている。少女らが泣き叫び雪上にうずくまる。いまは被害状況を逐一たしかめている暇はない。機銃の音が反響しつづけるなかを、結衣と瑠那は全力疾走していった。

グライダーは夜間の非常灯を狙い撃ちしていた。敷地内が暗転していく。金網フェンス沿いに建つ櫓《やぐら》も、片っ端から標的にされている。鉄骨に跳弾の火花が散るや、櫓の見張り台が粉砕され、警備員の人影が絶叫とともに転落する。彼らは銃など持っていない。反撃などできず、ただ一掃される運命だった。

敷地外に飛び去るグライダーの尾翼が小さくなっていく。結衣は歯ぎしりした。

「なんのための奇襲？」

「まって」瑠那が結衣の肩をつかみ引きとめた。「戻ってきます」

闇夜に目を凝らすと、グライダーが上昇し旋回したのがわかる。巧みに風に乗り、鷹《たか》のごとく急降下、ふたたび襲いかからんとしている。

結衣は周りに怒鳴った。「雪の上を走っちゃだめ。テントに入って、ベッドの下に潜って！」

参加者らが蜘蛛《くも》の子を散らすように、周辺のテント内へと逃げこんでいく。懐中電灯の光が激減したのは幸いだった。白い雪上はわずかな光でも人影を視認しやすい。動いていればなおさら標的にされてしまう。

半壊状態のドームテントからクローゼットが転げだしている。ダウンジャケット数着がぶちまけられていた。結衣はそこから白に近いものを二着選び、一着を瑠那に引き渡した。もう一着を羽織ると、ただちに雪原に伏せた。

飛来してきたグライダーがまたも機銃掃射を浴びせる。けたたましい発射音が間近に響き、雪を大量に撥《は》ねあげる。傍らでドームテントの屋根が潰《つぶ》れた。さっき撃ち漏らした櫓も、今度は残らず破壊されていく。だが……。

結衣は顔をあげた。「一機だけで地上へはでたらめな銃撃。なにが目的よ」

瑠那が匍匐《ほふく》前進で近づいてきた。「非常灯と櫓の破壊に重点を置いてます。本隊が来る前の露払いでしょうか」

駆けてくる人影があった。亜樹凪が双眼鏡を手に、うつ伏せに滑りこんできた。

「結衣！　あっちを見て」

双眼鏡を受けとり結衣は立ちあがった。亜樹凪の指さすほうにレンズを向ける。暗視スコープではない。それでもグライダーより大きな黒い影が、いくつも夜空に浮いているのが、はっきりと見てとれる。いずれも両翼にヘリコプターのような回転翼をそれぞれ備える。ニュース映像でよく目にするティルトローター機だった。回転翼の角度を変えることで、垂直離着陸から水平飛行まで可能になる。十機以上もの編隊が迫りつつある。今度はプロペラエンジンの音も耳に届いた。

結衣は瑠那に双眼鏡を引き渡した。「あれオスプレイってやつでしょ」

瑠那が双眼鏡で遠方を注視した。「そうです。シルエットからすると、たぶん米軍横田《よこた》基地に配備されてる機体です」

亜樹凪が悲痛に叫んだ。「匡太さんが死ね死ね隊に奪わせたの！　計画は前にきいた。でもここを襲うためだなんて」

瑠那が怪訝《けげん》そうに亜樹凪を一瞥した。「知らなかったとでも？」

「信じて。ジャンボリーの襲撃予定なんかなかった。わたしがいるのに」

そんなうったえを鵜呑《うの》みにはできないが、オスプレイ編隊の奪取はありうる。結衣が小さかったころ、当時の死ね死ね隊が、習志野《ならしの》署の拳銃《けんじゅう》保管庫を襲撃した。交番の巡査から一丁ずつ奪うより、まとめて置いてある場所を狙うほうが好都合、父がそう判断したからだ。亜樹凪のいうとおりだとすれば、初代死ね死ね隊と基本方針はまるで変わっていない。

夜空の彼方《かなた》でオスプレイの一機が砲火を放った。エントランスのプレハブ小屋に真っ赤な火球が膨張し、一拍遅れて轟音《ごうおん》が雪原を揺るがした。爆煙が勢いよく放射状に立ち上り、建物の破片を上空に舞い上がらせる。熱を帯びた突風が吹き荒れ、敷地内のドームテントを薙《な》ぎ倒す。参加者らが悲鳴とともに雪上を転がった。

爆風のなか瑠那が双眼鏡をのぞいた。「いまのはハイドラ70ロケット弾です。オスプレイはガンシップ化されてます。後部ランプから突きだしてるのはたぶん機関砲でしょう」

本来のオスプレイは中型輸送機だが、接近中の編隊は対地攻撃力を備えているらしい。米海軍か海兵隊の装備か。結衣の脈拍は著しく亢進《こうしん》した。間もなくオスプレイ編隊がジャンボリー会場の上空に差しかかる。あれだけの火力で空爆されたらひとたまりもない。

　肉眼でもオスプレイの形状が視認できるほどの距離まで迫った。周囲の参加者らは極度のパニック状態だった。まさに怪獣の襲来に等しい。結衣は息を呑《の》み立ちすくんだ。

　ところがオスプレイの進路に、突如として数機のヘリが下降してきた。メインローター上に球体のロングボウ・レーダーを備えている。機体の両翼にさまざまな発射管が見てとれた。攻撃ヘリのアパッチ、しかも自衛隊機だった。アパッチ全機がオスプレイに機首を向け、対空ミサイルを一斉発射した。オスプレイ数機がたちまち炎に包まれた。激しい爆発とともに四散すると、残骸《ざんがい》が燃え盛りながら落下していく。

　アパッチはなおも果敢に立ち塞《ふさ》がり、オスプレイ編隊を迎撃しつづける。瑠那が騒音にかき消されまいとするように大声で告げてきた。「本物の自衛隊です！　たぶん特殊作戦群」

　結衣は固唾《かたず》を呑みつつ戦況を見守った。行く手を阻まれたオスプレイ編隊は二手に分かれ、ジャンボリー会場の左右へ展開した。だがさらに続々とアパッチが飛来し、会場を守るように空中停止飛行《ホバーリング》すると、オスプレイに反撃した。空中での凄《すさ》まじい砲撃戦に、敵機のみならずアパッチも次々と撃破されていく。

そのあいだに後続のオスプレイが垂直降下を開始した。地上に兵力を降ろそうとしている。自衛隊側もアパッチだけでなく、UH60Jが続々と出現し、垂らしたロープで迷彩服らが降下する。

アパッチ部隊はジャンボリー会場の周囲を固め、かろうじて敵オスプレイ編隊を寄せつけずに済んでいる。空では睨《にら》み合いになったため、双方が地上戦へと転じたようだ。

だが会場内をなおも上空からの銃撃が蹂躙《じゅうりん》する。参加者らが必死に逃げ惑っていた。最初に侵入したグライダーだけは、アパッチの包囲網の内側を、依然として傍若無人に飛びまわる。アパッチは外敵への応戦に追われ、とてもこちらに注意を向けてはいられない。

一刻の猶予も許されなかった。あのグライダーを仕留めねばならない。結衣はドームテントの残骸に駆けこんだ。折れた支柱をつかみあげる。ステンレス製で直径十センチほどの円筒、長さは一メートル足らず、内部は空洞で軽い。ただし一方の端は屋根にジョイントするため、中央に小さなネジ穴が開けられたのみで、口自体は塞がれている。

瑠那が駆け寄ってきた。ベッドをひっくりかえし、脚の一本を回して取り外す。それを差しだし瑠那がいった。「気づいてると思いますけど、その支柱の内径には、これがほぼぴったりです」

ドームテントに連泊するうち、まったく同じことを考えていたらしい。なにを武器に利用できるのか、常に手近な物を観察し、想像をめぐらせておくのが優莉家だった。結衣は円筒の折れたほうの端から、ベッドの脚を差しこんだ。うまいぐあいに塡《は》まった。これがピストンになる。

また機銃の掃射音と悲鳴が響き渡る。瑠那がテントの外に目をやった。「駐車場まで行ければガソリンが手に入りますけど」

結衣は首を横に振った。「エンジン用添加剤が加えられてるから威力が弱まる。そのストーブの灯油がいい」

瑠那がストーブを蹴《け》り倒した。十徳ナイフをタンクに突き立てる。理想的な放物線を描き、灯油が噴出しだした。結衣はネジ穴を紙縒《こよ》りで塞ぎ、円筒の折れたほうの端から、灯油を内部に注ぎこんだ。あるていど溜《た》まった時点で、ベッドの脚を塡めこんで蓋《ふた》にする。

「マッチは?」結衣はきいた。

「なさそうですけど」瑠那が両手に一本ずつ懐中電灯を取りあげた。「これがあります」

「よし」結衣は円筒を携え、テントの外へ駆けていった。「西側の櫓《やぐら》へ……」

夜空の下にでたとたん、風圧が迫ってくるのを感じた。機銃掃射が雪原を抉《えぐ》ってくる。グライダーが飛来した。結衣は瑠那とともに後方に飛び退いた。体勢を崩し転倒したが、弾幕は間一髪、ごく近くを通過していった。

近くに人影が見える。伊桜里が両手で頭を覆いながらへたりこんでいた。「結衣お姉ちゃん！」

結衣は跳ね起きた。「伊桜里、北ブロックの50から100号あたりのテントを無人にして。ひとり残らず追っ払って」

返事をまたず結衣と瑠那は駆けだした。辺り一帯に火の手があがっているせいで、辺りはぼうっと明るくなっていた。右往左往する参加者らの隙間を縫うように駆けていく。泣き叫び座りこむ女子たちに、暗い場所へ逃げるよう怒鳴る。それ以上の世話は焼けない。いまは個々に対処するより、禍《わざわい》のもとを絶たねばならない。

西側の金網フェンスに近づいた。高さは十メートル近い。櫓の鉄梯子《てつばしご》を左手でつかむ。瑠那が懐中電灯の一本を投げて寄越《よこ》し、隣の櫓へと走り去った。

結衣は懐中電灯をダウンのポケットにおさめた。円筒を抱きかかえたまま、片手のみで梯子をよじ登る。爆発の衝撃波が地震となって襲い、櫓を大きく揺らす。結衣は振りかえった。アパッチが次々と撃墜されている。ただし敵オスプレイ側も被害は甚大だった。飛びまわる機体は双方残り数機。ほぼ地上の戦闘に切り替わっている。騒音のせいでグライダーの飛行音が耳に届かない。だが滑空する機影が旋回するのを目にとめた。ふたたびこちらへ向かってくる。

鉄梯子を上りきったが、頂上の見張り台はほぼ破壊されていた。警備員の無残な死体が鉄柱に刺さっている。残存する足場は一部のみ、かろうじて立てるていどだった。結衣は懐中電灯のカバーを外した。豆電球を鉄柱に叩《たた》きつけて割り、二本の端子をつまんで歪曲《わいきょく》させ、接触した状態に保つ。円筒のネジ穴をふさぐ紙縒りに、端子を押しつけるや、懐中電灯のスイッチをいれた。紙縒りが着火し燃えだした。

機銃の掃射音が接近してくる。隣の櫓で瑠那が懐中電灯を点《つ》けた。光をグライダーに向け点滅させる。操舵手《そうだしゅ》が気づいたらしい。グライダーが翼を傾け、急激に西側フェンスへ接近してくる。射手が瑠那のいる櫓に狙いを定めた。銃火が絶え間なしに閃《ひらめ》き、櫓を粉々にする。瑠那は寸前に飛び下りた。

グライダーが結衣の目の前に差しかかった。結衣は円筒の先端をグライダーに向け、ピストンを一気に押しこんだ。

目も眩《くら》む極太の火炎放射が勢いよく夜空を切り裂く。まさしく龍《りゅう》の吐く炎そのものだった。グライダーの機体全体が真っ赤に染まるや、激しい爆発とともに砕け散り、乗員らの絶叫が響き渡る。火だるまになった射手が両腕を振りかざすのが見えた。だがそれは一瞬にすぎず、機体は細部に至るまで粉々になった。無数の残骸は、狙いどおり北ブロックの50から100号、おそらく誰もいない区画へと墜落していった。

15

前総理の梅沢和哉は、また真夜中に叩き起こされる羽目になった。スーツに着替え、総理官邸へ出向くのを余儀なくされる。六十五歳の老骨には心底応《こた》える。とはいえ総理の座を退いたいまは、地下の危機管理センターへ急ぐ必要もない。大臣用の執務室のひとつに、ひそかに大勢の閣僚や官僚らとともに集まった。みな政府内のEL累次体メンバーばかりだった。

主要な大臣たちが海外の矢幡へ連絡する前に、現状を把握せねばならない。とはいえ冷静ではいられなかった。梅沢は思わず声を荒らげた。「いったいどうなってる！なぜジャンボリーが武力攻撃を受けてるんだ!?　ありえないはずだろう」

椅子が足りていない。高齢の閣僚らは疲れた顔ながら、みな立って話さざるをえなかった。五十七歳の隅藻長輔法務大臣が狼狽《ろうばい》をあらわにした。「どこで歯車が狂ったんだ？　雲英亜樹凪がジャンボリーに参加している以上、優莉匡太の攻撃はないとされていたのに」

きょうここには民間のメンバーの出頭はない。雲英秀玄がいれば事情をたずねたいが、いまはそれも不可能だった。梅沢は苛立《いらだ》ちを募らせた。「ジャンボリー参加者を殺させるわけにはいかん」

岩淵幸司防衛大臣があわてぎみに報告してきた。「陸上自衛隊から特殊作戦群を派遣した。こちらの命令系統に従順な連中だけを選《よ》りすぐった」

「それだけでは足りんだろう」

「優莉匡太がなにをしでかすかわからん。ジャンボリー会場以外にも、全国各地を警戒対象としないと……。非常手段として、会場には例のグライダーも投入した。避難が進めばいいが」

七十歳の舘内義雄外務大臣が憂いの声を響かせた。「また十代に多くの死者がでる。国連安保理から最終通告を受けるぞ」

執務室内は騒然となった。誰もが黙っていられない、そんなありさまだった。梅沢は冷や汗が滲《にじ》むのを自覚した。いよいよ日本は全世界から孤立してしまうではないか。そのとき誰かの声が響き渡った。「ご静粛に！　不変の滄海桑田《そうかい》計画とはなんだったのか。いちど胸に手を当てて考えてみてください」

ざわっとした驚きがひろがる。一同が固唾《かたず》を呑《の》み、たったひとりの発言者に視線を注いだ。

ほかとはあきらかに異なる態度をしめす閣僚がいる。五十二歳の藤蔭文科大臣が妙に余裕を漂わせていた。

藤蔭が口もとを歪《ゆが》め梅沢を見つめてきた。梅沢は啞然《あぜん》としつつ藤蔭に歩み寄った。しだいに距離が詰まるうち、藤蔭のふざけた表情から真意が読めてきた。梅沢は歩を速め、藤蔭の胸倉をつかんだ。

「まさか」梅沢は藤蔭を睨《にら》みつけた。「あいつに通じたのか。優莉匡太に寝がえったな」

「手を放してください」藤蔭は醒《さ》めた口調でいった。「私になにかあったら大変なことになりますよ」

六十一歳の廣橋傘次厚生労働大臣が怒鳴った。「藤蔭君！　優莉匡太に情報を漏らしたとすれば、売国奴に等しい振る舞いだぞ」

藤蔭は動じなかった。「誰が売国奴ですか。EL累次体こそ国を滅ぼす耄碌《もうろく》どもの集まりでしょう」

怒りがこみあげる。梅沢は藤蔭を突き飛ばした。藤蔭はふらふらと後ずさったが、すぐに踏みとどまると、平然とスーツの襟もとを正した。

ドアが開いた。官僚が駆けこんできて一同に呼びかけた。「危機管理センターへ急ぐよう、官房長官から指示が」

誰もがうろたえながら歩きだす。血圧が急激に高まったのかもしれない、梅沢はめまいをおぼえていた。ジャンボリー会場への武力攻撃。あってはならない事態だ。参加者が全滅してしまったらどうする。無事に脱出させるすべはないのか。

16

夜が白々と明けてきた。空がぼんやりと藍《あい》いろの光を帯びる。懐中電灯がなくとも、ジャンボリー会場内の凄惨《せいさん》な状況が、目に映るようになってきた。

結衣は凍《い》てつく雪原をゆっくりと歩いた。ほぼすべてのドームテントが破壊され、残骸《ざんがい》ばかりが散乱している。あちこちで参加者らがへたりこみ、うずくまり、嗚咽《おえつ》を漏らしていた。大泣きする声もきこえてくる。乱心したのか絶叫しつづける男もいた。どの顔も疲弊し、煤《すす》に黒ずみ、痣《あざ》や擦り傷だらけだった。ダウンジャケットや制服は泥まみれで、焦げたり破れたりしている。みな腕や脚に血が滲んでいた。

瑠那が歩み寄ってきた。表情を曇らせながら瑠那がいった。「東ブロックの負傷者は十一です」

「そう」結衣は小声できいた。「全体で四十七？」

「一万二千人が参加してるジャンボリーですから……。被害が最小にとどまったかと」

「ありえない」結衣は周囲を眺め渡した。「地上を機銃掃射して、ひとりも死者がでてない。なのに警備員はひとり残らず蜂の巣にしてる」

「プレハブ小屋にいた当直の実行委員も、おそらく全員死亡でしょう。なぜこんなことに？」

あのグライダーがオスプレイ編隊に先駆け、露払いのごとく奇襲したのだとすれば、意味不明な作戦としかいいようがない。警備員はさすまたしか装備していなかったのに、ガンシップ化したオスプレイの火力に先んじて、グライダーによる一掃など不必要だ。偵察任務だったとも思えない。

結衣はつぶやいた。「あのグライダーは死ね死ね隊じゃなかった。むしろ死ね死ね隊の襲撃前にみんなを逃がそうとした。警備を皆殺しにしながら、参加者には当たらないように機銃掃射し、ただちに退散するよう仕向けた」

瑠那が眉《まゆ》をひそめた。「ならグライダーはわたしたち参加者の守護天使ですか?」

「まさか。ジャンボリーの運営を大量虐殺する奴が善人のはずない。ここの警備員も実行委員も、みんなEL累次体とは無関係だったでしょ。わたしもEL累次体の名簿のすべてを記憶してるわけじゃないけど、ひとりとして顔写真が載ってたおぼえがない」

「ですよね……。あくまで文科省主催のイベントで働いてただけの人たちでしょう」

「こっちは記憶にあるでしょ」結衣はさっき拾った物を瑠那に投げ渡した。

焦げ痕《あと》のついたカード。操縦士技能証明書とある。三分の一ほどは燃えて失われていたが、氏名と生年月日の表記は残存する。二十八歳、顔写真はパンチパーマで目つきの悪い男だった。

「あー」瑠那が神妙にうなずいた。「屋宜馨《やぎかおる》。特徴的な名前だから記憶に残ってます。EL累次体の名簿にありました。顔にも見覚えがあります」

「グライダーの残骸と一緒に落ちてた。たぶんパイロット」

「EL累次体の一員ですか……。すると死ね死ね隊のオスプレイ編隊がジャンボリーを襲う前に、EL累次体が先回りし、参加者たちを追い払おうとした？」

「そんなふうに考えられるけど、なんだかどうも腑《ふ》に落ちない。あのグライダー、火炎放射だけで大爆発したでしょ」

「ええ、変ですよね。動力も燃料タンクもないグライダーなのに。大量の火薬を積んでたとしか……」

「参加者たちを全員逃がしたうえで、最後はなにかに突っこんで自爆するつもりだった」

「敵のオスプレイに体当たりする気だったんでしょうか」

「ガンシップの編隊にグライダー一機でぶつかっても、焼け石に水」

「たしかに……。エントランスのプレハブ小屋も標的じゃないですよね。オスプレイがあそこを砲撃で爆破したせいで、出口が塞《ふさ》がれちゃったわけだし。警備員がいなくなっても、参加者たちは物理的に外へでられなくなってる」

参加者たちを逃がしたがっていたグライダーが、会場の出口を塞ぐのは矛盾している。グライダーがプレハブ小屋を破壊する気だったとは考えにくい。

瑠那が難しい顔で髪を掻《か》きあげた。「雲英亜樹凪が受信した〝避難しろ〟のメッセージ……。ほんとにEL累次体からじゃなく、優莉匡太からだったんでしょうか」

「彼女がそういってるから信じるしかない」

「信じる？」瑠那が唖然とした。「冗談でしょう。なにを根拠に？　スノーバレーボールで助けてあげたら、感謝感激で抱きついてきたからですか」

「妹の皮肉は凜香で慣れた。だからそんなにむかつかない」

「……すみません。でも雲英亜樹凪のいうことは疑ってかかるべきです」

小走りに駆けてくる靴音があった。伊桜里が同じ班の唯愛と走ってきた。息を弾ませながら伊桜里がいった。「結衣お姉ちゃん、瑠那お姉ちゃん。あっちに怪我人が大勢……」

「行こう」結衣は歩きだした。瑠那と伊桜里、唯愛とともに、戦場そのものの雪原に歩を進める。どこも足の踏み場もないほど、群衆が密集し座りこんでいるあたり、ニュースで観る内戦地帯のようすを想起させる。

歩きながら結衣は瑠那にたずねた。「イエメンもこうだった？」

瑠那は首を横に振った。「戦地の難民キャンプよりはずっとましです。櫓《やぐら》の警備員以外に死体も見かけないので」

まばらに銃声がきこえてくる。周辺で地上戦が継続中らしい。自衛隊はいまのところ、死ね死ね隊がこの会場を攻めようとするのを、なんとか食いとめているようだ。結衣はささやいた。「遅かれ早かれここもそうなる」

「また血まみれ泥まみれですね。Y2Kファッションで原宿《はらじゅく》に繰りだせるのはいつになるやら」

伊桜里が明るくいった。「瑠那お姉ちゃんにその気があるなら、わたしいつでも案内するけど」

「ありがと。でもたぶん迷惑かけちゃうから」

「なんで？　瑠那お姉ちゃん、MBTIはなに？」

瑠那が呆《あき》れ顔を向けてきた。結衣は苦笑してみせた。伊桜里のあっけらかんとした態度は、連れの唯愛の不安げな面持ちと対照的だった。強心臓のみを鍛えさせた結果、伊桜里は特異なバランスの持ち主に育ちつつある。

和んだ空気もまた張り詰めてくる。行く手にはおびただしい数の軽傷者が、凍結した雪原にへたりこんでいた。それぞれのドームテントにあった救急箱の中身で応急処置したのだろう。頭や首に巻いた包帯は褐色に染まっていた。憔悴《しょうすい》しきった十代男女の群れがひしめきあう。

死者がでなかったにせよ、グライダーの乗員が本当に参加者をひとりも殺さないっもりだったかどうか、きわめて怪しい。結衣はそう思った。あの機銃掃射が、参加者らをただちに退避させる目的だったとしても、数名から数十名ていどの犠牲者はやむをえない、そんな考えだったのではないか。

同じ班の理瑚と花怜が近づいてきた。ふたりに怪我はなかったが、いまにも泣きだしそうな顔をしている。理瑚が震える声でうったえた。「みんな病院に行きたいのに、ここから先が……」

結衣は前方に目を向けた。雪原を埋め尽くす軽傷者の群れの向こう、東側の金網フェンスにゲートがある。夜中にゲートが閉鎖されたままになっていた。問題はさらにその奥だった。

ゲートをでて三百メートルほど先に、巨大な医療テントが存在する。けれどもいまは視認できなくなっていた。手前に数機のオスプレイが、ひとかたまりになって墜落しているからだ。

オスプレイの残骸《ざんがい》は医療テントの周りに、まるでバリケードを築くがごとく、ほぼ隙間なく横並びになっている。機首を雪原に突っこませていたり、両翼がもげて中央機体部分だけになっていたり、悲惨な壊れぶりだった。あちこちから炎と黒煙が噴きだしている。一帯は煙幕を張ったように濃霧に覆われていた。

参加者らがゲートをでられたとして、まっすぐ進まず大きく迂回《うかい》し、機体の残骸のわずかな隙間を縫っていけば、医療テントをめざせないこともない。けれども銃声が断続的に響いてくる。辺りには雑木林もひろがっていた。見通しの悪い危険な旅路になる。丸腰の負傷した十代男女らにとっては無謀でしかない。

結衣は小声で瑠那に問いかけた。「どう思う?」

瑠那が険しい表情になった。「こんなに墜落場所が集中するなんて変です。被弾したオスプレイのパイロットは、みんな必死に舵《かじ》を操縦し、わざとこの辺りに落ちたとしか」

「医療テントに体当たりしようとした?」

「かもしれません。オスプレイの墜落事故がよく問題になるのは、不時着しそうになったときの軟着陸が不可能だからです。重力にまかせて落ちるしかないため、どこかにぶつかろうとしても、目標から逸《そ》れがちになります」

「死ね死ね隊は医療テントを破壊しようとしてた……?」

「昨夜の戦闘から察するに、それだけが目的じゃないでしょう。エントランスのプレハブ小屋を砲撃したし、ジャンボリー会場も爆撃する気だったんです。でも医療テントを標的にしてたのはたしかです。気になるのは……」

「なに？」

「自衛隊のアパッチが、医療テントの近くでオスプレイを撃墜してることです。この状況を見るかぎり、アパッチのほうも医療テントの破壊を防ごうとしていません。ジャンボリー会場を守ろうとはしていても、医療テントは見捨てていたと考えられます」

いま政府閣僚の大半はEL累次体に占められている。岩淵防衛大臣もメンバーに含まれる。政府から自衛隊に下る命令は、すなわちEL累次体の意思そのものだった。EL累次体にしてみれば、日本の名誉を回復するための礎として、このジャンボリーはなんとしても成功させたかった。けれども優莉匡太の死ね死ね隊が襲おうとした。よってグライダーを突入させ、参加者らを追い払おうとしたのは、犠牲者を減らすための緊急手段だった。そこまでは推測できる。

だがどうも腑《ふ》に落ちない。グライダーが警備員を皆殺しにした時点で、また国際社会からの非難は避けられないではないか。優莉匡太という存在がありながら、危険な行事に大勢の十代を動員した、国の責任がまたも問われる。すなわち政府は汚名返上どころではなくなる。

自衛隊があくまで医療テントを守ろうとしなかったのも不可解だ。ジャンボリー会場と同じぐらい医薬品も死守すべきだろう。なのにその周辺で、容赦なくオスプレイを撃ち落とすとは、いったいどういう料簡《りょうけん》なのか。参加者の命を救いながらも、怪我人の治療は考慮しなくていい、そんな判断がありうるだろうか。

謎だらけだった。この戦闘の意図がわからない。優莉匡太のほうは、ただ大量虐殺だけが目的だとしても、EL累次体はなにを考えているのだろう。

結衣は瑠那にたずねた。「亜樹凪はどこ？」

「けさ早く、南のエントランス近くで見かけました。プレハブ小屋が瓦礫《がれき》の山になってしまい、その向こうから銃声が響くので……。ここと同じく誰も敷地外にでられないありさまです」

「そっちへ行ってみようか」結衣は歩きだした。

瑠那が歩調を合わせてくる。伊桜里は唯愛たち三人とともに、負傷者の包帯を替えるのを手伝っている。瑠那が結衣に目でたずねてきた。結衣は無言のうちに、伊桜里には好きなようにさせておけばいい、そう返事した。いまは怪我人の手当てにも人手が必要なはずだ。

また難民キャンプ然とした人混みのなかを歩いていく。瑠那がささやきを漏らした。「グライダーも最終的に医療テントへ突っこむつもりだったとか？」

自爆用に積んだ火薬の量からすれば、その可能性もおおいにありうる。ジャンボリー参加者たちを追い払ってから、医療テントに体当たり……。EL累次体と死ね死ね隊の双方が、医療テントの破壊をもくろんでいたというのか。

結衣はため息をついた。「馬鹿親父が意味もなく人を殺したがってるのはわかるけどさ。EL累次体もなんでジャンボリーなんか開催した？」

「馬鹿親父とはいい呼び方ですね。クソ親父まであと一歩です」

「亜樹凪がいるから馬鹿親父が攻撃を控えたって……。あの馬鹿親父がそんな約束する？　約束したとしても、鵜呑《うの》みにしちゃうEL累次体ってどうよ」

「納得いきませんね。亜樹凪の態度も解せません。優莉匡太と知り合いになっただけで、死ね死ね隊がジャンボリーを襲わないと、本当に信じてたんでしょうか」

昨夜のうろたえようから察するに、亜樹凪は本気で驚き、恐怖にとらわれていた。それまでは優莉匡太がジャンボリーを攻撃しないと確信していたのだろうか。

結衣にしてみれば、父にそんな約束を守らせること自体、まったく不可能としか思えない。我が子や愛人がいる場所でも、平気でサリンを散布しようとする男だ。父に背を向ければ、いつ撃ってくるか刺してくるかわからない。毒物混入の可能性が否定できない食事に、否応《いやおう》なしに口をつけねばならない。それが優莉匡太と一緒に暮らす日々だ。味方になったからといって安泰でいられるはずがない。

南のエントランス付近に着いた。やはり疲れ果てた十代男女がひしめきあい大混雑だった。さっきとはちがい、結衣を目にとめるなり、あきらかにぴりつく態度をしめす。歩いていくと、進路に座る少年少女が、あわてぎみにわきにどいた。

亜樹凪の姿は見あたらない。プレハブ小屋は瓦礫の山と化し、出入口を塞《ふさ》いでいる。むろん堆積《たいせき》した廃材の隙間を縫っていけば、ここも突破できないわけではない。ただしときおり銃声が轟《とどろ》く以上、誰もそんな動きはみせない。

六人の男が輪になってうずくまっていた。高等工科学校の不良どもだった。それぞれの顔があがり、結衣をまのあたりにしたとたん、憤怒のいろが浮かんだ。

リーダー格の佐津間が立ちあがった。「優莉！　こんなことになっちまったのは、やっぱりてめえのせいだろが！」

佐津間はすっかり取り乱していた。充血した目に涙を浮かべた佐津間が、結衣に挑みかかってくる。うわずった罵声《ばせい》を発し、左手で結衣の胸倉をつかみ、右のこぶしで殴りかかろうとする。

古い青春ドラマなら、あえて殴らせるくだりだろう。だが結衣にその気はなかった。左手をこぶしに固めると、満身の力をこめたアッパーで、佐津間の顎《あご》を突きあげた。

高々と舞った佐津間がもんどりうち雪原に落下した。

「こ」諏訪戸が顔面を紅潮させた。「このアマ！」

諏訪戸を含む五人が立ちあがり、結衣めがけ突進してきた。ほとんど泣き叫びながら身体ごとぶつかってくる。

馬鹿面ばかりで見るに堪えない。結衣は身体をひねると、猛然と後ろ回し蹴《げ》りを食らわせた。五人をひとり残らず吹っ飛ばす。

ばたばたと雪原に突っ伏した五人が、悶絶《もんぜつ》しながら嗚咽《おえつ》を漏らす。佐津間が身体を起こし四つん這《ば》いになると、大粒の涙を滴らせ呻《うめ》いた。「畜生！　てめえみたいな犯罪者がいるから、俺たちがこんな目に……」

瑠那の冷静なまなざしが見下ろした。「静かに。将来あなたたちは陸曹になる身でしょう。弱い者いじめに走ったり偏見にとらわれたり、恥ずかしくないんですか」

「うるせえ！　殺すぞ。自衛官になって銃を手にしたら、てめえらなんか……」

結衣は低くつぶやいた。「次に暴言吐いたら殺す」

佐津間が表情を凍りつかせた。ほかの五人も雪に体温を奪われたのか、みな血の気の引いた顔をしている。

周りがしんと静まりかえった。もう誰も目を合わせようとしない。唯一の例外は瑠那だった。瑠那は呆《あき》れた顔を向けてきた。結衣は視線を逸《そ》らした。ここに伊桜里が一緒にいれば、結衣の言動に悪影響を受ける懸念があるが、いまはそのかぎりではない。近くにいた中学生ぐらいの少年が瑠那に話しかけた。「あのう、杠葉さん。いったいなにが……」

瑠那は片手をあげ少年を制した。「しっ」

結衣も聴覚に集中していた。瓦礫の山の向こうで物音がしたからだ。銃器類の金属音に思えてならない。

そう思っていると、プレハブ小屋の瓦礫が、ふいに煙を噴きだした。灰いろの煙がたちまち立ちこめだす。十代男女らが動揺をしめし、次々に腰を浮かせ逃げだそうとする。

「静かに」瑠那が呼びかけた。「発煙筒の煙です。害はないから心配ありません」

煙が瓦礫の山を覆い尽くした。視界不良のなか人影が蠢《うごめ》く。何者かが突き進んでくる。ずんぐりしたシルエットから重装備だとわかる。アサルトライフルを手にしていた。少女たちの悲鳴が響き渡った。

ほどなく人影の全身が明瞭《めいりょう》になった。ヘルメットに迷彩服、防弾ベスト、チェストリグを身につけている。三十歳前後の男性だった。同じ装備が続々と現れる。みな銃口を下げていた。

先頭のひとりが穏やかな声を響かせた。「落ち着いてください。私たちは自衛隊です」

にわかに安堵《あんど》のざわめきがひろがる。歓喜の声もあちこちからきこえる。

佐津間ら六人がいっせいに顔を輝かせ、跳ね起きるや自衛官に駆け寄った。鼻血を拭《ぬぐ》うと佐津間が姿勢を正した。「高等工科学校二年、佐津間康生です」

自衛官が佐津間を見かえした。「ジャンボリーに参加してたのか。……鼻をどうした？」

「いえ……」佐津間が結衣のほうに目を向けた。

すると自衛官が視線を追うように結衣に向き直った。表情を硬くした自衛官が、ゆっくりと歩み寄ってきた。「報道で見た顔だ。だが名札がないな」

昨夜、結衣と瑠那は他人のダウンを拾った。いずれも名札がついていない。ジャンボリーが継続していればペナルティを受けるところだが、とっくにそんな状況ではなくなった。

自衛官がきいた。「優莉結衣さんか」

「はい」結衣は小さく応じた。

「特殊作戦群の山村庸介《やまむらようすけ》二佐だ」山村は瑠那に視線を移した。「きみは?」

「杠葉瑠那です」

山村がうなずいた。「渚伊桜里さんという子は……?」

「向こうにいます。東ゲート近くに」

「ふうん。無事なんだな」山村はそういうと踵《きびす》をかえし離れていった。ほかの自衛官らとなにやら言葉を交わす。

瑠那が懐疑のいろを浮かべている。同感だと結衣は思った。真っ先に結衣たち三人の安否をたしかめてきた。単なる出動命令を受けただけではない。やはりEL累次体の息がかかっている。

周りの十代男女らが固唾《かたず》を呑《の》んで見守るなか、山村二佐がもうひとりを連れ、ふたたび結衣の前に引きかえしてきた。

山村が同僚を紹介した。「彼は椎葉泰智《しいばたいち》三佐。与野木農業高校事件で地下サリンプラントへの突入作戦に参加した」

椎葉は山村よりふてぶてしい態度をしめした。「また会ったな。きみのほうは私の顔など知らないと思うが」

結衣は平然と応じた。「なら蓮實先生と一緒でしたか」

すると山村が代わって答えた。「蓮實はいま予備役で復帰してる」

驚きに胸が躍る。蓮實と詩乃のいるマンションは、死ね死ね隊の急襲に遭い、それ以降の安否が不明だった。

瑠那も昂《たか》ぶったようすで椎葉にきいた。「蓮實先生、無事だったんですか」

「武力攻撃のあった一帯に混乱が生じたが、無事が確認されてからは防衛医大病院にいた。奥さんも一緒だ。ふたりは入籍したからな」

「蓮實先生か奥様のどちらかが怪我を……？」

「いや。精神的疲労は顕著だったようだが、負傷はきいてない。死ね死ね隊による無差別テロが始まって以降、自衛官や警察官の治療は防衛医大病院でおこなわれている。蓮實のように家を失った隊員も収容される。厳重な警備下にあり安心だからだ」

「……オスプレイで襲ってきたのも死ね死ね隊ですか」

山村二佐がチェストリグのポケットをまさぐると、ワッペンらしき物をとりだした。それを差しだしつつ山村がいった。「横田基地でオスプレイをジャックし、操縦していた敵兵どもが、これを身につけてた」

瑠那が受けとった四角い胸章を結衣は眺めた。機械刺繡《ししゅう》された図版は、いかにも幼児の描いた元絵で、人形《ひとがた》に包丁が刺さっている。ＤＤＳという三文字が大書されていた。

結衣は鼻を鳴らした。「なつかし」

瑠那がきいた。「DDSって?」

「Die Die Squad。死ね死ね隊」

「ほんとですか?」

「この絵、六歳のわたしが描いた。父が子供全員に描かせて、わたしのが採用された」

当時から死ね死ね隊のロゴに使われていた。いまもまだ受け継がれているとは閉口するしかない。

佐津間が怒鳴った。「やっぱり優莉の仲間が攻撃してきたんだ。その女が手引きしたんだ!」

椎葉が咎《とが》める口調で制した。「黙ってろ」

「優莉匡太の娘がいる時点で危ねえと思った。いつも一緒にいる杠葉ってのも、たぶん妹かなにか……」

「いいから黙れ!」

緊迫した空気が漂う。誰もが無言のまま視線を交錯させた。結衣と瑠那に対しては、猜疑心《さいぎしん》に満ちたまなざしが投げかけられる。これもまた懐かしいと結衣は思った。高校生活はずっとこんな調子だった。

山村二佐が結衣を見つめた。「オスプレイ編隊がこのジャンボリー会場へ向かった時点で、攻撃目標としているのはあきらかだった。我々は追跡し、ここにいる参加者たちを守るため戦闘に入った」

結衣はしらけぎみにつぶやいた。「グライダーからは守ってくれませんでしたけど」

「グライダー？　知らんな。とにかくいまは死ね死ね隊と野戦状態になってる。敷地内に侵攻しようとする敵に対し、この周辺のあちこちで一進一退の攻防だ。会場内の被害状況は？」

「幸い参加者に死者はでていませんが、負傷者が多くいるんです。東側のゲートが閉ざされてるうえに、医療テントまでは遠くて」

山村がうなずいた。「医療テントは確保せねばならん重要な拠点だ。我々と死ね死ね隊、どちらもまだ到達できていないが」

「……医療テントが重要ですか？」

「当然だろう。しかし厄介だ。なにしろ双方とも、数人ずつの細かいユニットに分断され、出会い頭の戦闘が発生する状況だからな。戦力が拮抗《きっこう》し、なかなか医療テントに近づけん。こっちの道路沿いは我々が押さえたが、ほかは流動的だ」

佐津間が不満げに抗議した。「まってください。なんでそんな奴らに事態を説明してるんですか。俺たちにしてくださいよ。高等工科学校の生徒なんですから」

「そのとおりだ」山村が佐津間に向き直った。「きみらを部隊に編入する。医療テントまで進撃し、死ね死ね隊より先に占拠する」

六人はいっせいに及び腰になった。諏訪戸がへらへらと笑いつつ異議を申し立てた。「で、でも兵力はあの……。ここだけでも何人もおられるようですし……」

椎葉が遮った。「医療テントまで進むには複数回の戦闘が予想される。おそらく消耗戦になる。我々の頭数も減る。できるだけ味方がほしい」

「だけど僕らはまだ……」

「自衛官でなくとも、特別職国家公務員にあたる自衛隊員だろう！　いまは国家の非常事態だぞ」

佐津間もすっかり怖《お》じ気づいていた。「お、応援を呼ぶことはできないんですか」

山村が仏頂面で首を横に振った。「応援はもう来られるだけ来た。日本各地でなにが起きるかわからないため、これ以上の増員は望めん。だが我々はきみらを得た。装備を支給する。知識が足りないところは教える。準備しろ」

うろたえる六人が別の自衛官にいざなわれ遠ざかっていく。椎葉が瑠那に目を向けた。「長期戦になる。我々はここから頻繁に出入りすることになると思う。敷地内を基地として使う。水や食料はあるか」

瑠那が醒《さ》めた顔でプレハブ小屋の残骸《ざんがい》に目を向けた。山村や椎葉らはそちらを振りかえった。事情を察知したように、自衛官らが表情を曇らせた。

ほぼ飲まず食わずの持久戦になりそうだ。結衣は辺りを見まわした。雪を溶かし水にしただけでは飲めない。塵《ちり》や不純物が多く含まれている。煮沸による殺菌が必要になる。ストーブや灯油はどれぐらい残存しているだろう。

椎葉が歩み寄ってきた。声をひそめ椎葉が結衣に告げた。「蓮實はきみが信用できるといってた。俺にいわせればとんでもない話だ。銃にはいっさい触れさせない。おとなしくここにいろ」

結衣の返事をまたず、椎葉は険しい表情のまま背を向けた。思わずふんと鼻を鳴らし、結衣は周りに目を向けた。

両手で頭を抱えうずくまる十代男女の群れがある。このジャンボリー会場には約一万二千人もいる。列をなしてぞろぞろと逃げだせるとは思えない。どうやってみなの命をつなげばいい。

自衛官らが会場内まで撤退してきたからには、死ね死ね隊に押されていると考えるべきだ。敵の包囲網は確実に狭まってきている。結衣にしてみれば不可避にして必然的な状況だった。父が大量虐殺の機会を逃すはずがない。

17

六十六歳の矢幡嘉寿郎総理は、緊急帰国を余儀なくされた。

政府専用機のボーイング777は午前八時三十七分、羽田《はねだ》の滑走路に着陸した。ジャパニーズ・エアフォース・ゼロゼロワンのコールサインがあった以上、その機体に矢幡が乗っていて当然だった。

だがそのころ矢幡は、すでに羽田の要人専用通路を抜け、第二ターミナルの車寄せに向かっていた。待機する大型セダンはレクサスではなく、現行型の日産シーマだった。周りには総理大臣を注視する人の目もない。矢幡は後部座席に乗りこんだ。

前後のクルマもめだたないワンボックスカーだった。SPは信頼できる面々で固めている。いまシーマの助手席で振りかえったのは、角刈りにいかつい顔つきの三十代後半、錦織清孝《にしきおりきよたか》警部だった。

錦織がいった。「あえて下の道を行きます。綱島《つなしま》街道から中原《なかはら》街道、荏原《えばら》から高速にあがり、わざわざ湾岸《わんがん》線からレインボーブリッジ経由で、総理官邸へ向かいます」

「ということは武蔵小杉を通るわけか」矢幡はシートの背に身をあずけた。「皮肉だな」

「いまではもうかえって安全です。誰も総理がそんな道を選ぶとは思いませんから」

「ルートは漏れてないんだな？」

「さっき私がきめました。指示はいまからだします。誰も事前に知るはずがありません」

ドライバーがシーマをゆっくりと発進させる。先行する護衛のワンボックスカーに対し、右左折の直前に無線で指示が送られる。これだけ用心深く移動するのは、政情不安定な国のトップと相場がきまっている。残念ながら日本もそこに当てはまってしまった。

矢幡はつぶやいた。「捜査一課長の坂東君が亡くなったとか。残念だな」

錦織が深刻な面持ちになった。「彼の無念は晴らします。総理、ジャンボリー会場が危機的状況におちいったいま、迅速な対応が必要です。岩淵防衛大臣は特殊作戦群を出動させ、ジャンボリー参加者を守らせていますが……」

「ああ、わかってる」矢幡は遠くに視線を向けた。「むしろ事態の悪化すら懸念される」

優莉家の子供たちからEL累次体の名簿を提供された。そこに岩淵防衛大臣の名もあった。というより梅沢前総理以下、閣僚の大半がメンバーに加わっているではないか。

忸怩《じくじ》たるものを感じつつも、彼ら全員をいきなり更迭するわけにはいかない。謀反が起きれば国政に支障をきたす。懲罰をあたえようとすれば報復されるかもしれない。それでは泥沼の争いになる。

敗戦直後の日本と同じだ。玉虫いろの政権の舵《かじ》とりを担いつつ、少しずつ人事を刷新していき、閣内を浄化していかねばならない。根気の要る作業だった。とりわけ現在のような非常事態下ならなおさらだ。

矢幡は錦織にいった。「さっきホワイトハウスから電話があった。大統領がオスプレイ大量奪取に遺憾の意をしめしている。在日米軍に出動を命じられるともいっていたが……」

「優莉匡太の死ね死ね隊はジャンボリー会場を包囲しています。現地の特殊作戦群は劣勢ですが、ＥＬ累次体とつながっています。複雑な状況ですし、へたに刺激できません。約一万二千人の若者が犠牲になります」

「だろうな……」

「参加者の保護者と関係者は、東京ドームを待機所としています。宿泊希望者には近隣のホテルを無料開放中です」

「そちらの名簿はあるか」

「官邸に用意してあります」錦織が真顔で見つめてきた。「ジャンボリー参加者のなかに、優莉結衣と杠葉瑠那、渚伊桜里の名が」

「なに？」矢幡は驚いた。「現地にいるのか」

「ええ」錦織が憂鬱《ゆううつ》そうにうなずいた。「またしても優莉匡太の子供たちが、血で血を洗う修羅場に身を置いてます。警察としては手をだせないのがもどかしい」

ついこのあいだまでの異常事態においても、優莉の子供たちは最後まで屈することなく、矢幡を匿《かくま》いつづけた。政府に魑《ち》魅魍魎《みもうりよう》が跋扈《ばつこ》する複雑怪奇な状況下で、矢幡が総理に復帰できたのは、まさしくあのきょうだいのおかげだ。

父親が国を滅ぼそうとしている。子供たちはそんな父親に抗《あらが》いつづける。どれだけ苦しく悲しい運命なのだろう。架禱斗の死だけでは解放されなかった。すべての元凶たる優莉匡太に打ち勝たねば未来はない。だがそれ以外にも懸念すべき連中がいる。

「錦織」矢幡は低い声で告げた。「官邸に着いたら、梅沢たちから目を離すな。不穏な動きがあれば逐一報告しろ。ジャンボリーにはきっとなにかある」

18

ジャンボリー会場が地獄と化してから六日が過ぎた。

約一万二千人の難民然とした十代男女が、廃墟《はいきょ》のなかで生存しつづける。いたって静かだった。当初は泣いたり喚《わめ》いたりする声が響き渡ったが、いまは誰もが沈黙している。動きまわる人影もごく少ない。大半が雪原で火を囲んで座り、身動きひとつしなかった。空腹をしのぐにはそれしかないからだ。

正午過ぎ、太陽は高く昇っている。陽射しは脆《もろ》いが晴天の日は貴重だった。結衣は各班をめぐり、火を起こす作業を手伝った。

懐中電灯の貴重な豆電球を割るわけにはいかない。ほかのやり方をとるべきだった。カバーを外すが豆電球ではなく、その周りの反射板をとりだす。反射板の真んなかに紙縒《こよ》りを挿しこみ、太陽に向けておく。

反射板のなかは千度以上の高熱になる。紙縒りは凹型反射鏡の焦点にあるため、ほどなく火がつく。ほかの紙類か廃材に燃え移らせ、雪水の煮沸に使う。

乾燥しきった顔の少女が、ありがとうとつぶやいた。表情にはなにも浮かんでいない。火を起こす結衣には、すなおに感謝が告げられる。優莉匡太の娘としての憎しみが失《う》せたというより、深い事情など考えてはいられない、みなそんな境地のようだ。極悪人の世話にはならないと突っぱねるのは、この環境下では無意味な行為だった。誰もが思考停止し、覇気なくただ生きつづけるしかない。

瑠那と伊桜里も一日じゅう、会場内を転々としながら、似たような作業に従事している。金網フェンスの外で銃撃音がこだましても、もう悲鳴もあがらなくなった。みな雷のようなものととらえている。直撃すれば命に関わる災難だが、遠くで鳴るぶんには聞き流せる。かといって音が近づいたとき、どうにかできるわけでないところも、落雷と同じといえる。

ドームテントは軒並み潰《つぶ》れていたが、代わりに雪でかまくらをこしらえてある。これも結衣や瑠那が作業を手伝った。要領がわかってからは建築方法を参加者らに広めた。いまはもう誰もが自発的にかまくらを作り、崩れかけた場合は修繕する。なかに火があれば暖かい。寒い夜に風をしのげるだけでも、明日を生きられる公算が高まる。

自分の班に割り当てられた居場所へと戻りつつ、結衣は空を見上げた。戦闘空域になったせいで、原則として飛行機が頭上を横切ることはない。ただしかなりの高高度に、ときおり飛行機雲を見つける。偵察用の無人機《UAV》が投入されているのだろう。とはいえ自衛隊の増援はないようだ。

UAVはとっくに飛び去ったらしく、機体は広い空のどこにも見あたらない。どうでもよかった。注目すべきは飛行機雲そのものだ。上空の大気が乾燥していれば、飛行機雲はすぐ見えなくなる。いま十分以上経ったが、まだ飛行機雲は消えていない。大気の湿度が高いとわかる。千キロほど西で低気圧が雨を降らせている。低気圧が接近してくるスピードを、仮に時速五十キロとすれば、二十時間後に雨が降る。

結衣は西側フェンス寄り、かつて寝床にしていたドームテントの残骸《ざんがい》に近づいた。いちど潰れてしまったものの、支柱のいくつかを復元し、テントの屋根を一メートルほど浮かせてある。側面はがら空きだった。

屋根の下では雪と土を浅く掘っておいた。穴底に廃材を投げこんだ。懐中電灯で起こした火を、穴のなかに燃え移らせる。

飛行機雲が消えないときは、翌日の雨に備え、こうして屋根の下に火を起こしておく。地上の湿度が高くなると、容易に火がつかなくなるため、いまのうちから燃やす。

定期的に廃材を継ぎ足し、けっして火を絶やさないようにする。

結衣はテントのわきにしゃがんだ。鉄パイプを火かき棒代わりに、揺らぐ炎を搔《か》きまわした。ふと自分の膝小僧《ひざこぞう》に視線が落ちる。ストッキングの伝線が著しいだけでなく、あちこち破れている。両膝とも露出したうえ、皮膚が擦りむけていた。

参加者はみなダウンジャケットの下に制服を着ている。女子はスカートだが、いまは大半がジャージの下を穿《は》いていた。結衣はそうしなかった。ここの指定ジャージはポリエステル繊維だ。もし戦闘が始まったら、石油を原料とするポリエステルは燃えやすく、火傷《やけど》のリスクが増大する。静電気が発生しやすいのも好ましくない。火薬に接触したとき小爆発が起きる恐れがある。

おかげでこの極寒のなか、ほとんど素足で過ごす羽目になった。瑠那と伊桜里もそうしている。思えば高校事変もずっとスカートだった。脚に生傷が絶えない。

あんな異常な日々は卒業したかに思えた。ところがまだ毒親の支配下に置かれているとわかった。独立は幻だ。幼少期に父の支配から自力で脱したわけではなかった。父が死刑になり解放された、そう思いこんでいただけだ。やはり毒親との対決は避けられない運命なのか。みずからの手で毒親を撃ち倒さないかぎり、子は人生を獲得できない。

背後に金属音をきいた。人の立つ気配がある。男の震える声がいった。「動くな」

結衣はしゃがんだまま振りかえった。数メートルの距離を置き、高等工科学校のひとりが、アサルトライフルの銃口を向けている。佐津間や諏訪戸の仲間だった。名はたしか尾浪承平《おなみしょうへい》。垂れ目で頼りなさそうに見えるが、いまはひとりで結衣の背後をとっている。

とはいえ尾浪の顔は極度に緊張していた。アサルトライフルを持つ手も震えている。怯《おび》えの感情が顕著だった。身勝手な単独行動にでている、その自覚もあってのことだろう。

午後から出撃があるときいた。特殊作戦群の自衛官から銃を渡されたとたん、真っ先に結衣のもとに来たらしい。結衣はため息をつき、金網フェンスの外に顎《あご》をしゃくった。「敵はあっちでしょ」

「うるせえ」尾浪がうわずった声を響かせた。「優莉。いまぶっ殺してやる」

近くに座りこむ十代男女が、いっせいに腰を浮かせ退散していく。結衣はしゃがんだままの姿勢だった。前方の火に向き直り、鉄パイプで廃材を掻き混ぜる。あるていど炎が大きくなった。結衣は鉄パイプの先を火のなかに押しこんだ。

「おい」尾浪の声が飛んだ。「こっちを見ろ。シカトしてんじゃねえぞ、国賊のクソ女」

「やめとけって」

「なに？」

「さっさと消えなよ。山村二佐に怒られねえうちに」

「ふざけろ！　自衛官がなにをいおうが知ったことかよ。俺たちはてめえにむかついてんだ。てめえの脳天に風穴を開けてやる。俺は無事に家に帰……」

てのひらに感じる鉄パイプの熱さが限界まで上昇した。結衣は上半身をすばやく横方向に振った。鉄パイプ内部の空気が膨張し、手前側の口から砲弾に似た物体が撃ちだされた。塡《は》めこんであった石が勢いよく飛び、尾浪の顔面を直撃した。呻《うめ》き声とともに尾浪がのけぞり、鼻血を噴きあげる。アサルトライフルの銃口は大きく上方へ逸《そ》れた。

結衣は弾《はじ》けるようにダッシュし、瞬時に距離を詰めるや、アサルトライフルをつかんだ。銃のストラップを肩にかけていたせいで、引っぱると尾浪の体勢が元に戻った。すかさず結衣は銃尻《じゅうじり》で尾浪の胸部を殴った。アサルトライフルを真上に投げることで、ストラップの輪を尾浪から抜きとる。もう一方の手に握った鉄パイプを、フィリピン棒術の要領で縦横に振り、尾浪の全身を滅多打ちにした。とりわけ火のなかに突っこんでいたほうの、焼けるほど熱くなった先端部で叩《たた》きのめす。直立状態のまま痙攣《けいれん》した尾浪が、脱力とともにばったりと倒れた。

アサルトライフルは強化プラスチック製のハチキューだった。コッキングして俯角《ふかく》に構え、足もとの尾浪に銃口を突きつける。尾浪は鼻血まみれの顔をひきつらせ、仰《あお》向《む》けのまますくみあがった。

周りから金属音が複数きこえた。山村二佐の声が怒鳴った。「よせ！」

結衣は視線をあげた。自衛官らが駆けつけている。椎葉三佐のほか数名のアサルトライフルが結衣を狙っていた。

緊迫した空気が漲《みなぎ》る。周りの十代男女がさらに広範囲へと散っていった。結衣に銃口を向けるのは、特殊作戦群の自衛官らにかぎられる。佐津間や諏訪戸らは、支給された銃を手にしたものの、ずっと後方でおどおどしている。

駆けてくる人影がふたつある。瑠那と伊桜里だった。はっとしたようすでふたりが足をとめた。

山村二佐が呼びかけた。「優莉。銃を捨てろ」

結衣は指示に応じなかった。「武装させたんならきっちり教育しといてよ」

尾浪の単独行動がどんなものだったか、山村には察しがついたらしい。苦い表情で山村がいった。「今後はきちんと命令に従わせる。いいから銃を置け」

足もとの尾浪から視線を外せば、たぶん結衣の足首をつかんでくる。前もって対処しておくにかぎる。結衣は片足で尾浪の喉《のど》もとを強く踏んづけた。尾浪が窒息に悶《もだ》えだした。

自衛官らに動揺がひろがった。山村二佐が駆け寄ろうとする。結衣はすばやく山村にアサルトライフルを向けた。椎葉たちが血相を変え、結衣を狙い澄まし威嚇してくる。だがもう結衣が山村に銃口を向けている以上、誰も発砲できない。山村は凍りついた表情で静止した。

椎葉が怒りをあらわにした。「優莉！　馬鹿な真似はよせ」

「出撃しないの？」結衣はきいた。

「きょうはこれから出撃するところだ」

「わたしも行く」

「なに!?」

「瑠那も同行する。銃を貸してあげて。予備のマガジンは二本」

椎葉が歯ぎしりした。「優莉。戯言《ざれごと》につきあってる暇はない」

「どっちが戯言？」結衣は椎葉を見つめた。「敵が死ね死ね隊なら、高等工科学校の生徒より、わたしが行ったほうがいい。向こうの出方がわかる」

戦場で結衣がどれぐらい動けるか、与野木農業高校に突入した特殊作戦群の一員には、いちいち説明せずに済む。もっとも椎葉がどのように答えようが、結衣はでかけるつもりだった。

椎葉は拒絶してきた。「もってのほかだ」

瑠那が口をはさんだ。「きいてください。怪我人の症状は日に日に悪化してます。ストレス障害とみられる症状も多くみられ、栄養失調も深刻です。医療テントには薬のほか、非常食もあるかもしれません。この人数の安全を確保するには、医療テントまでの道を拓《ひら》かないと」

山村が首を横に振った。「この六日間、毎日のように出撃したが、敵の銃撃に阻まれる。百メートルも行けん」

「だからって素人同然の生徒を連れて行っても全滅するだけです。誰も帰ってこなくなって、結局わたしたちが行くことになります」

遠くから佐津間が苦々しげにいった。「俺たちは嚙《か》ませ犬だってのか」

結衣はつぶやいた。「それ以下。やられ役のモブ」

絶句する佐津間らを一瞥《いちべつ》した山村が、渋い顔で瑠那に向き直った。「我々の出撃が無駄になるときめつけるな」

「なら周りにききましょう」瑠那が声を張った。「みなさん報道でご承知のとおり、高校事変の主役、優莉結衣さんが行ったほうがいいと思う人」

遠巻きに見守る十代男女が、戸惑いがちに顔を見合わせたのち、いっせいに手を挙げた。

「ほら」と瑠那が微笑した。

山村はしかめっ面になった。「いいや。民間人を武装させるわけには……」

視界の端に動きがあった。結衣はとっさに反応した。西側の金網フェンスの外、白い人影がいくつか蠢《うごめ》いている。銃口がこちらに向けられたのを目にとめた。

結衣はアサルトライフルを三点バーストで銃撃した。敵がトリガーを引く前に、狙いどおり脳天を吹き飛ばした。

十代男女らは悲鳴とともにうずくまった。自衛官らも身構えた。フェンスの向こうの敵に気づいた椎葉たちが、とっさにフルオート掃射を開始した。白い人影がさらに二体、前のめりに金網にぶつかったのち、仰向けに後方へ倒れた。

衝撃が静寂のなかに尾を引く。結衣は息を呑《の》んでいた。

白い人影の敵兵。自衛官らが敷地外で交戦した死ね死ね隊は、みなこういう服装なのか。実際この距離からも、白い人影の胸に、例のワッペンが縫いつけてあるのがわかる。

なぜ化学防護服で全身を覆っているのだろう。素材はおそらく特殊防護フィルムとポリプロピレンの複合生地だ。フードをすっぽりとかぶり、顔はゴーグルで覆い、呼吸用のマスクを装着している。放射性粉塵《ふんじん》や感染性物質から完全に保護されるレベルだ。そちらを重視したのか、ヘルメットや防弾ベストを装着していない。

白い化学防護服を血で真っ赤に染めた、そんな死体が三つ、見える範囲内に転がる。そこかしこで少女たちが卒倒する。ひさしぶりに嗚咽《おえつ》を耳にした。

自衛官らは顔面を硬直させていた。椎葉三佐が唇を噛んでいる。とうとう敵兵がジャンボリー会場に肉迫してきた。結衣がいち早く気づかなければ、いまごろここに死体の山が築かれていた。そのことを椎葉も痛感したのだろう。

山村二佐がため息とともに命じた。「彼女たちに装備を」

椎葉三佐は目を瞠《みは》った。「まさか……」

「いいから杠葉瑠那にも銃を渡せ」山村は血染めのフェンスを一瞥した。「もう交戦した」

納得いかなげな椎葉が結衣を睨《にら》みつける。ただし椎葉はなにもいわず立ち去りだした。自衛官らが揃って遠ざかっていく。佐津間や諏訪戸ら五人の生徒は、腰が引けたようすでたたずむばかりだった。

結衣はようやく片足を浮かせ、尾浪を解放した。雪上を転がった尾浪が、苦しげに激しく咳《せ》きこんだ。

瑠那と伊桜里が歩み寄ってきた。伊桜里が心配そうな面持ちで、結衣の手にしたアサルトライフルを眺める。蚊の鳴くような声で伊桜里がきいた。「行っちゃうの？」

「まあね」結衣はマガジンを外すと残弾をたしかめた。「責任を持って死ね死ね隊を根絶やしにする。ワッペンのデザイナーだし」

19

日が傾いてきた。低く張ったテント屋根の下、地面を浅く掘った穴底が、囲炉裏のように燃えている。結衣は瑠那とともに、火の周りであぐらをかいて座り、出撃準備を進めていた。

支給されたアサルトライフルが、それぞれの手もとに一丁ずつ。拳銃《けんじゅう》は渡されなかった。手榴弾《しゅりゅうだん》の類《たぐ》いもない。携帯武器が不足している以上、みずから補充しておかねばならない。

近くのテントを駆けずりまわり、使えそうな物をもらってきた。結衣のいじるナイフは、外見に特別なところはないが、知る人ぞ知る風変わりな機構を備える。

瑠那は結衣の手もとをのぞきこんだ。「それWASP《ワスプ》ナイフですか？」

「そう」結衣はうなずいた。ワスプ・インジェクション・システム社製。ダイバーが鮫《さめ》に襲われた場合の護身用として携帯する。

ナイフの柄にCO_2ガスいりの小型ボンベを内蔵。柄の側面にトリガーもついている。刃の先端近くには小さなガス噴出口がある。ふだんはふつうのナイフとして使えるが、いざというとき鮫を刺し、トリガーを引き絞る。鮫はCO_2ガスで膨張し、水面に浮かんでいき、行動不能に陥る。

瑠那がいった。「ユーチューバーがスイカを破裂させる実験動画ばかりに使われてますよね。ここへの持ちこみが許可されるなんて」

「警備員がワスプナイフを知らなかったんでしょ」結衣はナイフの柄から小型ボンベを取り外した。「ガスが噴出する刃物を禁止する法律は、いまのところ日本にない。所持自体は罪にならない」

ただし高圧ガス保安法の容器保安規則で、最高充塡《じゅうてん》圧力は低く定められている。

むろん法律など守るつもりはない。結衣はプレハブ小屋の瓦礫《がれき》のなかから見つけた、携帯型医療用酸素ボンベを連結した。CO_2ガスの代わりに高圧酸素ガスをいっぱいに注入しておく。

瑠那のほうは消火器を空っぽに分解していた。ハンドルを外したうえで、代わりに自転車の空気入れのノズルを装着する。ジョイント部分にしっかりビニールテープを何重にも巻く。

結衣は酸素ボンベを瑠那に押しやった。「あんたも使うでしょ」

「はい」瑠那は高圧酸素ガスを、がらんどうの消火器に注入した。「この容積ならかなり入ります」

もうひとつ作っておくべき物がある。ドームテントの天井の骨組、長さ約六十センチの湾曲した棒状の鉄板は、形状が日本刀に近い。つまり日本刀に改造できる。刃となる側を研いで薄くしたうえで、ゴムから切りだした柄を片端にかぶせる。ゴムの内部の空洞には、自転車の空気入れからガスを注入する。可燃性のLPGだった。柄には使い捨てライターを這《は》わせ、ビニールテープでとめておく。

瑠那がきいた。「クソ親父から受け継いだ知識ですか」

結衣はうなずいた。「あんたが育ったイエメンとちがって、銃刀法が厳しい国だからね。ホームセンターで売ってる物で、どれだけ殺人兵器が作れるかが、大人たちの腕のみせどころだった」

「優莉匡太が友里佐知子とつきあいだしてからは、本格的な武装が可能になったんですよね」

「そう。だけどその後も、こういう貧乏半グレの知恵は、いろんな局面で重宝した。アメリカならスーパーマーケットで銃弾が買えるけど、日本じゃ供給が難しいし。こういう日用品の大量買いなら警察にも怪しまれない」

「なんだか楽しそうですけど」

結衣は鼻を鳴らした。「ずっと試されてる気がする。どこでどんな手を使えば、一歩でもお父さんのもとに近づけるか」

「もちろん捕まる以外の方法で近づくんですよね？」瑠那の表情が曇った。「凜香お姉ちゃん、無事だといいですけど」

「だからこそ早く近づきたい」結衣は思いのままをつぶやいた。「凜香を早くお父さんから引き離さないと、また心が優莉家の子供に染まりきる」

「優莉匡太はどんなふうに子の支配を……」

伊桜里が身をかがめながらのぞきこんだ。「結衣お姉ちゃん。亜樹凪さんが」

瑠那が口をつぐんだ。結衣は平然と作業を続行した。

亜樹凪が戸惑いを感じさせつつ、テント屋根の下に潜りこんできた。「おひさしぶり……」

炎に照らされた亜樹凪の顔は、以前よりやつれていた。頬骨が張りだしている。疲労感に満ちたまなざしでうつむき、亜樹凪がぼそぼそといった。「わたしも同行したい」

結衣はきいた。「なんで?」

「死ね死ね隊の現地指揮官は知り合いかも。会えたら攻撃中止を要請してみる」

瑠那が無愛想な態度をしめした。「遠足じゃないんでご遠慮願います」

亜樹凪がむきになった。「わたしなら説得できる。こんなことが起きるはずがないんだから」

「こんなことってなんですか」

「きいて」亜樹凪が声をひそめた。「EL累次体は国家の名誉挽回《ばんかい》のため、このジャンボリーを開催した。無難に終わる可能性のほうが高かった。だからわたしは参加をきめた。飛び級の権利を獲得したかったの。留年してるし」

「ダブったわりには日暮里高校を欠席しすぎでしょう。内申書に響きますよ」

「茶化さないで!」亜樹凪が結衣に向き直った。「わたしはあなたのお父さんに頼んだ。ジャンボリーには手をださないでくださいって。匡太さんの返事は……」

「気が変わらないうちはそうしてやる」結衣はいった。

亜樹凪が面食らったようすできいた。「ど、どうして知ってるの……?」

父のむかしからの口癖だった。結衣は首を横に振った。「大勢の十代が一か所に集まって、平和の祭典みたいなことをしていれば、父が死ね死ね隊を投入して当然。好きなだけ血を見られるし」

「でも匡太さんは約束してくれたのよ。わたしがいる以上は攻撃しないって」

「現状はまるでちがう。父はここにいる参加者を殲滅《せんめつ》しようとしてる。そのなかにあんたが含まれていても」

亜樹凪が言葉を失ったようすで黙りこんだ。救いを求めるように目を泳がせる。結衣は見かえさなかった。亜樹凪はまだ信用できない。優莉匡太という人間を知る立場にありながら、約束を鵜呑《うの》みにするとは考えにくい。

集団の靴音がきこえた。山村二佐の声が呼びかけてくる。「優莉。杠葉」

テント屋根のすぐ外に、迷彩服の足もとが揃って立ちどまっている。結衣はワスプナイフと手製日本刀を、それぞれ革を縫って自作した鞘《さや》におさめ、ダウンジャケットの下に隠した。瑠那も消火器にストラップベルトをくくりつけ、片方の肩に背負った。いずれもアサルトライフルを手に、夕空の下へ這いだす。

　フル装備の山村二佐と椎葉三佐のほか、自衛官五名が整列している。ほかに佐津間や諏訪戸、尾浪ら六名の高等工科学校生徒が、緊張に身を小さくしながら居並ぶ。生徒らもヘルメットと防弾ベストを身につけ、アサルトライフルを携えていた。

　山村が結衣にきいた。「防弾ベストは？」

「動きにくくなるからいらない」

「だろうな。行くぞ」山村が歩きだした。椎葉が結衣を一瞥《いちべつ》しながらつづく。隊列が東ゲート方面へと進んでいく。

　結衣も瑠那を目でうながし、隊列に歩調を合わせた。ダウンの下の手製日本刀がずしりと重い。瑠那は肩にかけた消火器を軽々と運ぶ。実際そちらの中身は酸素だけでしかない。

　亜樹凪がすがるように追いかけてきた。「結衣。お願い……」

　武装もない足手まといを同行させられない。結衣は伊桜里にいった。「亜樹凪の世間話につきあってあげて」

　伊桜里と亜樹凪が足をとめる。周りのかまくらから十代男女がでてきて、無言で結衣たちを見送る。特殊作戦群と高等工科学校、優莉姉妹が黙々と歩く。足並みの揃わない死の行進。行く手に道は拓《ひら》けるだろうか。

20

上空を厚い雲が覆う。雪もちらつきだしていた。特殊作戦群が電動カッターの火花を散らし、東側ゲートの施錠部分を切断した。開いたゲートの外へでてから、鎖を巻き南京錠をかけておく。

ジャンボリー会場内にも、数名の自衛官が居残り、約一万二千人を守ることになる。あきらかに人手が足りていないが、山村二佐は自衛官七名で行くときめたようだ。

完全武装の七人が分散しながら、裸木の密集する森林地帯へ歩を進めていく。行く手にはオスプレイの残骸《ざんがい》が複数立ち塞《ふさ》がる。めざす医療テントはその向こうだった。

高等工科学校の六人がその後ろにつづく。ダウンジャケットに防弾ベストを重ね着し、アサルトライフルを携えている。佐津間が不安げに問いかけた。「もっと遠くから迂《う》回《かい》したほうがよくないですか」

山村二佐が振りかえらず応じた。「一長一短だ。道のりが長くなれば、それだけ敵との遭遇率が高まる。他方こうしてショートカットを選べば、戦闘は熾烈《しれつ》を極めるだろう」

尾浪がぼやいた。「どっちにしろ地獄じゃねえか」

瑠那は結衣とともに最後尾を歩いていた。アサルトライフルを手にするものの、防弾ベストは身につけていない。ジャンボリーの制服にダウンを羽織っただけだ。いざというときこのほうが動きやすい。

四方から銃撃音がほぼ絶え間なくこだまする。視界のなかでオスプレイの残骸が大きくなってきた。そのぶんだけ撃ち合うノイズも音量を増しつつある。東側ゲートからわずか三百メートルていど。特殊作戦群と死ね死ね隊、双方が医療テントをいまだ占拠できずにいるという。すなわち医療テント周辺の戦闘が、どれだけ激化しているか予想がつく。

結衣がささやいた。「瑠那。どのユニットも医療テントの占拠をめざしてる。ひとりやふたりでは突入しない」

「でしょうね」瑠那は応じた。「あるていどの戦力がひとかたまりになって、医療テントへ進軍するつもりです。でなきゃ占拠とは呼べません」

「わたしたちふたりだけはちがう。とにかく医療テントに入りこんで情報を得る」

「なにか情報がありそうですか」

「死ね死ね隊が化学防護服だし」

「そうですね。特殊作戦群も死ね死ね隊も、医療テントを焼き尽くそうとしてたみたいだし……」

先頭の椎葉三佐が振りかえった。「おい！　移動中の私語は……」

重い銃声が轟《とどろ》き、椎葉の首から血飛沫《ちしぶき》が舞った。ゴーグルのなかで白目を剝《む》いたのがわかる。重装備の椎葉が倒れた。特殊作戦群の自衛官らは、とっさに左右へと散開した。瑠那と結衣もその場に伏せた。だが高等工科学校の六人は、怯《おび》えた声を発し棒立ちになった。たちまち機銃掃射が襲った。不良生徒六人のうち、尾浪を含む四人は、赤いペンキの詰まった風船が破裂したかのように、雪原に大量の血液を飛び散らせた。

結衣が伏せたまま、両手で周りの雪を掻《か》き集め、自分の身体を埋めようとしている。瑠那もそれに倣った。銃撃音が一方からではなく、周囲のあらゆる方角からきこえるからだ。

自衛官らは気づくのが遅れたのか、片膝立《かたひざだ》ちの姿勢で応戦したため、次々と背後からの銃撃の餌食《えじき》になった。山村二佐ともうひとりの自衛官が、木立へと逃げこむのが見えた。高等工科学校のほうは、佐津間と諏訪戸のふたりが生存し、わめきながら周りに乱射していた。しかし敵が姿を現さないうちに、どちらも頭部を吹き飛ばされた。頭骨の欠片《かけら》と脳髄を散乱させ、顔面を失ったふたりがほぼ同時に倒れた。

瑠那のなかで疑惑が膨れあがった。まったく無謀な自殺ルートではないか。そもそも医療テント周辺は激しい戦闘区域なのだから、当然といえば当然の結果だった。ここを突破できると考えた理由はどこにある。

リーダー格の山村二佐は、こちらを振り向きもせず、木立のなかを遠ざかっていく。連れの自衛官は負傷したらしく片足をひきずっていた。山村はそんな相棒を庇《かば》おうともしていない。

雪上を駆けてくる複数の足音がきこえる。五時の方向にいた敵勢は、山村を追おうとしているようだ。足音が距離を詰めてくる。気配がごく近くまで迫った。

瑠那は即座に仰向《あおむ》けになり、背を浮かさないままアサルトライフルをフルオート掃射した。眼前にいた死ね死ね隊の化学防護服を薙《な》ぎ倒す。五人の胸部を撃ち抜くや、瑠那はうつ伏せの姿勢に戻った。まだほかにも敵兵が迫っているのは知っていた。発砲した瑠那に気づき、まっすぐこちらへ向かってくる。しかし敵勢は結衣の待ち伏せに想像が及んでいない。いまになって仰向けに転じた結衣が、ぎりぎりまで引きつけた敵の群れを三点バーストの連続で狙撃《そげき》した。至近のユニットをたちまち全滅させた。

ふたりの位置が周囲にばれたのは明白だった。結衣と瑠那は跳ね起き、オスプレイの残骸をめざし、ジグザグに雪上を突っ走った。威嚇射撃はしなかった。敵陣が前方に限定されていない以上、発砲はなんの意味も持たない。けたたましい銃撃音が鼓膜を破ろうとする。移動する標的に対し、狙いは徐々に定まってくる。どれぐらい弾が近くを飛んでいるかは、風を切る音でわかった。まだ余裕がある。瑠那は走りつづけた。あと少し。スナイパーライフルとおぼしき銃声がきこえる。もうすぐ狙いが定まる。

瑠那が前方の雪原に飛びこんだとき、結衣が跳躍するのを視界の端にとらえた。姉妹で考えが共通している。さっきまでふたりがいた場所の雪が、着弾に激しく噴きあがった。一斉射撃を食らうタイミングを、間一髪ふたりとも脱した。

オスプレイの残骸はもう目の前だった。墜落した機体がほぼ垂直にそそり立っている。起きあがったふたりは機体の陰をめざし突進した。壁状の向こうにまわりこめば、少なくとも一方向からの銃撃はしのげる。ただしそれは敵にとっても同じだ。遮蔽《しゃへい》になる場所にはきっと、いずれかの勢力が潜んでいる。敵と考えておくに越したことはない。

予想は的中した。行く手に化学防護服の集団が躍りでるや、至近距離から銃撃しようとする。一瞬早く瑠那と結衣がフルオート掃射した。

立ち塞がったユニットを殲滅《せんめつ》したとき、ふいに伊桜里の叫び声がきこえた。「瑠那お姉ちゃん！」

はっと息を呑《の》み、瑠那は視線を走らせた。オスプレイの残骸の狭間《はざま》を、化学防護服のユニットが移動中だった。囲まれている人質はふたり、なんと伊桜里と亜樹凪だった。亜樹凪が悲痛な声を発した。「助けて！」

伊桜里と亜樹凪がこちらを見ているため、化学防護服がいっせいに向き直った。まずいと瑠那は思った。まだ距離がある。隠れられる場所がない。

ところが結衣はいつしか敵の懐に飛びこんでいた。自作日本刀を引き抜くと、柄から噴出するLPGに着火したらしく、突如として刃に炎が走った。結衣はファイヤーソードを振りまわし、周囲の化学防護服の喉《のど》もとを次々と切断した。炎が酸素ホースの内部に入りこみ、化学防護服のマスクが片っ端から爆発していった。

燃え盛る刀を手にした結衣に、化学防護服の群れはパニックを起こした。伊桜里と亜樹凪を残し、蜘蛛《くも》の子を散らすように逃げだす。だが本気で遠ざかるつもりがないことは明白だった。あるていど距離をとって散開すると、振り向きざま結衣を銃撃しようとする。瑠那はその動きを読んでいた。人質が近くにいなければ容易に狙いを定められる。アサルトライフルを掃射し、化学防護服の敵勢を瞬時に片付けた。

小競り合いの音は周囲一帯に反響した。さらなる敵勢が大挙して押し寄せてくる。結衣は火の消えた日本刀を放りだし、伊桜里と亜樹凪に避難をうながした。

瑠那は呼びかけた。「こっち！　急いで！」

四人でオスプレイの残骸《ざんがい》の狭間を抜け、医療テントをめざし走る。行く手に白く巨大なドームテントが見えていた。四方八方から化学防護服が押し寄せてくる。特殊作戦群の迷彩服はいっこうに見かけない。

ほかの三人を先に行かせ、瑠那はオスプレイの残骸を振りかえった。消火器を肩から下ろし、ノズルを仰角にし残骸へと向けた。

オスプレイの燃料タンクは、主翼内の左右にそれぞれ四つ、スポンソン前部の左右にもひとつずつある。だが狙うべきは主翼の最も外側、エンジンへの燃料供給用、フィードタンクだった。大部分は一二・七ミリの徹甲弾が貫通しないかぎり、燃料漏れを起こさない設計だが、瑠那は弱点をわきまえていた。

瑠那はノズルの根元をひねった。たっぷり高圧酸素ガスを溜《た》めこんだ消火器から、ノズル部分が勢いよく発射された。威力はロケットランチャーに匹敵する。消火器が反動で雪原に深々とめりこむほどだった。主翼の端のフィードタンクを撃ち抜いたとたん、静電気で火花が散り燃料に引火した。巨大な機体は一瞬にして炎に包まれた。強烈な熱風が押し寄せる。大爆発にともなう衝撃波が輪となってひろがり、轟音《ごうおん》が雪原を揺るがし、視界のすべてを吹き飛ばした。あらゆる方角から接近していた化学防護服の軍隊は、絶叫とともに炎のなかに呑まれ、身体ごと跡形もなく燃え尽きた。オスプレイの破片が無数に空高く舞いあがり、雪上に降り注いでくる。瑠那は身を翻すや避難した。

医療テントのエントランス付近で、結衣が伊桜里と亜樹凪を守り、周囲にアサルトライフルを向けている。瑠那はそこに駆け寄り合流した。振りかえるとオスプレイの残骸が複数砕け散り、雪原は炎の海と化していた。生き残りの化学防護服らが火だるまになり、蛸踊《たこおど》りのように両腕を振りかざしていたが、やがて力尽き突っ伏した。

耳鳴りがする。音が籠《こ》もってきこえた。聴覚が完全に戻るまで少し時間がかかる。瑠那はさすがに息を切らしていた。呼吸を整えながら伊桜里に向き直る。

瑠那はきいた。「こんなところでなにを……？」

伊桜里が怯えきった顔でささやいた。声がかろうじてききとれる。「亜樹凪さんが追いかけようっていうから、ゲートの外にでたら捕まっちゃって……」

結衣の尖《とが》ったまなざしが亜樹凪に向いた。同感だと瑠那は思った。瑠那はアサルトライフルの銃口を亜樹凪に突きつけた。亜樹凪がひきつった顔で両手をあげた。

「なぜですか」瑠那は油断なくいった。「死ね死ね隊が丸腰のふたりを見て、殺さず人質にとるなんてありえません」

「想像のとおりよ」亜樹凪があわてぎみに応じた。「死ね死ね隊に助けを求めたら、陣地まで連れて行ってくれるって」

「伊桜里を拉致《らち》しようとしたわけですね」

「ちがうってば」亜樹凪はいっそう泡を食いながら弁明した。「本当にあなたたちを追いかけてきたの。ひとまず死ね死ね隊を味方につけたのは、ここに来るまでのあいだ身を守らせるため」

「なんでそうまでして、わたしたちを追いかけてくる必要が?」

「結衣や瑠那と一緒にいたほうが安全にきまってるでしょ」

瑠那は思わず唸《うな》った。結衣と顔を見合わせる。亜樹凪はいったいどういうつもりだろう。伊桜里を一緒に連れだしたのは、敵意のなさを結衣と瑠那にアピールするためとも考えられる。だが死ね死ね隊をだましたというのなら、優莉匡太を裏切ったということか。到底信じられない。

疑問はほかにもある。瑠那は結衣にささやいた。「どうも変です。死ね死ね隊が弱すぎます」

「ええ」結衣がうなずいた。「数ばかり多かったけど、下っ端の兵隊ばかり。閻魔棒がひとりもいない」

「恩河日登美みたいな凄腕《すごうで》が姿を見せないのがふしぎです」

「なんで化学防護服なのかも」結衣は医療テント内に視線を向けた。「なかに入ればわかるか」

移動すべく瑠那と結衣が向きを変えたとき、いきなり人影が降ってきた。テントの屋根に潜んでいたのはあきらかだった。化学防護服ひとりが伊桜里と亜樹凪に襲いかかった。瑠那はひやりとした。敵はもう伊桜里の喉もとに手をかけている。

銃声が鳴り響いた。化学防護服の背に血飛沫《ちしぶき》が散った。瑠那は息を呑み振りかえった。

エントランスのわきに自衛官ひとりがへたりこんでいた。手にしたアサルトライフルの銃口から煙があがっている。化学防護服が倒れた。しかし自衛官のほうも力尽きたかのように突っ伏した。

瑠那は自衛官に駆け寄った。腕をつかみ仰向《あおむ》けにする。さっき山村二佐とともに避難した自衛官だった。片脚からの出血が激しく、真っ青な顔で絶命している。

別の人影が背後から襲撃してきた。瑠那は振りかえりもしなかった。結衣がすぐ近くにいるからだ。すかさず結衣が逆手に握ったナイフで、人影の喉もとを掻《か》き切った。

倒れた人影に瑠那は振り向いた。血だらけの山村二佐が息も絶えだえに横たわっていた。

結衣が冷やかに山村を見下ろした。「殺すつもりならもっと早くできたでしょ」

山村は口から血を噴きだした。今際《いまわ》の際に濁った声で山村がつぶやいた。「医療テントに着くまでは……。利用したかった」

ここに着いたらもう用なしというわけか。瑠那は詰問した。「なかになにかあるんですか。わたしたちに見られて困るようなものが」

わずかに表情を硬くした山村が、目を開けたまま静止画のように動かなくなった。呼吸が途絶えた。

高等工科学校の不良たちや、EL累次体の息がかかった特殊作戦群、いずれも全滅した。対立しながらも戦闘を通じて理解を深めあうとか、そんな青春小説めいた展開はなかった。現実はこんなものだ。友情を育《はぐく》んでもいなかった以上、哀愁もさして感じない。戦場はいつもこうだったと瑠那は思いだした。

ため息とともに結衣がナイフを振り、付着した血を飛ばした。「なかへ行くしかない」

「そうですね」瑠那はアサルトライフルのマガジンを外した。「残り三発です。結衣お姉ちゃんは？」

「もう弾は尽きてる。今後の弾の補給を考えれば、敵の死体から銃を奪ったほうがいい」

「賛成です」瑠那はさっき死んだ化学防護服に歩み寄った。

亜樹凪と目が合う。亜樹凪は化学防護服が投げだしたアサルトライフルを拾おうとしなかった。そのチャンスはあったはずだが放置した。伊桜里と身を寄せ合いながらへたりこんでいる。こっそり武器を奪わなかったからには信用できるのだろうか。いや、この怯《おび》えた顔も、いつもながらの三文芝居かもしれない。

敵のアサルトライフルはＦＮスカーだった。瑠那はそれを手にとった。「もう一丁必要ですね」

ふいに雪原から新たな化学防護服が跳ね起きた。敵のＦＮスカーが瑠那をまっすぐ狙い澄ましていた。またしても鳥肌が立った。瑠那はまだそちらに銃口を向けていない。

結衣がナイフを投げた。刃が敵の胸に突き刺さった。投げる寸前、ワスプナイフのトリガーを引いたらしい。化学防護服が急激に膨れあがり、ほぼ球体に近くなった。身動きがとれなくなった敵を瑠那は銃撃した。弾が当たるや、酸素が充満した化学防護服は爆発を起こし、青白い炎とともに消し飛んだ。熱風が吹き荒れたのち、静寂が戻った。雪原の陥没に、敵のアサルトライフルだけが残されていた。

ＦＮスカーを拾いつつ結衣がいった。「ナイフ投げでは致命傷なんかあたえられないけど、これなら有効だった」

瑠那は安堵《あんど》のため息をついた。「助かった……」

結衣はマガジンの装弾をたしかめると、エントランスのなかへ向かいだした。「気を抜かないで」

伊桜里と亜樹凪が結衣につづく。瑠那は山村の死体から手榴弾《しゅりゅうだん》を奪った。後方を警戒しつつ、最後に瑠那がテント内へ入った。

巨大テントのなかはまさしく病院のようだった。医療設備が充実している。機器類の電源が入っていた。おそらく自家発電装置があるのだろう。エコーが電子音を奏でる。ＭＲＩや全身用断層診断装置が唸っていた。ただしひとけはまったくない。全員避難したようでもある。

サーカスに似たドーム天井の内周には、キャットウォークが設けてあった。結衣が階段を上っていく。瑠那も結衣につづいた。

二階の高さに外をのぞける窓がある。雪原一帯が見渡せた。あちこちで戦闘が繰りひろげられている。ただし迷彩服が化学防護服を数で圧倒するのが視認できた。

結衣がささやいた。「あんたがさっきオスプレイごと吹き飛ばしたおかげで、死ね死ね隊がずいぶん減ってる」

「均衡が破られたみたいですね。ほどなく特殊作戦群がこっちへ押し寄せるでしょう」

「安心できない。自衛隊といってもEL累次体の命令に従ってる奴らだし。ここに来る前に情報を得ないと」

ふたりで階段を下りた。亜樹凪が声をかけてきた。「ねえ結衣、瑠那。あの辺り、なんだか気にならない？」

パーティションで仕切られた区画があった。ほかの医療設備とは趣を異にする。瑠那は慎重に歩み寄った。

強化ガラスに囲まれた狭い実験ブースが目に入った。隣接する倉庫と資料室、研究室。すべてを合わせてもたいした広さはない。

だがここでなにがおこなわれていたかを知れば、この空間の存在自体、まったく許されるものではなかった。

複数のモニターに映しだされた化学式に目を走らせる。ぞっとする寒気とともに瑠那はつぶやいた。「鶚酸塩菌《こうさんえんきん》……」

亜樹凪が驚きの声をあげた。「鶚酸塩菌？　報道できいたことがあるぐらいだけど……」

結衣が硬い顔になった。「致死率の高い病原体を使った生物兵器でしょ。遺伝子で発症者を限定できるっていう」

瑠那はうなずいた。「そうです。バシラス属に分類されるグラム陽性の芽胞形成桿《かん》菌《きん》で、炭疽菌《たんそきん》と同種ですが、バイオセーフティレベル4で毒性も感染力も最悪クラスです。特定の遺伝子を持つ少量の細胞を飲みこませ、半年ほど培養することで、以後はその遺伝子細胞の宿主のみを攻撃する細菌に変異させられます」

鶚酸塩菌はヒトや動物に空気感染していく。白血球の貪食《どんしょく》など、免疫機構による排除を逃れ、ほぼ一生のあいだ生体内に定着する。ただし変異していれば、該当する遺伝子細胞の宿主以外には作用しない。とはいえ当人だけでなく、遺伝子を受け継いだ子供も発症する。

感染後の潜伏期間は二十五日前後とされる。発症すれば体内での蛋白質《たんぱくしつ》の合成がストップし、細胞が増殖できず、急速に壊死《えし》していく。

瑠那はつづけた。「発症後は身体じゅうにイボができて、水ぶくれになり、抉《えぐ》れて潰瘍《かいよう》になり、窪《くぼ》んで黒く硬いかさぶた状になります。発熱と激しい頭痛をともない、数日のうちに衰弱死します」

冷凍庫の唸《うな》りが静寂に響く。結衣が表情をこわばらせた。「誰の細胞を標的にしてるの？」

「ここに表示されたゲノムデータを見るかぎり」瑠那は寒気をおぼえた。「わたしたちかと」

結衣の視線が伊桜里に向いた。伊桜里が真っ青な顔で結衣を見かえす。その不安げなまなざしが瑠那に移った。

しばし沈黙があった。結衣が小声できいた。「わたしたち……？」

「培養された鵠酸塩菌は、優莉匡太から採取した皮膚細胞を飲みこませてあるようです。優莉匡太本人のほか、父親から遺伝子を受け継いだ子供、わたしたち全員も発症します」

結衣の顔があがった。険しい目つきを別方向に投げかける。瑠那もその視線を追った。亜樹凪が凍りついた面持ちで立ち尽くしている。

「な」亜樹凪が後ずさった。「なに？　わたしは知らない。なにも……」

亜樹凪は身を翻し、逃走を図ろうとした。だが結衣が猛然と飛びかかり、亜樹凪の胸倉をつかむと、机の上に仰向《あおむ》けに押さえつけた。

憤怒を抑制する低い声を結衣が響かせた。「知ってたでしょ」

「なにを？」亜樹凪が必死の形相でもがいた。「わたしはジャンボリーに参加しただけ」

「不変の滄海桑田《そうかい》。この計画のことよね。歳月を経て世のなかが移り変わろうと、感染者の生体内に定着しつづける鶻酸塩菌の喩《たと》え。いかにもEL累次体のじじいどもが考えがちな、くだらないネーミング」

「か……勘ちがいしないで！　不変の滄海桑田って言葉、誰がいったか思いだしてよ。匡太さんが矢幡総理の声を偽装して下した命令でしょ。発言者は匡太さんよ。なぜ自分を殺す鶻酸塩菌の培養なんか命じるの」

「命令段階ではまだ標的はきめてなかったでしょ！　父はEL累次体に鶻酸塩菌の開発を進めさせただけ。友里佐知子にすら実用化できなかった生物兵器だから、まず完成させることが第一目標だった」

瑠那は歩み寄った。「そのとおりです。鶻酸塩菌は生物兵器禁止条約で開発不可だったため、各国での研究も不充分でした。ＥＬ累次体がここでの研究で実用化したんでしょう」

結衣が亜樹凪の喉《のど》もとを締めあげた。「知らなかったとはいわせない。鵠酸塩菌は摂氏五度以下の気温で爆発的に感染がひろまる。若い宿主を一万人以上、マスクなしで一ヶ月間も密集させれば、全員に定着する。以後は人生も長いため、宿主たちは全国津々浦々に散る。標的がどこに潜もうとも、いずれ死に至らしめられる」

亜樹凪が苦しげにじたばたと抵抗した。「全国には一億二千万人いるのよ！　一万二千人のジャンボリー参加者から、さらに感染が広がっても、標的に届かない可能性もあるでしょ」

「とぼけないでっていってるの！　もともとＥＬ累次体は矢幡さんを標的にするつもりだった。厳重な警備に守られる矢幡さんは、行き先さえ梅沢たちに伝えなくなった。暗殺は容易じゃない。でも鵠酸塩菌なら殺せる」

瑠那は衝撃を受けた。「ああ、そっか……。ジャンボリー参加者はみんな優秀な十代だから、数年のうちに一流企業や省庁に就職活動で関わる。おもに都内の、総理が足を運ぶ範囲内に、鵠酸塩菌の感染が広まります」

結衣がうなずいた。「矢幡総理があまりに早く死ぬと、また国連が紛糾する。ＥＬ

累次体にとってみれば、表向きジャンボリーを成功裏に終わらせたうえで、ひそかに鵺酸塩菌の宿主を散らしておけば、数年後に矢幡さんが謎の死を遂げてくれる。矢幡さんは子供がいないからほかに犠牲者もでない」

梅沢政権が復活するには理想的な筋書きだ。瑠那は腸《はらわた》が煮えくりかえる思いで亜樹凪を見下ろした。「大量虐殺を趣味とする優莉匡太が、ジャンボリー攻撃を控えた理由がこれだったんですね。本来は矢幡総理の暗殺計画だったからこそ、優莉匡太もあなたとの約束を守り、ジャンボリー攻撃を控えたんです」

ところがEL累次体はひそかに標的を優莉匡太に切り替えていた。どうりでジャンボリーに応募した結衣や瑠那、伊桜里が合格したわけだ。

優莉匡太の子供は、二十五日前後で発症し、その後間もなく死亡する。よって結衣たちは一か月のジャンボリー期間を満了せずとも、三週間で卒業認定が下ることになっていた。ジャンボリー会場内で死亡したのでは、参加者たちがパニックになるからだ。

ところが不変の滄海桑田計画において、真の標的が誰なのか、優莉匡太は正確な情報を得てしまったらしい。ただちに匡太は死ね死ね隊を動かし、オスプレイ編隊をジャックさせ、ジャンボリー会場の全滅を図った。たったひとりでも生存者がいたのでは、将来的に匡太が感染の危機に晒《さら》される。死ね死ね隊には化学防護服を着せたうえで、宿主をひとり残らず殺害するよう命令を下した。

ＥＬ累次体にとっては、ジャンボリー会場に死者がでたのでは、政府の権威失墜もいよいよ甚だしくなる。国連にも顔向けできない。だがそれ以上に重要なことがある。優莉匡太抹殺のための秘策を潰《つぶ》させるわけにいかない。

だからこそグライダーを先回りさせ、参加者らを追い払おうとした。多少の犠牲者がでようが、大半が生存し逃げ延びれば、いずれ都会を中心に感染は広まる。優莉匡太はどこかで死ぬか、日本人のいない海外へ逃亡せざるをえなくなる。ＥＬ累次体が特殊作戦群を派遣し、死ね死ね隊からジャンボリー参加者らを守ろうとしたのは、ただそんな理由だった。すなわち山村二佐らが命がけで守ってきたのは、優莉匡太を殺す鵠酸塩菌の宿主たち、それ以外のなにものでもない。

伊桜里の震える声がきこえた。「結衣お姉ちゃん、瑠那お姉ちゃん……。わたしたち、もう感染してるの……？」

瑠那は重苦しい気分でうなずいた。「当然でしょう」

結衣が憤怒をあらわにし、亜樹凪の胸倉をつかみあげ、壁際に突き飛ばした。後ずさった亜樹凪が、背を壁にぶつけ、ずるずると尻餅《しりもち》をついた。

亜樹凪が泣きじゃくった。「標的が変わったなんて知らなかった！　矢幡総理だと思ってた。匡太さんやあなたたちを殺そうとするなんて……」

不変の滄海桑田、鴟酸塩菌を使った暗殺計画を、やはり亜樹凪は承知済みだった。瑠那は亜樹凪に詰め寄った。「キラー・キナ。ＥＬ累次体の裏切り者で、優莉匡太の仲間。真実を知らなかったわけがありません」

「信じて！」亜樹凪は大粒の涙を滴らせ、大声でうったえてきた。「ジャンボリー自体は無難に終わるはずだった。死ぬのは矢幡総理だけのはずだった！　結衣。わたしはあなたに、匡太さんからのメッセージを見せたでしょ。〝避難しろ〟って……。わたしにとっては青天の霹靂《へきれき》だった。なんのことかわからなかった」

結衣は静かにささやいた。「それでも薄々事情に気づいたんじゃなくて？　鴟酸塩菌の標的が優莉匡太に変わった。だから優莉匡太がジャンボリーを襲おうとしてきた。そのくらいは想像できるでしょ」

「た、たしかに半信半疑だったけど……。結衣。お願いだからもう疑わないで。わたしは自分の将来をなんとかしたかったから、ここまでついてきたの。あなたのことが好き。友達になりたかった」

「お断り」

亜樹凪は床に突っ伏し、よよと泣いた。「お願いよ。わたしはあなたたちを失いたくない。匡太さんも……。わたしは優莉家の一員になりたかった。みんなと仲良く暮らしたかった」

凶悪犯揃いの殺人ファミリーに加わりたいと亜樹凪は望んでいる。屈折もここまで行くと異常の域だ。だがいま瑠那は亜樹凪にかまってなどいられなかった。

瑠那はいった。「結衣お姉ちゃん。ここのデータによると薬剤耐性遺伝子により、鵠酸塩菌を分析しても治療薬を特定できないようになってます」

結衣が暗い表情で応じた。「治療法なし。もう死は免れないわけね」

「ただし本来はグラム陽性桿菌《かんきん》なので、多くの抗生物質に感受性があります。万が一にもほかの遺伝子に反応し、優莉家の人間以外が発症してしまった場合に備え、専用の治療薬の化学式が、このデータベースに記録されてます」

「……作り方があるの？　でも調合には時間が……」

「そうです。細胞の培養を含むので、三か月から半年はかかります」

「二十五日前後で発症するのに、間に合うはずがない」

「でもごく少量の治療薬が製造してあるそうです。感染しても、発症前の初期段階に投与すれば、体内の鵠酸塩菌を死滅させられます。感染する前に打っておけば免疫ができ、完全に予防できるとも書かれてます」

「……ごく少量って、どれぐらい？」

「この記述によれば、わずか四ミリリットルだとか。容量一ミリリットルの注射器に小分けしてあって、いつでも打てるそうです」

「どこにあるの？」

モニターのひとつを瑠那は指さした。「保管場所として座標が地図に表示されてます。ただし本当にそこにあるかどうかは……」

地図に空撮写真が重ねてある。ジャンボリー会場の周辺は、人里離れた山々が連なるばかりだが、しめされた場所はそのなかだった。ここから三・五キロほど離れている。村落ではないが妙に開けていた。人の営みは皆無でも、不可解な形状の建物群跡が見える。廃墟《はいきょ》だろうか。

結衣がため息をついた。「あー……。これはテーマパーク。オウム真理教のサティアンが壊されたあと、旧上九一色村の復興のために作られた」

「テーマパークですか？　あ、ひょっとして……」

「そう。富士ガリバー王国」結衣が神妙につぶやいた。「わたしたちが生まれる前、二十年以上前に閉園になってる。まだ跡地があったなんてね……」

21

瑠那たちが外にでると、辺りはもう暗くなりかけていた。富士山麓《さんろく》の雪原を瑠那らは四人で進んでいった。銃声は断続的に響き渡るが、まだ距離を感じさせる。いずれ特殊作戦群が死ね死ね隊を掃討し、医療テントに迫るだろう。

特殊作戦群は医療テントに着きしだい、すべてを焼き払うにちがいない。もし死ね死ね隊が戦闘に勝利していた場合も、やはり同じことをしたはずだ。双方は当初から医療テントを破壊したがっていた。ＥＬ累次体は、鵠酸塩菌開発の証拠を葬るとともに、治療薬データの抹消を目的としていた。死ね死ね隊は、優莉匡太を標的にした鵠酸塩菌と宿主を、ただちに根絶せねばならなかった。

二大勢力の愚かな争いの狭間《はざま》で、瑠那たち三姉妹は鵠酸塩菌に感染してしまった。ジャンボリーの初日から、医療テントの世話になった参加者が会場に戻るたび、感染がひろまっただろう。三姉妹が感染を免れているとは到底思えない。開催後すでに十五日が経過している。二十五日前後に発症するとして、あと十日しか余裕がない。

雪のなか徒歩で三・五キロの旅はかなりの重労働だった。とりわけ伊桜里の体力の消耗が心配だった。亜樹凪もやたら休みたがり足を引っ張る。凍えそうに震える伊桜里が不憫《ふびん》で仕方がない。ときどき休憩しながら少しずつ進んでいった。戦闘の銃声からは徐々に遠ざかっている。特殊作戦群と死ね死ね隊は、あくまで医療テントにこだわりつづけているようだ。治療薬の在処《ありか》について、まだ情報を得ていないのだろうか。

積雪を踏みしめ、木立のなかを慎重に抜けていく。すっかり暗くなったころ、視界は急に開けた。

ここも金網フェンスが囲むものの、錆《さ》びついたうえにあちこち破れている。侵入は容易だった。降り積もった雪にタイル張りがのぞく。円形広場を囲むように、クラシックな洋館が建ち並ぶ。明かりひとつないどころか、建物の外壁には亀裂《きれつ》が走り、一部は崩れかかっていた。

瑠那は姿勢を低くした。周囲を警戒しつつ片膝《かたひざ》をつき、アサルトライフルをかまえる。白い息を弾ませ瑠那はきいた。「これがガリバー王国ですか」

「そう」結衣が瑠那の横に並び、銃身を水平に保った。「四年ぐらいしか営業しなかったって」

伊桜里は瑠那の背にすがるようにしゃがんでいる。結衣の背後には亜樹凪が身を寄せる。結衣にとっては不本意だろうが、いちいち苦言を呈したりはしない。

震える声で亜樹凪がささやいた。「サティアンの跡地に建ったたんじゃなかったの……?」

結衣が小さく鼻を鳴らした。瑠那は反応する気にもなれなかった。当時の報道を誤解した大人が、子の世代にもそのように吹聴したため、いまでも勘ちがいがひろがっている。オウム真理教のイメージを払拭《ふっしょく》するため、上九一色村が誘致したテーマパークではあるが、もとが教団の敷地だったわけではない。

瑠那はゆっくりと前進していった。ふいに雪原から複数の人影が飛びだした。びくっと反応し銃口を向ける。武装兵。特殊作戦群とは異なる装備だが見覚えがある。都内のあちこちに頻出した死ね死ね隊だった。

敵勢のアサルトライフルの狙いが定まる寸前、瑠那が一瞬早くトリガーを引き絞った。眼前の武装兵らを一掃するや、瑠那は怒鳴った。「走って!」

結衣が伊桜里の手を引き、雪原を建物群へと駆けていった。亜樹凪も必死で追いかける。すでに別の方角から銃撃音が響いてくる。瑠那はそちらに威嚇射撃しながら、結衣たちに併走した。

円形広場を突っ切り、洋館のひとつに結衣ら三人が駆けこんだ。瑠那は最後に入った。照明のない暗がりだが、ほどなく目が闇に適応してきた。ぼんやりと建物内が見渡せる。

埃《ほこり》をかぶった商品棚やレジカウンターが残されていた。土産物のショップだったとわかる。〝3D映像ゲゲゲの鬼太郎《きたろう》〟の看板が立てかけてある。この並びの建物のどこかで催されていたアトラクションだろう。富士ガリバー王国というテーマパークの迷走ぶりがうかがえる。

だしぬけに人影が結衣に飛びかかった。武装兵よりも小さい。結衣はアサルトライフルを縦にし、人影の蹴《け》りをブロックした。すると人影は後方に宙返りし、カウンターの上に片膝を立てる姿勢で着地した。

真っ先に驚きの声を発したのは伊桜里だった。「凜香お姉ちゃん!」

結衣が目を瞠《みは》っている。瑠那も衝撃を禁じえなかった。

黒のワンピースにダウンジャケットを羽織った、ぼさぼさ頭の少女だった。以前より痩《や》せ細っているが、まぎれもなく凜香だ。だがようすがおかしい。この暗がりでも顔面蒼白《そうはく》なのが見てとれる。目は真っ赤に充血していた。牙《きば》を剝《む》くように歯ぎしりするさまは、まるで狂犬病に冒された野生動物のようだ。

凜香は殺意に満ちたまなざしを瑠那に向けた。視線が結衣に移る。間髪をいれず凜香が結衣に襲いかかった。

結衣はアサルトライフルを向けたりはしなかった。手技と足技をすばやく駆使し、凜香の放つ矢継ぎ早の打撃を防御しつづける。

瑠那は駆け寄った。「凜香お姉ちゃん、やめて！　なんで結衣お姉ちゃんを攻撃するんですか⁉」

凜香が瑠那に向き直った。まったく加減を感じさせない蹴撃《しゅうげき》が瑠那に浴びせられた。瑠那は縦横に躱《かわ》したものの、凜香には隙がなく、距離を詰めるのは不可能だった。結衣が凜香を羽交い締めにしようとする。だが凜香は瑠那に蹴りを繰りだしながら、結衣には手刀を浴びせる。常識を超えた敏捷《びんしょう》さに、猛獣のような凶暴さまでが加わっている。ふたりがかりでもまるで手がつけられない。

一瞬でも気を抜けば致命傷を食らいそうだ。瑠那は全力で攻撃を回避しつつ怒鳴った。「やめてってば！　わたしたちがわからないんですか」

結衣が激しい攻防のなかでいった。「呼びかけても無理。たぶんヤク漬け状態で洗脳されてる」

凜香はいっこうに蹴りの威力を緩めようとしない。瑠那も回避行動だけでなく、手刀で凜香の足首を弾《はじ》き、攻撃を逸《そ》らさせた。哀感に胸を締めつけられる思いだった。優莉匡太にどんなひどい仕打ちを受けたのだろう。

建物のドアから武装兵が雪崩れこんできた。一斉掃射が始まる寸前、凜香は高く跳躍し、梁《はり》の上へと退避した。まるで猿のような身のこなしだった。しかし瑠那もすでに亜樹凪に抱きつき、カウンターの向こうへと飛んでいた。寸前に結衣が伊桜里を連れ、そこに転がりこむのを見たからだ。

凄《すさ》まじい銃撃に、たちまちカウンターの天板が粉砕され、木片が降り注いできた。奥に小さなドアがある。ドアの上辺はカウンターより低い。結衣がそれを押し開けた。なかへ伊桜里を誘導する。次いで亜樹凪を行かせた。結衣がカウンターから身を乗りだし、敵勢にフルオート掃射する。瑠那のための援護射撃だった。そう理解した瑠那は、ただちに小さなドアへ転がりこんだ。

コンクリート壁に囲まれた殺風景な通路だった。奇妙なことに通電しているらしく、オレンジいろの非常灯が点《つ》いている。

まだ銃撃音が響くものの、結衣もドアを抜け、通路内へと姿を現した。壁にもたれて座った結衣がマガジンを交換する。凜香の姿はなかった。

亜樹凪が心細げに辺りを見まわした。「ここは？」

結衣が応じた。「テーマパークのバックヤードでしょ。でも電気が通ってるからには、治療薬の保管場所が近い」

瑠那も同感だった。「外の敵はわたしたちがまだ、カウンターのなかに隠れてると思ってますね」

「いまのうち」結衣が立ちあがった。「急がないと」

四人は通路を駆けだした。あちこちに鉄筋コンクリートの廃材が放置してある。設備が解体半ばのせいだろう。

走りながら瑠那はいった。「洗脳だなんて……。凜香お姉ちゃんの意思を根底から曲げさせた？　不可能に思えます」

結衣がささやいた。「根底から曲げさせたわけじゃない。もともと凜香はわたしを恨んでる」

「まさか……。もう変わったはずです」

「心の奥底はそう簡単に変わらない。お父さんはそこを巧みに操ってる」

悲しみで胸が詰まってくる。瑠那はつぶやきを漏らした。「下っ端の死ね死ね隊ばかりが投入されたのは……。優莉匡太が側近を感染させたくなかったからですよね。でも凜香お姉ちゃんは化学防護服も着てない」

「ええ」結衣がうなずいた。「もう運命はわたしたちと変わらない。お父さんは凜香を二度と迎える気がない」

通路の突き当たりに金庫室のような鉄扉が見える。施錠用の回転ハンドルがついた鉄扉が、奥へと半開きになっていた。その向こうにも非常灯が点いているようだ。あれだ。瑠那の胸が騒いだ。おそらくあのなかに治療薬が……。

後方から銃撃が襲った。弾が壁を抉《えぐ》り、灰いろの粉末を飛散させる。結衣が伊桜里を庇《かば》い、瑠那は亜樹凪を伏せさせた。四人は廃材の陰に横たわり、かろうじて身の安全を確保した。

今度は瑠那が結衣を援護する番だ。身を乗りだしフルオート掃射する。暗い通路内が銃火に激しく点滅するなか、結衣が半開きの鉄扉に飛びこんだ。真っ先に結衣が突入したのは、室内になにがまっているかわからないからだ。

敵の攻撃がなおも苛烈《かれつ》を極める。武装兵ふたりが通路を突進してきた。瑠那はアサルトライフルのセレクターを単発に切り替え、床に伏せるや二度トリガーを引いた。武装兵らのゴーグルをそれぞれ撃ち抜く。目もとから鮮血を飛び散らせ、ひとりは仰《あお》向《む》けに、もうひとりは前のめりに倒れた。

「行って!」瑠那は怒鳴った。

物陰から伊桜里と亜樹凪が飛びだす。通路の果てからまたも銃撃が浴びせられた。伊桜里はすばやく身を翻したが、亜樹凪がまとわりついたため、ふたりは絡みあったままつんのめった。瑠那は援護射撃を続行し、敵を牽制《けんせい》しつづけた。伊桜里と亜樹凪が床を這《は》っていき、ようやく鉄扉の向こうへ転がりこんだ。

鉄扉に跳弾の火花が散る。弾が貫通するほどヤワではなさそうだ。遮蔽《しゃへい》に使える。瑠那がそう判断したとき、武装兵の群れが通路を駆けてきた。こちらが鉄扉に到達したのを見て、もはや一刻の猶予もならないと判断したらしく、半ば無謀な突撃を仕掛けてくる。

あるていど引き寄せたのち、瑠那は手榴弾《しゅりゅうだん》のピンを抜いた。右手でアサルトライフルを掃射しつつ、左手で手榴弾を投げた。武装兵らの足もとに閃光《せんこう》が走り、通路に爆風が吹き荒れた。この至近距離でも音の到達は光よりわずかに遅れる。凄まじい轟音《ごうおん》が耳をつんざいた。通路が地震のごとく揺れる。炸裂《さくれつ》する金属片を避けるべく、瑠那はいったん物陰に伏せた。

静かになった。敵の銃撃がやんだのを確認し、ゆっくりと身体を浮かせる。砂埃《すなぼこり》が立ちこめるなかに目を凝らした。

天井の梁が落下し、武装兵らが下敷きになっていた。通路が半分ほど塞《ふさ》がれた。敵の増援はあるだろうが、狭い場所を抜けるのには、多少の時間を要する。気休めていどの歯止めにはなる。

瑠那は鉄扉の向こう、未知の室内へ駆けこんだ。結衣と目が合った。伊桜里や亜樹凪を守り、アサルトライフルをかまえる結衣の姿が、オレンジいろの非常灯に照らされている。

それなりに広い空間だった。四方の壁はコンクリートで、そこかしこにアルミ製の棚が並んでいる。ほとんどの棚は空っぽだが、うちひとつには電子レンジに似た機器が据えてある。正面の扉はガラス張りで、内部がぼうっと明るくなっていた。電源が入っている。

薬品保管用の小型冷蔵ケース。長さ十センチほどの注射器が四本、なかに立ててあるのが見てとれる。四本とも容量一ミリリットルの注射器だが、おそらくひとりぶんの適量なのだろう、正確には満杯よりわずかずつ少ない。

これが鵠酸塩菌の治療薬か。幸いにも四人ぶんある。凜香を含む姉妹四人に、ちょうど一本ずつ注射できる。

結衣がささやいた。「瑠那、開けられそう？」

「まってください」瑠那は冷蔵ケースに歩み寄った。ひとまず手を触れることなく、慎重に観察してみる。「鍵穴《かぎあな》はないですね。施錠されていません。適正な低温状態で保管してあったようです」

「とりだしてもだいじょうぶ？」

「ええ」瑠那は把《と》っ手をつかむや引いた。扉は支障なく開いた。ひんやりとした冷気に手を差しいれる。注射器一本に両手を添え、慎重にケースの外へと運びだす。

そのとき頭上に鈍い音をきいた。瑠那ははっとして天井を仰ぎ見た。太いダクトが這っていた。換気用の通風口が、ほぼ真上に位置している。通風口の金属製カバーが外れ、勢いよく落下してきた。瑠那はとっさに躱《かわ》しながらも、自分の失敗を呪った。カバーを蹴破《けやぶ》った凜香が、重力まかせに瑠那に襲いかかった。互いの頭をしたたかに打ちつけ、ふたりは揃って転倒した。注射器が瑠那の手から投げだされた。

凜香に胸倉をつかまれながらも、瑠那は床を転がる注射器を目にとめた。よかった、割れてはいない。

だが注意をほかに向けたせいで、凜香に強烈な頭突きを食らった。手刀が連続し浴びせられる。姉を殴りかえせない。瑠那は反撃できず防御一辺倒になった。

結衣が駆け寄ってきて凜香に抱きつき、瑠那から引き離した。なおも凜香は結衣の腕のなかで暴れている。結衣が怒鳴った。「伊桜里、注射器を拾って！」

伊桜里が床を転がる注射器に近づく。ところがそのとき、もうひとつの人影が猛然と走り寄り、注射器をすくいあげた。

瑠那は愕然《がくぜん》とした。その人影は亜樹凪だった。さっきまでのしおらしい態度はどこへやら、鍛えた筋力を駆使し、鉄扉へ全力疾走していく。

半開きの鉄扉から通路へと、亜樹凪の後ろ姿が消えた。ただちに亜樹凪の叫ぶような声がきこえる。「優莉姉妹は四人ともなかにいる！　殲滅《せんめつ》して！」

複数の靴音が反響する。敵兵の群れが扉の外に迫っているようだ。結衣が駆けだした。最初の武装兵が足を踏みいれかけたとき、結衣が鉄扉に体当たりし、力ずくで閉じようとする。武装兵は扉と壁に挟まれ、苦痛の呻《うめ》きを発しつつもがいた。

瑠那は呼びかけた。「結衣お姉ちゃん！」

結衣が鉄扉を押さえながら応じた。「瑠那、注射して。伊桜里と凜香にも」

冷蔵ケースに残る注射器は三本。瑠那は戸惑った。「でも……」

「いいから！　わたしのぶんは亜樹凪の手から取り戻す」

脈拍が早鐘のごとくせわしなく打った。たしかに鶴酸塩菌となれば、治療薬の投与は一日でも、いや一秒でも早いほうがいい。二十五日前後での発症は平均値だ。特定の遺伝子に有毒化する鶴酸塩菌は、感染の初期段階から症状が現れるかもしれない。皮膚にイボができ始めたら終わりだ。

瑠那はケースから一本の注射器をとりだした。乱心の凜香にまず注射すべきか。しかし凜香は夜叉《やしゃ》の形相で駆け寄り、身体ごとぶつかってきた。瑠那はまたしても転倒した。床に跳ねた注射器が転がりながら遠ざかる。

音から察するに割れにくいガラスでできている。瑠那が注射器を追おうとしたとき、凜香が馬乗りになってきた。背後から首を絞められそうになり、瑠那はとっさに投げ技を放《はな》った。凜香を背中から床に叩《たた》きつける。

ケースに残る注射器は二本。結衣はまだ鉄扉を閉じきろうと苦戦している。凜香がよろよろと起きだすまで間があった。救える命から救わねばならない。瑠那は伊桜里にいった。「腕をだして」

伊桜里が袖《そで》をまくった。肘関節《ちゅうかんせつ》の内側、静脈に注射針をあてがう。ただちにプランジャを押しこんだ。注射器のなかにあった液体がすべて伊桜里の体内に入った。伊桜里は痛そうに顔をしかめたが、それも一瞬のことで、すぐに目をぱちくりさせた。心なしか血色がよくなったように感じる。

結衣は鉄扉に挟まれた武装兵の息の根をとめた。死体を室外へ叩きだすべく、鉄扉をわずかに開けた。ところが通路にはさらなる敵兵の群れがひしめきあっていた。結衣はあわてぎみに鉄扉を叩きつけ、ハンドルを回転させ施錠した。鉄扉の向こうで激しい銃撃音が響く。弾はいまのところ貫通してこない。

瑠那は冷蔵ケースに残る最後の注射器を手にとった。凜香が距離を置き、いまにも飛びかからんと隙をうかがってくる。瑠那は凜香を牽制しつつ、急ぎ結衣のもとへ走った。注射器を差しだし瑠那はうながした。「結衣お姉ちゃん、打って」

「あんたが先に打ってよ」

「わたしは平気です。あと一本が床に転がってます」瑠那は結衣に注射器を手渡そうとした。

結衣は注射器を受けとったものの、いきなり瑠那の上腕をつかんだ。息を呑《の》んだときには遅かった。瑠那の袖をまくり、結衣が注射針を突き立てた。

焦った瑠那は手を振りほどこうとした。「なにを……」

「じっとして！」結衣は瞬時にプランジャを押しこみきった。

やっと瑠那が結衣の手を逃れたとき、もう治療薬はすべて注射されていた。瑠那は茫然《ぼうぜん》と結衣を見つめた。結衣の穏やかなまなざしが見かえした。この姉は瑠那の命を優先させた。

言葉を交わすより早く、凜香が両手で冷蔵ケースを振りあげ襲いかかってきた。瑠那は後方に飛び退いた。結衣がすばやく身体を回転させ、凜香の襟の後ろをつかんだ。冷蔵ケースを床にたたきつけた凜香が、結衣から逃れようともがく。歯茎を剥《む》きだしにし唸《うな》るさまは、まるで野人だった。

瑠那も凜香に飛びついた。凜香が激しく身をよじっている。鉄扉の外側に跳弾の音がこだましつづける。敵勢が通路に押し寄せている以上、もう鉄扉は開けられない。亜樹凪はすでにかなり遠くまで達しただろう。もう逃げおおせたにちがいない。

亜樹凪め。優莉匡太のために治療薬を持ち帰る、その目的で同行したのか。鵠酸塩菌の標的が、矢幡から匡太に変わったことに、やはり亜樹凪は気づいていた。感染前に治療薬を打てば免疫ができ、完全に予防できる。亜樹凪は優莉四姉妹のうち、ひとりが助からなくなるのを承知のうえで、匡太に尽くそうとしている。

この室内にたった一本残る注射器を、伊桜里が拾った。瑠那と結衣はふたりがかりで凜香を取り押さえた。暴れる凜香の背後に伊桜里が近づく。けれども注射器の打ち方がわからないらしく、伊桜里は途方に暮れながらたたずんだ。

凜香は背後に頭突きを食らわせた。後頭部が伊桜里の顔を強打した。伊桜里は後方に飛ばされ尻餅《しりもち》をついた。またも注射器が床に転がった。全力で蹴《け》りを繰りだしてくる凜香は手に負えない。瑠那も結衣も、いったん凜香から距離を置かざるをえなくなった。

立ちあがった凜香は顔面蒼白《そうはく》で、目が真っ赤に染まっていた。猛獣のごとく殺気に満ち、凜香が歯ぎしりした。「結衣……。ぶっ殺してやる」

「やめて！」瑠那は切実にうったえた。「凜香お姉ちゃん。正気に戻ってください」

「ぶっ殺してやる！」

結衣が凜香を見つめた。「わたしを殺せば満足なの？　瑠那や伊桜里には手をださない？」

「てめえなんか死ね！」凜香が踏みこみ、結衣との間合いを詰めるや、殴る蹴るの攻撃を矢継ぎ早に浴びせた。

殴打を手で弾《はじ》き、蹴りを躱しつつも、結衣はしだいに部屋の隅に追い詰められていった。おかしいと瑠那は思った。結衣の動作が鈍りがちになっている。凜香の打撃を何発か食らった。反撃しないと心にきめているにしても、結衣にここまで隙が生じることはありえない。

まさか鵠酸塩菌か。少しずつ結衣の身体が蝕《むしば》まれているのか。

瑠那は最後の注射器を拾った。「結衣お姉ちゃん！　治療薬を打ってください」

結衣が凜香の蹴りを左右に躱しつつ、低い声で応じた。「亜樹凪を追いかけて取り戻す」

「まだそんなこといってるんですか⁉　ここから脱出するのもままならないのに、亜樹凪なんかもう捕まえられません。あの女はもう迎えのヘリのなかでしょう。治療薬はこれしかないんです」

伊桜里が悲痛な声でうったえた。「結衣お姉ちゃん、いうとおりにして!」

結衣は凜香の猛攻に対し、防御ばかりに終始していた。「それなら凜香に……」

凜香は絶え間ない打撃と蹴撃《しゅうげき》とともにわめいた。「てめえらはいつもそうだ! 結衣姉に味方しやがる。どうせわたしはひとりだけ置き去りだろが。結衣! てめえがみんなを操ってやがる。てめえのせいでわたしは……」

「あんたを見捨てたりしない」

「ふざけろ! わたしを殺そうとしたくせに。沖縄でも原宿でもあざ笑いやがって。なんでいつもてめえなんだよ。どうしていつもてめえばっかなんだよ!」

凜香は目に涙を溜《た》めていた。瑠那は愕然とした。同い年の姉のなかにある、胸が張り裂けそうなほどの孤独感を、いま自分のことのように感じた。

「殺せよ」凜香が殴る蹴るの連続攻撃で結衣を圧倒しだした。「殺してみろってんだよ、わたしを。この卑怯《ひきょう》な極悪人が!」

姿勢を低くした凜香が結衣に足払いをかけた。ふだんなら結衣は跳躍し、難なく躱《かわ》せるはずだ。だがいま結衣の反応は一瞬遅く、激しく転倒してしまった。仰向《あおむ》けになった結衣に、凜香がすかさず飛びかかる。

殺される。瑠那は駆け寄った。「結衣お姉ちゃん！　この注射器を打って！」

床に倒れたまま結衣と凜香が激しく絡みあった。結衣の左手が注射器をつかみとった。凜香が結衣から奪いとろうとしたが、結衣は転がり距離を置いた。

目を剝き凜香が罵《ののし》った。「畜生！　最後の最後まで、このクソ姉……」

ところが結衣は瞬時に踏みこんだ。抱きつくや凜香の袖をまくり、上腕に注射針を突き刺した。

時間が静止したようだった。ふたりの動きはとまっていた。伊桜里が嗚咽《おえつ》に近い声を漏らした。瑠那も衝撃とともに立ち尽くすしかなかった。

凜香はまだ白い顔に赤い目のままだった。それでも凶暴さは鳴りを潜めている。ただ信じられないという表情で凜香がつぶやいた。「なんで……？」

結衣が深く長いため息をついた。「これであんたも四月に高二」

「……なにいってんだよ」凜香が声を震わせた。「なんでだよ。瑠那や伊桜里が正しいだろ。てめえが注射打てよ。なに無駄遣いしてんだよ」

「無駄じゃない。あんたの未来がある」

「ふざけんな！　わたしを殺せよ。いかれちまったわたしを殺してくれよ。結衣姉に殺されたかったんだよ!」

伊桜里が近くでひざまずいた。泣きながら伊桜里はささやいた。「結衣お姉ちゃん……」

結衣は上半身を起こしたものの、無防備に両足を投げだした。疲れたようなまなざしでうつむく。消耗しているのが目に見えてわかった。

「そんな」瑠那は信じられない思いで、室内を駆けずりまわった。結衣の命をつなぐすべを求め、棚を片っ端から引き倒す。胸を締めつけられる感覚のなかで、瑠那はひたすらつぶやいた。「治療薬。どっかにまだあるかも。ほかになにかないの……?」

最後の棚を倒したとき、その下に転がる注射器を見た。瑠那はあわてて飛びついた。ところがその注射器は空っぽだった。悲痛な思いに駆られながら、無意味な注射器を投げだした。

医療テントのデータベースにあった化学式は頭に刻みこんでいる。専用の治療薬は作れる。ただし三か月から半年はかかる。感染から発症までは二十五日前後。結衣はもう感染している。間に合わない。

瑠那はへたりこんだまま結衣を振りかえった。凜香が堪《たま》りかねたように、結衣の胸倉をつかんだ。「なにしてんだよ、さっさと殺せよ! じゃなきゃぶっ殺すぞ」

また仰向けに押し倒された結衣が、ふっと鼻で笑った。「早く頼みたい。皮膚が荒れだす前に」

凛香が凍りついた顔で瞬《まばた》きした。まだ血の気が引いたままでも、表情になんらかのいろが宿った。その目に大粒の涙が膨れあがる。やがて表面張力の限界に達し、大粒の滴が頬を流れ落ちた。

「馬鹿女」凛香がひきつりがちな小声を絞りだした。「なんでわたしなんかに打ったんだよ」

結衣が目を閉じた。「さんざんいったでしょ。わたし、もう卒業したんだって」

「ふざけんなよ。まだこれからだって。お父さんが生きてたのに、結衣姉なしでどうすりゃいいんだよ」

「クソ親父」

「……なに？」

「クソ親父っていいなよ。これからあんたたちの時代でしょ。あんた瑠那や伊桜里のお姉さんなんだから、しっかりしなくてどうするの」

「んなこと……。結衣姉がわたしの姉だろ。クソ親父に刃向かえるのは結衣姉しかいねえだろ！」

「もう充分やったって」結衣が顔を傾けつつ、ふたたび目を開けた。遠くを眺めるようなまなざしで結衣がつぶやいた。「架禱斗をぶっ殺した。田代ファミリーの奴らも皆殺しにした。これ以上、人殺しとして生きたくない」

「いまさらふざけんなよ！」凜香が号泣しだした。「クソ親父はわたしを……わたしたちを散々な目に遭わせやがった。世のなかも滅茶苦茶《めちゃくちゃ》にしてる。わたしたちがあいつを殺さなくてどうするんだよ！」

結衣の表情が和らいだ。「よかった。洗脳が解けた」

「洗脳なんかされてねえよ」

「わたしを殺しかけたのに？」

「それは……」凜香が口ごもった。「前からちょっとそう思ってたのが、表面化したっていうか」

「正直になったのは悪くない」

「正直だなんて。そりゃわたしはずっと悔しかったよ。結衣姉にはなにもかなわねえもん。でもクソ親父が一目置いてるのは結衣姉だけだし。わたしなんか眼中にねえし」

「まだクソ親父に愛されたがってんのかよ。ださ」

「結衣姉がわたしを愛せよ！　ならあんなクソ親父に依存する必要なくなるんだよ」

するとと結衣がじっと凜香を見つめた。仰向けに横たわったまま、結衣は凜香を抱き寄せた。凜香は茫然《ぼうぜん》とした面持ちで身をまかせた。

「凜香」結衣がささやいた。「わたしのきょうだいはもう、あんたと瑠那、伊桜里だけになる……」

瑠那の胸が詰まりだした。ジャンボリー参加者が全国に解き放たれれば、篤志や弘《ひろ》子《こ》らきょうだいは、いずれどこかで感染してしまう。だが凜香と瑠那、伊桜里は免疫をつけ生き延びる。優莉匡太もだが。

伊桜里が泣きじゃくった。「結衣お姉ちゃん。やだよ。置いてかないで」

こんな状況は耐えられない。瑠那は駆け寄るとひざまずいた。「死なないで。結衣お姉ちゃん。助かる方法はきっとある」

「ない」結衣が力なく応じた。「わかってるでしょ。瑠那。あんたの寿命はずっと短かった。でも自分で運命を切り拓《ひら》いた。偉いよね」

「結衣お姉ちゃん」瑠那の視界は涙にぼやけだした。「あなたに会えてよかった。最高の姉だった」

結衣がまた目を閉じ、皮肉っぽい笑みを浮かべた。「まだすぐには死なないって。

でもひとりで遠くに行かせてよ……。みっともない姿を晒《さら》したくない」

凜香が首を横に振った。「結衣姉。最期まで一緒にいたい」

「勘弁して」結衣が寝息のようにささやいた。「凜香。瑠那。伊桜里。あんたたちがこれからの高校事変の主役。クソ親父をやっつけて」

「やめろよ」凜香が悲哀に満ちた声でうったえた。「そんなふうにいうな。わたしなんか脇役でしかなかったよ。主役は結衣姉だろが」

地響きがした。轟音《ごうおん》が長く尾を引く。瑠那は振りかえった。鉄扉の向こうの銃撃音が途絶えた。しんと静まりかえっている。

瑠那はひとり腰を浮かせた。アサルトライフルを手に、慎重に鉄扉へと歩み寄る。壁に耳を這《は》わせ、微音さえも聞き漏らすまいとした。いまはもうなんの音もしない。鉄扉のハンドルに手をかけ、一気に回した。解錠した鉄扉を手前に引き、ゆっくりと開ける。

通路に煙が充満していた。武装兵らが折り重なって倒れている。原形を留《とど》めない死体も多い。壁材の剝《は》がれぐあいからすると、かなりの威力の爆発が起きたらしい。爆心はすぐ近くだった。手榴弾《しゅりゅうだん》を何発もいちどに投げこまれたのだろう。この狭さで爆発に巻きこまれれば、生存できる者はひとりもいない。

煙のなかから巨体が姿を現した。シルエットからすると特殊作戦群の装備だった。だがそれならEL累次体の息がかかっている。瑠那はアサルトライフルで狙い澄ました。「とまってください」

人影が立ちどまった。戸惑うような声がきいた。「杠葉?」

はっとして瑠那は通路に駆けだした。「蓮實先生!?」

歩を速めた人影が近づき、煤《すす》まみれの顔が明瞭《めいりょう》になった。無骨なボディビルダーのような面立ち。蓮實が目を瞠《みは》りながら瑠那を見つめた。「よかった。無事だったか」

「先生。復帰されたんですか」

「予備役で招集された」

「防衛医大に避難してたとか……」

「ああ。ほかへまわされそうになったんで、無理やりこっちへ来た」蓮實が辺りを見まわした。「結衣や凜香は?」

心が重く沈んでいく。瑠那は蓮實を鉄扉のなかにいざなった。

室内に足を踏みいれたとたん、瑠那は立ち尽くした。伊桜里が両手で顔を覆っている。結衣は上半身を起こし、凜香と抱きあっていた。互いになんの言葉も発しない。すすり泣く声だけが静かに耳に届く。

父を同じくする数奇な運命の姉妹。瑠那は三人を見守った。哀しみは果てしない。だが結衣のおかげでひとつにまとまった。最悪にして最良の日かもしれない。

22

明治大正の趣、和洋折衷の絢爛《けんらん》豪華な大広間を、千人以上の高齢のスーツが埋め尽くす。窓がなく陽射しの入らない、本来なら闇が覆うばかりの空間を、巨大なシャンデリアが薄紫に照らす。

百五十坪以上の室内に政界や経済界、宗教界を代表する重鎮が、数多く顔を揃える。EL累次体の全体集会としてはめずらしい光景ではない。きょうは緊急性が高いせいか、ほとんどが席を離れ、それぞれに動きまわる。誰もがあちこちで輪をなし、さかんに立ち話をしつづける。

岡山出身の六十五歳、梅沢和哉前総理が声を張った。「諸君、由々しき問題だ。国連安保理がわが国への査察をきめた。ジャンボリーへの武力攻撃を受け、治安が不安定な国家とみなされたことになる」

七十歳の舘内義雄外務大臣が苦々しげに吐き捨てた。「屈辱的だ。わが国の政治は機能しとるし、国家の大半は正常で平和が維持されとる。せいぜい震災の直後かコロナ禍ぐらいだ」

シンクタンク所長の四十六歳、猪留《いのとめ》が首を横に振った。「楽観的すぎます。ジャンボリーの犠牲者が警備員のほか、高等工科学校の落ちこぼれどもや特殊作戦群に限られたとはいえ、またもや武力攻撃があったんです。シリアやリビアと同様にみなされても仕方がないかも」

政治学者で国立大学総長の七十一歳、樫枝忠広《かしえだただひろ》が否定した。「そんなことはない。G7でGDPが最下位になったとはいえ、まだわが国は経済面の安定を誇る先進国だ」

六十一歳の廣橋傘次厚生労働大臣が懐疑的な声を響かせた。「本当にそうかね？我々EL累次体は、強い国家をめざし革命をおこなう急進派のはずが、極度に弱体化させてしまったのではないか？」

議論が紛糾しだした。喧噪《けんそう》がひろがるなか、三十代のひとりが大声で呼びかけた。「お静かに！」

沈黙が生じた。梅沢の息子、佐都史が注目を集めた。佐都史は誇らしげに胸を張った。「藤蔭文科大臣による必死の妨害も虚《むな》しく、不変の滄海《そうかい》桑田計画は成功しました。

ジャンボリー参加者約一万二千人が、鵠酸塩菌の宿主となっています。優莉匡太の遺伝子に効く鵠酸塩菌です。これで優莉匡太と子供たちの抹殺は完了したも同然です」

なぜか藤蔭はむっとしたようすもなく、淡々とした表情を浮かべている。周りが怪訝《けげん》そうに藤蔭を眺めるが、いっこうに追い詰められた態度をしめさない。

杢子《もくし》神宮の宮司、五十五歳の箕迫冬至《みのさことうじ》が異議を唱えた。「優莉匡太はまだ生きてる。ジャンボリー参加者に感染させたのは、当初の標的が矢幡総理だったからだろう。しかし優莉匡太は宿主たちと接触しないかもしれん」

佐都史は堂々たる態度を隠さなかった。「ジャンボリー参加者から一般へ感染が広まる。矢幡が標的だったときほど即効性はなくとも、日本にいるかぎり感染からは逃れられない」

医療界の重鎮、七十三歳の徳佐喜豊《とくさよしとよ》名誉院長が声高にいった。「なによりジャンボリーには雲英亜樹凪がいた。あの裏切り小娘は、もう優莉匡太のもとに帰っているだろう。つまりすでに優莉匡太は感染した可能性もある」

一同が賛意をしめした。メンバーが雲英亜樹凪を裏切り小娘呼ばわりした。きょうの会合に雲英秀玄が出席していないがゆえ、まったく言葉を選ぼうともしていない。

わずかに開いたドアの隙間から、亜樹凪は一部始終を眺めていた。憤懣《ふんまん》やるかたない思いとはこのことだ。富士ガリバー王国跡地の戦場から帰って約六時間。まだ着替える暇さえなく、ジャンボリーの制服にぼろぼろのダウンジャケットを羽織っている。疲労も蓄積していた。なのにここにいる連中は脳天気に、まだ自分たちが日本を動かしていると信じこんでいる。

ドアを開け放ったのは亜樹凪ではなかった。死ね死ね隊の武装兵がドアに体当たりし、大広間に踏みいった。後続の全部隊がいっせいに雪崩こんでいく。

梅沢らEL累次体のメンバーはぎょっとして立ちすくんだ。百人からなる武装兵が壁際に展開し外周を固める。すべてのアサルトライフルが政財界の大物たちを狙い澄ました。

五十七歳の隅藻長輔法務大臣が動揺とともに叫んだ。「なんだきみたちは⁉ 無礼な。ここをどこだと思ってる!」

よく通る男の声が厳かに響き渡った。「笑わせんなカス」

亜樹凪の背後からぶらりと現れたのは、サングラスにパーカー、ヴィトンのマフラーを巻いた、五十代半ばの男だった。男の顔を見るなり、千人以上のEL累次体メンバーは、いっせいに愕然《がくぜん》とし固まった。

ちょいワル親父ファッションに身を包んだ優莉匡太が、両手をポケットにいれながらら大広間に進みでた。「おぅ。矢幡に首を切られた屍《しかばね》ども。元気にやってるか」

匡太につづき、ブレザーにチェックのスカート姿の女子高生が、悠然と歩いていった。幼女のような童顔、つぶらな目に丸々と膨らんだ頰、恩河日登美だった。亜樹凪は日登美に歩調を合わせた。ふたりとも匡太の前にでるのは許されない。

梅沢佐都史は怯《おび》えた表情ながら、怪しげに鋭い視線を放った。父親にひそひそと話しかける。

優莉匡太が警告した。「そこ。私語は慎め」

全員がまた沈黙した。大半は恐怖に震えながら匡太を見つめている。しかし梅沢親子とその周辺には余裕がのぞいていた。

匡太がいきなり亜樹凪を抱き寄せた。「なにを喋《しゃべ》ってたかは想像がつくけどな。この女が一緒にいるってことは、俺も鵠酸塩菌に感染してる。そう思ってんだろ、梅沢。え？」

梅沢の表情が不安にこわばりだした。「ここでの会話はモニターされてるぞ」

「ハッタリはよせ。自分たちでジャミング電波を張り巡らせてるくせによ。んなことより気にならねえか？　俺が死なねえかもしれねえってことがよ」

亜樹凪はポケットに手をいれ、空になった注射器をとりだしてみせた。とたんに佐都史が面食らった顔になった。

匡太が高笑いとともに天井を仰いだ。「亜樹凪からのプレゼントだ。もうしっかり免疫ができあがってんだよ。おかげで気分も体調も絶好調だぜ！」

梅沢は死刑台を前にしたかのように、絶望のいろを漂わせた。「な……。まさか、治療薬を……？」

「そのまさかだ。梅沢。矢幡を暗殺するはずが、よくもだし抜いてくれたな」

狼狽《ろうばい》をあらわにした梅沢が藤蔭文科大臣を睨《にら》みつけた。「きみの裏切りのせいだ」

藤蔭はふてぶてしい態度をしめし、周りの閣僚を押しのけると、優莉匡太の隣に歩みでた。一同を振りかえると藤蔭が演説をぶった。「国家がどうとか、くだらない枠組みにとらわれた哀れな自称エリートの老害ども。政治資金からのキックバックで私腹を肥やして満足か？　私はその馬鹿さ加減から足を洗った。匡太さんのアナーキズムにこそ人間の本質がある」

隅藻法務大臣が唇を噛《か》んだ。「藤蔭。理性を失ったか」

「負け犬の遠吠《とおぼ》えをほざくがいい。人生は短い。私は匡太さんの親友だ。強大な彼のもとで快楽の絶頂を味わう。みなさんはつまらないビジネスファシズムを極め、世間から爪弾《つまはじ》きにされたまえ」

匡太が藤蔭に笑いかけた。「嬉《うれ》しいな。俺を親友と呼んでくれるのかよ!?」

「もちろんだとも。匡太さん」

「おめえは命の恩人だ。褒美をとらせなきゃな。さあ叶《かな》えてほしい願いを胸に思い描いて、祈れ祈れ！　例の呪文《じゅもん》おぼえてんだろ？」

「ああ」藤蔭は恍惚《こうこつ》とした表情で目を閉じ、両手を組みあわせた。「チョヌン・キド・ハムニダ。ソウォニ・イルオジドロ」

すると匡太は拳銃《けんじゅう》をとりだし、銃口を藤蔭のこめかみに向け、トリガーを引いた。銃火の閃《ひらめ》きとともに銃声が轟《とどろ》く。薬莢《やっきょう》が宙に舞ったとき、藤蔭の脳髄が飛び散った。脱力した藤蔭が床にくずおれた。

どよめきがひろがる。高齢スーツの一同が慄然《りつぜん》とした。とりわけ梅沢を筆頭に、閣僚らがいっせいにうろたえだした。

匡太が平然とつぶやいた。「俺ぁ韓国嫌《きれ》えでよ」

壁際に近いメンバーらが逃げだそうとする。だが武装兵らが銃を向け威嚇した。誰もがすくみあがり立ち尽くすしかない。また水を打ったような静寂ばかりがひろがった。

「梅沢」匡太が高らかにいった。「てめえらみてえなナショナリストがファシストになって、いい歳こいてEL累次体とかいうママゴトに走りやがってよ。それはそれで面白《おもしれ》え見世物だったが、ろくに殺せてねえじゃねえか。しかもジャンボリーの奴らを皆殺しにしようってときに、グライダーや特殊作戦群を投入して妨害するとはよ」

「き」梅沢が声を震わせた。「きみが矢幡を装い、我々を操ったんじゃないか」

「操る？　馬鹿いえ。おめえらいつもそうだな。国が敗戦すると、上の命令でした上の命令でしたって、上の命令でした星人か。俺ぁなんにもしちゃいねえ。矢幡の声ででたらめな命令発したら、際限なく混乱しやがってよ。これで流血の国になってりゃ楽しかったが、おめえら失敗ばっかじゃねえか。つまんねえじじいども」

「いったい我々をどうする気だ」

「知れたことよ！　てめえら俺を殺そうとしやがったな。鉛をぶちこまれたらどんなに痛《いて》えか、しっかり味わいながらくたばれ。日本を弱体化させた責任をとれ、梅沢内閣と経済界の阿呆《あほう》どもが！」

武装兵らがアサルトライフルをかまえる。高齢のスーツらがいっせいに取り乱した。梅沢が声をうわずらせた。「ま……まて！　私たちがいなきゃ日本がまわらな……」

亜樹凪は両手で耳を塞《ふさ》いだ。すべての銃口が同時に火を噴くさまは、まさしく目の前の落雷だった。武装兵は射撃の有効範囲を的確に把握していた。でたらめに掃射しているようで、標的を確実に撃ち抜いていく。高齢男性のだみ声が、絶叫の合唱となってこだまし、阿鼻叫喚《あびきょうかん》の地獄絵図がひろがる。大広間の空中に赤い霧が漂った。ちぎれた腕や脚、頭部までもが宙に舞う。血まみれの死体が次々と折り重なっていく。広大な田んぼの稲を刈りこむように、ＥＬ累次体メンバーがたちまち一掃されていった。まだ立っている者は容赦なく頭を撃たれた。横たわったのちも痙攣《けいれん》していれば銃弾を食らう。ほどなく大広間は死体だらけになった。

ＥＬ累次体はほぼ全滅した。亜樹凪は惨状を冷やかに眺め渡した。梅沢親子が仲よく流血のなかに横たわる。

亜樹凪にしてみれば、祖父の命が助かっていればなんの問題もない。優莉匡太の圧倒的な存在感を前に、この高齢者の集まりはただの老人会に等しかった。消えたところで問題はない。政治の担い手はほかにいくらでもいる。

武装兵のひとりが匡太にきいた。「こいつらをどうしますか。大物ばかりなんで」

匡太が鼻で笑った。「そうだなー。結衣とか篤志とか、ガキどものせいにしちまえばいいだろ」

「よろしいのですか？」

「おい。笑わせんな。よろしいですかって、ガキなんて俺のチンカスと女のマン汁の結晶でしかねえんだぜ？　罪なんか押しつけとけ」

「了解」

亜樹凪は黙って死体ばかりの大広間を眺めつづけた。ＥＬ累次体が未来の担い手だといちどは信じた。だが思想など優莉匡太の前には無意味だ。人の命にはかぎりがある。稚拙なルールにしたがう必要などない。人は動物だ。不快な存在は抹殺し、富と権利を奪い、ただ享楽に生きるのみ。

ドアが開いた。外を守備する武装兵のひとりが匡太のもとに駆け寄る。モバイル機器を手にしていた。武装兵があわてぎみにいった。「これを……」

「なんだ？」匡太がモバイル機器を受けとった。

小型モニターを日登美がのぞきこんだ。亜樹凪も日登美に倣った。地上波のテレビ放送が映っている。キャスターの声が告げた。「繰りかえしお伝えします。現在インターネット上で、リアルタイム配信とみられる音声が拡散されています。発言者は梅沢前総理や藤蔭文科大臣ら、多数の閣僚と考えられるほか、優莉匡太容疑者らしき声も交ざっています」

亜樹凪は衝撃を受けた。どういうことだろう。ＥＬ累次体はジャミング電波を張りめぐらせている。ここでの会話はいっさい盗聴が不可能なはずなのに。

キャスターの声がつづけた。「さきほど視聴者の皆様にショッキングな音声を放送しましたことをお詫《わ》びします。銃声らしき音と前後の会話から、優莉匡太容疑者が閣僚を撃った可能性が高いとして、警察に問い合わせが殺到しています。では引きつづき問題となっている音声をおききください」

テレビ放送の音声は沈黙した。匡太が怪訝《けげん》な表情で、放送禁止用語の数々を連呼した。

一拍遅れてモバイル機器のスピーカーが同じ音声を発した。キャスターの声が動揺の響きを帯びた。「大変申しわけございません。ただいま優莉匡太容疑者の声と思われる不適切な発言が……」

日登美が目を丸くし辺りを見まわす。亜樹凪も当惑せざるをえなかった。EL累次体の全体会議においては、あらゆる通信電波が遮断されているはずだ。なぜこの大広間の音声が……。

すると匡太が亜樹凪をじっと見つめた。腕をつかみ後ろを向かせる。匡太の手がダウンジャケットのフードをまさぐった。

小さな黒い物体がとりだされた。匡太はそれを床に落とし、靴の踵《かかと》で強く踏みにじった。

ひとむかし前のチャチな盗聴器に見える。日登美が残骸《ざんがい》を拾いあげた。「UHFのアナログ波専用。古すぎてジャミング電波の対象外」

亜樹凪は凍りつくような寒気にとらわれた。電波がそう遠くまで届くとは思えない。すぐ近くに中継器があって、インターネット上に流しているのだろう。すなわち何者かが発信電波を追跡し、この周辺まで追ってきた。

匡太が冷めた目を向けてきた。「亜樹凪。こんなのをフードにいれるのが女子高生の流行《はや》りか」

「いえ……」亜樹凪は恐怖のなかで弁明した。「も、申しわけありません。ジャンボリーでいれられたとしか……」

「誰に？」

何度か結衣にすがりついた。機会はほかに考えられない。盗聴器をしのばせたのは結衣だ。

信じられない。ジャンボリー会場にこんな物は持ちこめない。なにより結衣が用意した盗聴器なら、もっと高性能のはずだろう。UHF波だなんて。

日登美が亜樹凪を睨《にら》んできた。「あのさ。ガリバー王国に派遣した死ね死ね隊と連絡がつかねえんだよ。たぶん全滅してる。凜香も帰ってきてねえし」

「り」亜樹凪は必死に成果を強調しようとした。「凜香が結衣や瑠那を殺したかも……。なんにしても四姉妹は治療薬が足りない。深刻なダメージを受けてる」

「あん？」匡太が眉《まゆ》をひそめた。「ちょっとまて。四姉妹に治療薬が足りねえだ？」

「そうです。ご報告したとおり、わたしが一本持ち帰りましたので」

「篤志、結衣、凜香、瑠那、伊桜里の五人のうち、ひとりが死ぬ算段だろ？」

「……どういうことでしょうか。篤志はジャンボリー会場に足を踏みいれていません。まだ感染していないと思いますが」

「なに？　篤志はいなかったってのか。ならぴったりじゃねえか」

「はい……？」

「不変の滄海《そうかい》桑田計画ではな、治療薬を注射器五本ぶん作るってきいたぜ？」

「ご……」亜樹凪は自分の耳を疑った。「五本？」

「四ミリリットルを〇・八ミリリットルずつ五本だ。おめえが一本奪ってきて、俺に注射したんなら、あとは四人の娘に行き渡っちまうだろうが」

日登美が苛立《いらだ》たしげな目を向けてきた。「亜樹凪。注射器の保管場所、あんたが真っ先に入った？」

亜樹凪は絶句した。鉄扉を最初に入ったのは結衣だ。瑠那の援護射撃のもと、亜樹凪と伊桜里が少し遅れて飛びこんだ。結衣は室内に立っていた。だが……。

鳥肌が立った。もともと冷蔵ケースに注射器は五本あった。部屋に入った結衣は、さっさと一本くすねとり、先に注射していた……？

やられた。作られた治療薬は四ミリリットル。容量一ミリリットルの注射器に微量ずつ少なかった。結衣は一本多いと気づくや、瞬時にだませると確信したのだろう。

匡太は真顔だった。亜樹凪はぞくっとする悪寒を背筋に感じた。殺意に満ちたまなざしに思えたからだ。

ところが匡太はいきなり笑いだした。さも嬉《うれ》しそうに笑い転げながら、匡太が声を張りあげた。「やるじゃねえか、結衣の奴！　さてはあいつ献身的なとこを見せて、凜香の目を覚まさせやがったな！」

日登美が童顔をしかめた。「匡太さん。そんなに面白いですか？」

「ああ、面白《おもしれ》えとも！　考えてもみろ。さっきの俺のセリフがよ、まんまと全国放送に乗っちまったんだぜ？　俺が梅沢らをぶっ殺して、ガキどもに罪をかぶせようとしたとかバレバレだろ！　あいつゲームを単純化しやがった。ワルは俺、ガキは被害者。EL累次体は綺麗《きれい》に排除」

「ついでに」日登美がやれやれという表情になった。「矢幡も総理に復帰してるし」

匡太が目を輝かせた。「架禱斗がくたばるわけだよな！　結衣、すげえじゃねえか！　あいつ母親以上の悪女だぜ。俺ぁきょう、最高に気分がいいぜ！」

ここまで有頂天の優莉匡太は見たことがない。日登美も眉間《みけん》に皺《しわ》を寄せながら匡太を眺めている。やがて日登美はため息をついた。匡太が実娘を褒め称《たた》えたことに、軽く嫉妬《しっと》したようでもある。

亜樹凪は急ぎ提言した。「盗聴器の発信電波を追って、結衣たちはきっとこの近くまで来ています。すぐ探しだして殺さないと」

ところが匡太と日登美、武装兵らは一様にしらけた態度をしめした。

「……ど」亜樹凪はきいた。「どうかしたんですか……？」

幼児顔の日登美が小馬鹿にしたようにいった。「あんたみたいなド素人むかつく。結衣たちはとっくに逃げてる。代わりに警察や自衛隊が大挙してここに押し寄せる」

匡太が踵《きびす》をかえした。「やっつけてもいいけど腹減った。帰《けえ》ろうぜ。国道沿いにびっくりドンキーあったよな？　飯にすっか」

日登美があとにつづいた。「わたしフォンデュ風チーズハンバーグ」

武装兵らは放課後の生徒のように、ガヤガヤと談笑しながら撤収しだした。亜樹凪は空虚な思いとともに、床一面を埋め尽くす死体を眺めた。ふいにすべてが現実感をともない目に映った。恐ろしさと気持ち悪さに吐き気をおぼえる。亜樹凪は口もとを押さえながら歩きだした。気づけば異常者の群れのなかにいるのかもしれない。

23

千代田区の外れにあるマンション、最上階の角部屋、701号室。結衣は身のまわりの物を整頓《せいとん》していた。ジャンボリーは中止になったが、開催初日から数えて、明日で二十五日目になる。

篤志は弘子や中一の耕史郎《こうしろう》、寝たきりの明日磨《あすま》ら、幼少のきょうだいまで全員を連れ、ブラジルへ長期旅行中だった。とっくに成人した篤志は、妹や弟たちと交流できる。耕史郎たちは現地の学校に一時留学していた。瑠那の記憶した化学式で、治療薬が作られるまでの半年間、感染を避けながら暮らせる。なにも問題はないと結衣は思った。

ベッドの上でスポーツバッグの中身をとりだしていると、伊桜里が寝室に入ってきた。泣き声を押し殺している。結衣が振りかえると、伊桜里は涙を流しながら駆け寄ってきた。

伊桜里が抱きついた。「結衣お姉ちゃん。離れたくない」

結衣はため息をついてみせた。「伊桜里。児童養護施設に帰る時間でしょ」

「どこへも行かないで」

「行かないってば」

「だけど……。もう会ってくれないんでしょ。明日で二十五日目だし。なにもいわず消えちゃうつもりでしょ。そんなのやだ」

泣きじゃくる伊桜里の頭をそっと撫《な》でた。妹の流す涙に心が洗われる気がする。どれだけ純粋なのだろう。いまではもう可愛くて仕方がない。

唐突に物音がした。伊桜里がはっとして顔をあげた。結衣も耳を澄ました。浴室のほうに人の気配がする。屋上のダクトから侵入したのか。

「まってて」結衣はリビングルームにでると、ダイニングキッチンへと忍び寄った。脱衣室のドアがわきにある。浴室はその奥だ。

いきなりドアが開いた。姿を現したのはエンジとグレーのツートンカラー、日暮里高校の制服を着たふたりだった。瑠那と凜香が硬い顔で結衣を見つめた。あれ以来初めて会うわけではないが、凜香は血色もよくなり、すっかり以前の姿に戻っている。ふてくされた顔もいかにも凜香だった。

結衣がどう反応しようか迷っているうちに、ふたりは奇声とともに猛然と飛びかかってきた。凛香がわめき散らした。「この嘘つき女が！」

伊桜里が驚いたようすで駆けだしてきた。結衣はふたりに抱きつかれたまま後ずさり、リビングのソファに押し倒された。自分でも意外なことに、結衣は声をあげ笑った。

瑠那が顔を真っ赤にし、涙を浮かべながら手刀を振り下ろしてきた。「結衣お姉ちゃん、ひどい。やっていいことと悪いことがあるでしょ！」

結衣は両腕をすばやく縦横に動かし、瑠那の攻撃すべてをインターセプトした。「落ち着いてよ、瑠那。わたしはもう余命幾ばくも……」

凛香が身をぴたりと寄せつつ、結衣の首を絞めようとした。「ガチで死ねよ結衣姉！」

冗談の響きを帯びているのはあきらかだった。結衣は凛香の脇の下をくすぐった。凛香が笑い声を発し、握力を緩めた。すかさず結衣は凛香の胸倉をつかみ、床へと引き倒した。凛香の上に覆いかぶさったとき、瑠那が背後から飛びついた。

「もう！」瑠那が怒鳴った。「棚の下に空っぽの注射器が落ちてた。五本目があった。あれ結衣お姉ちゃんが打ったんでしょ！」

結衣は鼻を鳴らしてみせた。「真っ先にわたしが打って、安全をたしかめてあげたんでしょ。でもあんた天才のくせに、その場で気づかねえでやんの」

凜香がこぶしを突きあげてきた。「巧みに衰弱してるふりなんかしやがって！　なんべん死ぬって見せかけりゃ気が済むんだよ。クソ親父と一緒に死刑になっちまえ！」

こぶしを難なくてのひらでキャッチし、結衣は平然と見下ろした。「本当に注射器が三本しかなかったとしても、わたしはあんたに譲った」

言葉を失ったようすの凜香を見るうち、結衣は笑いが堪《こら》えられなくなった。凜香も笑いながら憤慨し、またもつかみかかってきた。「舌先三寸で調子のいいことばっかいってんじゃねえぞ、クソ姉！」

伊桜里が駆け寄ってきた。床に横たわったままもつれ合う三姉妹のあいだに割って入った。困惑のいろとともに伊桜里がいった。「まって。結衣お姉ちゃん、どういうこと？　死んじゃったりしないの？」

凜香が吐き捨てた。「北朝鮮でも死ななかった女だぜ。とっとと主役の座を譲れってんだよ！」

すると伊桜里が顔を近づけてきた。潤みがちな目が結衣を見つめる。「結衣お姉ちゃん。心配したんだよ……」

いまにも泣きだしそうな伊桜里を見かえすうち、結衣のなかに罪悪感がこみあげた。もっと早く真実を打ち明けるべきだっただろうか。

「ほらみろ」凜香が苦言を呈した。「妹を傷つけてばっかいるんじゃねえよ。伊桜里が可哀想だろが」

結衣は仰向《あおむ》けに寝たまま伊桜里を抱き寄せた。伊桜里は身体を密着させると、震えながら泣いた。凜香も涙を浮かべつつ抱きついた。最後に瑠那が穏やかな表情で姉妹に寄り添った。

妹たちの体温がじかに伝わってくる。人生にこんな時間が訪れるとは思わなかった。毒親が生きているとは絶望の日々だ。けれども泣きたいぐらい嬉《うれ》しい、それが結衣のすなおな感情だった。過去は消せない。運命からも逃れられない。それでも少しずつ変えていける。けっして手の届かなかった心の交流を、自分なりに獲得していける。

24

連続多発テロ犠牲者追悼式における内閣総理大臣式辞

本日ここに、天皇皇后両陛下の御臨席を仰ぎまして、昨今の連続多発テロにおける犠牲者追悼式を挙行するにあたり、政府を代表し、謹んで追悼の言葉を申しあげます。シビック政変を乗り越え、平和を取り戻したかに見えたわが国ですが、思いもよらない悲劇の数々に直面し、またしてもかけがえのない幾多の生命が失われました。最愛のご家族やご親族、ご友人を亡くされた方々のお気持ちを思いますと、哀惜の念に堪えません。

あらためて衷心より哀悼の意を表します。一連の事件で被害に遭われたすべての皆様に、心からお見舞いを申しあげます。

今後も政府としましては、被害に遭われた方々に寄り添いつつ、心身の健康の維持、生活再建への支援、子供たちが安心して学べる教育環境の確保など、絶え間ない支援をおこない、治安回復を加速してまいります。

殉職の相次いだ警察および自衛隊につきましては、今後積極的な採用を進め、人員補充と国勢の安定、平和の維持に注力してまいります。都内各地の被害地域に関しましても、インフラの復旧はおおむね完了、倒壊や火災などの被害に遭われた家屋につきましても、補償の取り組みを進めております。

梅沢和哉は私にとって長年信頼を置いてきた友人でした。廣橋傘次や隅藻長輔も、政界でともに戦ってきた仲間と信じておりました。彼らまでがテロの犠牲となると同時に、生前の疑惑があきらかになったいま、まさに断腸の思いであります。ＥＬ累次体なる結社に関しましては、その実態について詳しく解明し、すべてを白日の下に晒《さら》すことが、政権にとっての責務と感じております。わが国を正しくあるべき姿に戻すことで、過ちに走った彼らの魂をも、政治家としての本道へと再度導き、戒めと供養になると考えております。

大きな犠牲のもとに得られた貴重な教訓を、私たちはけっして風化させてはなりません。国民の命を守る対犯罪政策を不断に見直してまいります。極刑を逃れ、いまもなお国家を脅かすテロの指導者、および追随者たちに屈せず、あくまで戦い抜き、勝利をおさめ、平和な日本を回復することを、あらためてここに固く誓います。

武力攻撃事件が発生するたび、国民の皆様方からの大変なご尽力を賜り、またご努力に支えられ、その都度穏やかな日常の復興を進めてまいりました。本日ここにご列席の、世界各国の皆様方からも、多くの温かく心強いご支援を頂いております。心より感謝と敬意を表したく存じます。

大規模犯罪との戦いを経て得た教訓や、培われた知見、蓄積した捜査技術は、目的を同じくする世界各国に貢献し、国際的な連携をいっそう強固にしていくものと考えております。

わが国は幾度となく、国難と呼べるようなテロや大災害に見舞われてきました。しかしそのたびに、勇気と希望をもって窮地を凌《しの》ぎ、危機的状況を乗り越えてまいりました。いまを生きる私たちも、尊敬すべき先人に倣い、互いに手を携え、前を向いて歩んでまいります。

御霊《みたま》の永遠《とわ》に安らかならんことを、あらためてお祈り申しあげますとともに、ご遺族の皆様の御平安を心から祈念し、私の式辞といたします。

内閣総理大臣　矢幡嘉寿郎

25

体育館の窓から春の陽射しが降り注ぐなか、日暮里高校の洒落《しゃれ》た制服姿が入場してくる。新入生の着るエンジとグレーのツートンカラーは、肌艶《はだつや》と同じぐらい初々しい。サイズが若干大きめなのも、新入生全員に共通している。緊張しきった面持ちを眺めるうち、きっと自分たちも一年前はこうだったのだろう、瑠那はそう思った。

在校生はすでに体育館に入り、拍手で新入生を迎える。教職員や来賓、保護者も手を叩《たた》いていた。

一年A組に伊桜里の姿があった。おどおどした子供っぽさは変わっていない。それでも同じ制服を身につけた姿が感慨深い。伊桜里は文字どおり瑠那や凜香の後輩になった。

瑠那は隣を見た。凜香と同じ二年C組に振り分けられた。五十音順の出席番号で、杠葉は優莉の次にあたる。いまも瑠那のわきで凜香がめんどくさそうに手を叩く。けさ校舎の外に貼りだされたクラス分けを見た瞬間の驚きは忘れられない。凜香と同じクラスになるとは、まるで予想もしていなかった。

ちらと凜香が瑠那を見かえした。校則はどこへやら、ショートボブをかなり明るく染めている。白い肌の丸顔には痣《あざ》がわずかに残っていた。瑠那の顔も似たようなものだった。

一年前のきょう、クラスメイトにいじめられていた瑠那を、凜香は全力で助けてくれた。あのころ瑠那は重病と発作の恐怖に抗《あらが》っていた。そんな瑠那を凜香はやさしく受けとめた。言葉遣いが乱暴で、短気でそそっかしいところがあっても、じつは情け深く温かい姉だと知った。

優莉匡太の娘なのを公表している凜香は、校内でも敬遠されがちだった。とりわけ匡太の生存が報じられてからは、露骨に避けられている。けれども瑠那は凜香が大好きだった。誰よりも純粋で尊敬できる姉。心に不安定なところがあっても、絶対に守りきってみせる。孤独だった瑠那の内面に、初めて触れてくれた恩人なのだから。

問題があるとすれば、瑠那も凜香も、児童養護施設に住みづらくなったことだ。特に凜香は前に住んでいた施設が、死ね死ね隊に襲撃された経緯があるため、どこも受けいれてくれなかった。瑠那も義父母のいる神社に帰れず、かといって施設に住めば、いつ優莉匡太に命を狙われるかわからない。一緒に暮らす子たちに迷惑はかけられない。

いま凜香の一時保護者は十九歳の結衣だった。凜香が結衣のマンションに同居している。瑠那もひそかに転がりこんでいた。三姉妹がともに生活するなんて、少し前なら考えられなかった。

瑠那にとっては人生の岐路だった。もう巫女《みこ》としては生きられない。それでいいと瑠那は思った。血塗られた手で祓串《はらえぐし》を振って、いったい誰のなにを清められるというのだろう。

教職員の席を眺めた。瑠那と凜香をクラスメイトどうしにしたのは、誰の計らいなのか考えるまでもない。体格のいい蓮實がきちんと拍手をつづけるさまは、ほかの教員よりもひときわ目を引いた。保護者がくすくすと笑うのは、蓮實が真剣な顔で、しかも目に涙を浮かべているからだ。

世間にはわからない。平和がどれだけ尊いかを知る人々がいる。蓮實もそのひとりだった。去年のいまごろ、教師になったばかりの蓮實は、二度と銃を手にしないと誓っていた。瑠那たちのために蓮實は決断を覆した。特殊作戦群の予備役として、ときおり戦わねばならない蓮實は、きっと不幸なのだろう。けれども蓮實は詩乃と結婚してから、前よりずっと輝いて見える。境遇ばかりが人をきめたりしない。みずから希望をみいだせば、みなまっすぐ生きられる。

新入生の入場が終わると、開式の辞が告げられた。次いで司会が厳かにいった。

「国歌斉唱」

凛香がつぶやいた。「勘弁しろってんだ。EL累次体のテーマ曲じゃねえか」

「美しい国歌ですよ」瑠那は小声でかえした。「一部の勢力に解釈をねじ曲げさせちゃいけません」

『君が代』の斉唱が終わると、校長による入学許可宣言と式辞があった。来賓の祝辞を経て、生徒会長による歓迎の言葉が読みあげられる。

三年生の生徒会長は生真面目そうな女子だった。雲英亜樹凪は卒業し、ここにはもうはいない。複雑な一年間を過ごした瑠那は、学校生活にも徐々に慣れつつあった。今後は二年生として、あるていど行動の自由もきくだろう。すでに好き放題やってきたような気もするが。

司会の声が響き渡った。「新入生代表挨拶《あいさつ》。一年A組、渚伊桜里」

ざわめきはない。伊桜里が優莉家の一員であることは、まだ公になっていないからだ。伊桜里が前方へと歩みでていく。

凜香が面食らったようにいった。「マジか」

瑠那は微笑した。「入学試験でいちばん成績優秀だったんでしょう」

「……瑠那は去年、代表に選ばれなかったよな？」

あまりめだたないよう、わざと解答を複数まちがえたからだ。瑠那は謙遜《けんそん》した。「伊桜里のほうが賢いんです」

壇上に立った伊桜里は、ひどく緊張しながら一礼し、ぼそぼそとマイクに告げた。「春の息吹が感じられる今日、わたしたちは日暮里高校に入学いたします。入学式を挙行していただけましたこと、新入生を代表してお礼申し上げます」

凜香がささやいた。「ひとまず無難だな。アニメならここでとんでもない宣言をして、大波乱が巻き起こったりするけど」

「やめてください」瑠那は応じた。「まさか優莉匡太の娘だとか、そんなカミングアウトはしないでしょう」

「ほんとに？」凜香が真顔を向けてきた。

瑠那は不安に駆られた。まさかとは思うが……。

伊桜里がたどたどしい口調でつづけた。「高校生になるまでに貴重な経験を積みました。生きていられることが幸せだと思います。それを教えてくれた姉たちに心から感謝しています。できればみんなで……。お菓子パーティーがしたいです」

さざ波のように控えめな笑い声がひろがる。凜香は耳を真っ赤にしながらうつむいた。気持ちはわかると瑠那は思った。瑠那にとってもやはり、自分のことのように恥ずかしい。

閉式の辞を経て入学式は終わった。体育館と校舎をつなぐ外廊下は、それぞれの教室へ向かう生徒らでごったがえしていた。混雑のなかで瑠那と凜香は伊桜里を捕まえた。

凜香がふざけぎみに伊桜里をヘッドロックした。「こら。さっきのあれはなんだよ。姉との関係なんか語りやがって」

伊桜里は笑いながら凜香に身をまかせていた。「なにか抱負を、っていわれたし…

…。抱負の意味を先生にきいたら、心にきめた計画とか決意だって」

「それでお菓子パーティー？　よく入学試験でトップの成績をおさめられたな」

「勉強の仕方を結衣お姉ちゃんに習ったから。凜香お姉ちゃんもそうしてたんでしょ？」

凜香が大仰に顔をしかめると、瑠那は笑わざるをえなかった。こんなに心が軽くなったのはいつ以来だろう。

優莉匡太の支配はつづく。猛毒親の影響下から抜けだせず、これからも血で血を洗う抗争へと向かわされる。だがこのきょうだいなら乗り越えられる。瑠那たちも負けず劣らずの猛毒子供だからだ。囚《とら》われの小鳥の立場から、鳥籠《とりかご》を突き破り、悪夢を振り払ってみせる。

風が強さを増した。髪が乱れる。周りの女子生徒から悲鳴があがるほどの強い風が吹き抜ける。けれどもどこか爽《さわ》やかに感じられた。校庭に目を向けると、満開の桜並木が花びらを舞い散らしている。

瑠那と凜香、伊桜里は三人で身を寄せあった。視界いっぱいにひろがる薄紅いろの吹雪をじっと見守る。

十五年間の悪夢を乗りきった伊桜里は、きっと強心臓にちがいない。目の前の光景にすなおに感動をしめし、伊桜里が無邪気に声を張った。「きっといいことがありそう」

その感性こそ真実だと信じたい。結衣の告げたひとことが想起される。瑠那は思いのままをささやいた。「希望はあるよね。生きているかぎり希望はある……」

本書は書き下ろしです。

高《こう》校《こう》事《じ》変《へん》18

松《まつ》岡《おか》圭《けい》祐《すけ》

令和6年 3月25日　初版発行

発行者●山下直久

発行●株式会社KADOKAWA
〒102-8177　東京都千代田区富士見2-13-3
電話　0570-002-301(ナビダイヤル)

角川文庫 24090

印刷所●株式会社暁印刷
製本所●本間製本株式会社

表紙画●和田三造

●お問い合わせ
https://www.kadokawa.co.jp/（「お問い合わせ」へお進みください）
※内容によっては、お答えできない場合があります。
※サポートは日本国内のみとさせていただきます。
※Japanese text only

ISBN 978-4-04-114859-4　C0193

◇◇◇

角川文庫発刊に際して

角川源義

第二次世界大戦の敗北は、軍事力の敗北であった以上に、私たちの若い文化力の敗退であった。私たちの文化が戦争に対して如何に無力であり、単なるあだ花に過ぎなかったかを、私たちは身を以て体験し痛感した。西洋近代文化の摂取にとって、明治以後八十年の歳月は決して短かすぎたとは言えない。にもかかわらず、近代文化の伝統を確立し、自由な批判と柔軟な良識に富む文化層として自らを形成することに私たちは失敗して来た。そしてこれは、各層への文化の普及滲透を任務とする出版人の責任でもあった。

一九四五年以来、私たちは再び振出しに戻り、第一歩から踏み出すことを余儀なくされた。これは大きな不幸ではあるが、反面、これまでの混沌・未熟・歪曲の中にあった我が国の文化に秩序と確たる基礎を齎らすためには絶好の機会でもある。角川書店は、このような祖国の文化的危機にあたり、微力をも顧みず再建の礎石たるべき抱負と決意とをもって出発したが、ここに創立以来の念願を果すべく角川文庫を発刊する。これまで刊行されたあらゆる全集叢書文庫類の長所と短所とを検討し、古今東西の不朽の典籍を、良心的編集のもとに、廉価に、そして書架にふさわしい美本として、多くのひとびとに提供しようとする。しかし私たちは徒らに百科全書的な知識のジレッタントを作ることを目的とせず、あくまで祖国の文化に秩序と再建への道を示し、この文庫を角川書店の栄ある事業として、今後永久に継続発展せしめ、学芸と教養との殿堂として大成せんことを期したい。多くの読書子の愛情ある忠言と支持とによって、この希望と抱負とを完遂せしめられんことを願う。

一九四九年五月三日

次巻予告

『高校事変19』

松岡圭祐

2024年4月23日発売予定

発売日は予告なく変更されることがあります。

角川文庫